我吃西红柿 著

典藏版

4

盘龙

黄河出版传媒集团
阳光出版社

图书在版编目（CIP）数据

盘龙：典藏版. 4 / 我吃西红柿著. -- 银川：阳
光出版社, 2022.4
ISBN 978-7-5525-6267-5

Ⅰ.①盘… Ⅱ.①我… Ⅲ.①长篇小说 - 中国 - 当代
Ⅳ.①I247.5

中国版本图书馆CIP数据核字(2022)第064064号

PAN LONG DIANCANG BAN 4

盘龙 典藏版 4

我吃西红柿 著

责任编辑　杨　皎
装帧设计　曹希予　余彦潼　周艳芳
责任印制　岳建宁

黄河出版传媒集团
阳光出版社 出版发行

出 版 人　薛文斌
地　　址　宁夏银川市北京东路139号出版大厦 （750001）
网　　址　http://www.ygchbs.com
网上书店　http://shop129132959.taobao.com
电子信箱　yangguangchubanshe@163.com
邮购电话　0951-5047283
经　　销　全国新华书店
印刷装订　北京盛通印刷股份有限公司
印刷委托书号　（宁）0023457

开　　本　710 mm×1000 mm　1/16
印　　张　18
字　　数　262千字
版　　次　2022年4月第1版
印　　次　2022年4月第1次印刷
书　　号　ISBN 978-7-5525-6267-5
定　　价　36.80元

目 录

CONTENTS

第159章
开炉

林雷迫不及待地想要得到一件好武器，门罗·道森当即决定去见维森特大师。门罗·道森、林雷、耶鲁、雷诺、乔治等人一同来到了不远处的府邸门口。

"会长大人！"那看门的护卫看到门罗·道森，立即躬身行礼。

海德家族的一些仆人、护卫，都是门罗·道森亲自命人安排的，几乎都是道森商会的人。

"道森大人来了？"正在前院中休息的一名中年人立即站起身来，走了过来，感激地说道，"道森大人，你要见我，只需让人通传一声，我直接去你那里就是。"

维森特对门罗·道森的确很感激。

最近大半年，门罗·道森对他们海德家族非常友好，而且没有提出任何要求。特别是这一次逃命，如果没有道森商会在汉穆王国的人相助，恐怕海德家族死的人会更多。

"哈哈，先到屋里再说。"门罗·道森热情地拍了拍维森特的肩膀。

"好。"

大厅内。

001

维森特、维森特的父亲，还有维森特的两个儿子都出来了。

"维森特先生，来，我给你介绍一下。"门罗·道森笑着指向林雷，"我的儿子们你是认识的，而这位，就是我过去跟你提过的那位天才魔法师，他就是……"

"巴鲁克家族的林雷，石雕大师，魔法天才。"门罗·道森接着说道。

同时，维森特看向林雷，双眼放光。

他身后的人也都惊讶地看向林雷。

"林雷，你应该知道我们海德家族吧？"

维森特的双眸中流露出特殊的感情。无论是海德家族，还是巴鲁克家族，虽然都已经衰败了，但是这两个家族的人的骨子里都是骄傲的。

四大终极战士家族都是拥有五千多年历史的家族。即使衰败了，四大家族的人心底也都是高傲的。

两个终极战士家族的子弟相见，的确有很深的感触。

"紫焰战士家族。"林雷谦逊地说道，"我们巴鲁克家族的传承书籍中对于同是终极战士家族的海德家族是有详细记载的。"

维森特听到这话，不由得感到很有面子，看林雷也是越发顺眼。

"林雷，我给你介绍一下，这是我的大儿子，陨星·海德，这个是我的小儿子特雷·海德。"维森特显然对自己的儿子也很满意，"林雷，我这两个儿子的天赋都很不错。不过，和你比，还是有不小的差距。"

陨星和特雷都点了点头，可眼中那一抹桀骜表明，他们不怎么相信父亲说的话。

"哈哈，好了，维森特先生，今天我来这里，就是想请你帮个忙。"门罗·道森说道。

维森特立即豪气地说道："道森大人有什么事情尽管说，只要我能够做到，一定会尽力去办。"

这大半年来，道森商会帮海德家族做了不少事情，海德家族还没有报恩，因为道森商会并没有什么需要他们做的。

门罗·道森笑着指向林雷，说道："林雷想要一件兵器，想要请你为他炼制。"

"炼制兵器？"维森特看向林雷，问道，"林雷，是你自己使用吗？"

"是的。"林雷点点头。

维森特的眼中浮现一抹欣慰，说道："我们终极战士家族的子弟怎么能弱不禁风？要修炼战士能力，是该拥有一件好兵器。说吧，你对兵器有什么要求？"

无论是维森特，还是他的两个儿子，当知道林雷是魔法天才时，还是心存芥蒂的。因为在他们看来，四大终极战士家族中出来的应该都是强大的战士。现在林雷有求于他们，拜托他们帮忙炼制一件兵器，他们反而有些高兴。

"一柄重剑。"林雷缓缓地说道，"维森特先生，我身高一米九，重剑的长度由你来定。你应该知道什么长度的重剑适合我。"

维森特有些疑惑，说道："你想要的是重剑，不是巨型战刀？"

战刀和重剑属于两个类别的兵器。

"是重剑。"林雷确认道。

"好，还有其他要求吗？"

维森特身为紫焰战士家族的族长，不单单是强大的战士，还擅长炼制兵器。

林雷拿出背后的包裹，说道："我希望，这柄重剑的材料必须有它。"

随后，他从包裹内取出了那块巴掌大小的黝黑石头。

单从表面看，维森特并看不出这黝黑石头就是黑钰石，毕竟他也没见过黑钰石，当即问道："这石头叫什么名字？"

"黑钰石。"林雷直接回答道。

"黑钰石?!"

维森特、维森特的父亲、维森特的两个儿子都震惊地看向林雷手中巴掌大小的黝黑石头。

维森特强压住心头的震惊，看向林雷，说道："能将它给我看看吗？"

"可以。"

维森特小心翼翼地接过黑钰石。

他虽然没见过黑钰石，但是听说黑钰石非常重，所以有心理准备。

果然……

"足有一千多斤。"维森特双眼发亮。

说着，维森特忽然反应过来，震惊地看向林雷："你难道要将这黑钰石都熔入重剑中？"

"是的，全部。"林雷回道。

维森特连连摇头，说道："林雷，以黑钰石为基础，其他的矿石材料肯定不能差。这黑钰石就有一千多斤重了，最后炼制成功的话，以重剑的大小，估计有三千斤啊！近三千斤的重剑，我可是第一次炼制，这么重的剑，你确定要自己使用？要知道，一般的七级战士都用不惯。虽然八级战士能够轻松挥舞重剑，但是速度会受到影响。"

"维森特先生，你只管炼制吧。"林雷笑着说道。

龙血战士其强大之处就是肉身，龙血斗气反而要弱一点儿。

四大终极战士中，龙血战士和不死战士都属于力量特别强大的那种。当初巴鲁克家族第一代族长巴鲁克可是敢跟圣域级魔兽九头蛇王正面厮杀，最终还将九头蛇王直接斩杀了。

九头蛇王的身体可是大得不得了，力气自然不必说，实力算是圣域级魔兽中顶尖的，也依旧被巴鲁克正面斩杀，由此可见，龙血战士的实力有多么强大。

维森特多看了林雷一眼，最终点了点头："我们家族中，有一种其他矿石配合黑钰石一起炼制的秘方，只是，我一时间难以搜集其他的珍贵矿石。"

"这个就交给我吧。"门罗·道森随意地说道。

维森特点了点头。

以道森商会的实力，搜集到一些矿石是轻而易举的。

他看向林雷，郑重地说道："林雷，用黑钰石炼制出的兵器是好，如果你只是想要掺一点儿黑钰石粉末，我还有办法为这柄重剑开锋，可是，你想要加这么多黑钰石，恐怕我最多令这柄重剑的边缘薄一点，却无法为它开锋。"

一千多斤的黑钰石用来炼制，维森特听都没听过如此大的手笔。

这件兵器炼制出来后，肯定无比坚韧，要为它开锋很难，维森特还是有自知之明的。

"不能开锋？"林雷眉头微微一皱。

他忽然想到，自己家族的书籍中写着第一代龙血战士是使用战刀屠戮，后来的龙血战士却不是，还有一个龙血战士使用的是重锤，重锤靠的就是重量。

近三千斤的重剑完全比得上先辈的重锤了。

"不开锋就不开锋。"林雷自信得很。

如此重的重剑，凭借龙血战士恐怖的力量砸在魔兽身上，恐怕魔兽也会被砸死。

"那好，只要矿石搜集齐了，我就可以立即为你炼制。炼制一件兵器，半天时间就足够了。"维森特自信地说道。

他之前炼制了很多兵器，而且他对家族炼制兵器的秘法很有信心。

门罗·道森笑着说道："维森特，那你还不快将你那所谓的秘方给我？"

"行，我这就去取。"维森特也是雷厉风行。

道森商会的效率极高，天黑前，所需的各种矿石已经准备了一大堆。实际上，海德家族的秘方并不强求必须有哪几种材料，因为每种材料都是可以用矿石替代的。

可道森商会提供的材料都是最好的，数量也很充足。

当晚。

"材料的质量非常好，而且都是精品矿石。"维森特朗声笑道，"林雷，这些材料这么好，恐怕炼制出来的重剑比我预计的还要重一点儿啊！"

"没事。"林雷笑道。

只比三千斤重一点儿，一般的九级战士都可以轻易挥舞，更别说力气惊人的龙血战士了。

"好，明天一早，我就开炉。"维森特豪爽地说道。

林雷并没有回自己的住处，只是用灵魂传音和贝贝交代了一下。

贝贝非常乖巧，安心地待在庭院中。对于贝贝而言，可以吃了睡、睡了吃，生活就很不错了。

清晨，天刚蒙蒙亮。

维森特父子三人已经赤裸着上身，开始炼制了。这三人以维森特为主，陨星和特雷在旁边辅助。那风箱被拉得"呼啦"响，火焰的温度达到了惊人的程度。

"哧哧——"

维森特身体表面冒出了青色的火焰，青色火焰进入炉火中，竟然令炉火的颜色也发生了变化，其他矿石材料也渐渐熔化了，唯有黑钰石没有丝毫变化。

维森特从旁边端起一杯绿色的药汁，直接倒在黑钰石上。

"哧哧——"黑钰石表面竟然发生了一些特殊的变化。在灼热的炉火中，黑钰石竟然缓缓熔化了。

最终，剑坯初成。

"砰——"

那大铁锤一次次砸下，速度和频率都达到了惊人的地步。

维森特挥舞铁锤，给围观的人一种艺术的享受。显然，维森特的铁锤敲击的频率有特殊的规律，重剑在铁锤的敲击下，其形状渐渐清晰。

"哧哧——"维森特身上冒出的青色火焰使得重剑不断处于灼烧之中。

他连续敲击了三个小时，重剑表面的颜色从原本的杂乱之色变成了黑色。他的身上满是汗水，脸色都有些苍白了。

这一次炼制重剑恐怕是他最累的一次了。

"来青山泉水！"维森特大喝一声。

他的大儿子陨星立即从旁边提来一桶水，同时从这桶水中倒出一小杯到早就配好的液体里。以家族秘方配出液体，再加入最干净的青山泉水，这淬火剂绝对是最好的。

"哧哧——"重剑插入淬火剂中。

旁边的林雷等人看得眼睛都亮了起来。

经过淬火剂这一关，这柄重剑就差不多炼成了。

然而，就在这时，阴沉沉的天空突然响起了低沉的雷声，可是场上的人丝毫不在意。

"成功了。"维森特一把拔出重剑，脸上满是兴奋之色，而后高举重剑，大笑道，"哈哈，林雷，我成功了，这是我这辈子迄今为止最完美的作品！"

"轰！"一道恐怖的声音响起。

天空中陡然有一道青雷轰下，直接轰击在这柄重剑之上。

第160章
重剑"无锋"

这天地自然生成的雷电，劈下的速度可比雷系魔法师控制的雷电要快得多。场上的人连反应的时间都没有，那道青雷就劈中了重剑。

"啊！"维森特惨叫一声，全身再次冒出青色的火焰，其中还有一丝银白色的火焰。

"啪！"重剑摔落到一旁。

维森特也摔倒在一旁，身体不断地抽搐。特别是右臂已完全焦黑，甚至有一股肉被烧焦的气味，口中还在不断地喷出鲜血。

"父亲！"陨星和特雷两兄弟惊呼一声，立即跑了过去。

"维森特先生！"林雷、门罗·道森等人也大惊。

天空降下的雷电的威力可是大得恐怖，曾经有一些强大的战士甚至直接被雷电给劈死了。

一群人立即围了上去，门罗·道森更是大声吼道："快，让阿曼达先生过来，快！"

阿曼达是门罗·道森手下的一名光系魔法师，同时精通药剂学，擅长医术。

"是！"门口的护卫也看到了刚才那一幕，慌忙去找阿曼达了。

阿曼达很快就赶过来了。

这位有着雪白胡须的老者不问其他，直接施展出一个光系魔法，而后维森特那完全焦黑的右臂疾速恢复，很快便不见一丝伤痕了。

"我、我没事。"维森特艰难地挤出这么一句话。

"你体内的情况怎么样？"阿曼达直接问道。

强大的战士完全可以做到内视，这比阿曼达根据维森特的外表特征来判断更加准确。

维森特摇头，说道："没事，过段时间就好了。"

"我父亲的伤势还好，阿曼达先生，你不用管了。"陨星直接说道。

这两句话倒是令门罗·道森等人疑惑起来。他们都可以看出，此刻的维森特非常虚弱。维森特可是一个很强大的战士，现在却如此虚弱，明明不是小问题。

林雷忽然想起家族书籍中关于紫焰战士的介绍。

达到圣域境界的紫焰战士有涅槃重生的能力，一般情况下，再重的伤势，他们都可以以惊人的速度恢复。

"这维森特大师身上冒出的只是青色火焰，略微掺杂着银白色火焰，离最高级别的紫色火焰还差得远，应该还没有涅槃重生的能力，不过修复伤势的能力应该还是有的。"林雷心中暗道。

四大终极战士中，龙血战士应该算是战斗力最强大的，紫焰战士以紫焰、涅槃重生出名，虎纹战士以速度、攻击出名。至于不死战士，则以力量、防御出名。

"道森叔叔，维森特大师有疗伤秘法，不需要服用那些药剂。"林雷说道。

门罗·道森点了点头，便和阿曼达说了一声。

阿曼达嘱咐了维森特几句便离开了。

至于维森特，躺下歇息了大概十分钟，整个人的脸色就好看多了。

林雷不由得感叹："这紫焰战士恢复伤势的能力真强啊！"

"林雷，重剑……"维森特身体刚好一点儿，就紧张起重剑来了，"快给我看看，希望重剑没有被雷电轰击出问题。"

到这个时候，这群人才注意到落到一旁的重剑。

众人一看，顿时大吃一惊。

原本黝黑的重剑此刻表面竟然出现了一道青色光晕，仿佛凝结了一层青色的冰霜。

"给我看看。"维森特立即说道。

林雷抓起重剑，立即递给维森特。这群人中，恐怕只有维森特对兵器最有研究了。

此刻，伤势还没有完全恢复的维森特连举起重剑都有点难，只是利用重剑的尖端着地，抓着剑柄。他神情严肃，左手在剑面上敲击起来。

"砰！砰！砰！"清脆的敲击声不断响起。

维森特敲击重剑的力度越来越大，敲击声也越来越大。他敲击着重剑的各个部分，不断地转移敲击的点，还仔细地聆听着声音。

旁边的林雷一行人屏住了呼吸，他们明白维森特是在检查这柄重剑经过雷击后是否发生了什么变化。毕竟雷击的时候，重剑刚刚淬火完毕。

"锵——"维森特手指轻轻地一弹，重剑发出了好听的声音。

听着那悦耳的声音，维森特的脸上露出了狂喜之色。

"天意，天意。"他看着林雷，朗声说道，"林雷，这是老天想让你得到这柄神剑啊！"

"维森特先生，这柄重剑怎么了？"门罗·道森立即问道。

维森特解释道："使用黑钰石进行炼制，最难的就是完全发挥出黑钰石的作用，毕竟其他的材料比黑钰石低好几个等级。虽然我们家族的秘方能够提高其他材料和黑钰石的融合程度，但是也不可能达到百分百。也就是说，我刚才炼制成功的重剑的材质，内部各处不是完全相同的，还是有着细微的区别。"

维森特的脸上满是难以置信，又说道："可是，我没想到，在我刚刚将重剑淬火完毕的时候，那一道青雷就劈了下来，青雷竟然令重剑内部的材质完全融合了。黑钰石的作用被百分百地发挥出来了，我根本不敢相信竟然还会有这样的事情，的确是天意，天意啊！"

林雷也满心欢喜。

"老三，恭喜啊！"耶鲁、雷诺、乔治三人立即笑着说道。

他们都听明白了。经过这一次雷击，林雷的这柄重剑在实质上已经发生了变化。

"不单单如此，你们看，这柄重剑剑面竟然有着青色光晕。我抚摸过了，这剑面光滑到不可思议的地步，恐怕以后用这重剑会杀人不见血啊。"维森特笑呵呵地说道。

"杀人不见血！"门罗·道森很是惊讶。

"这重剑原本是黑色的，可是表面覆盖了青色光晕，乍一看如同深青色的一般。"耶鲁也惊叹道。

从外表看，这柄重剑也很有气势。

"陨星，将秤和尺拿来。"维森特立即吩咐道。

一件兵器炼制成功了，自然要知道这件兵器的准确数据。

林雷也感觉到这柄剑很重，可是不清楚它的准确数据。

门罗·道森则乐呵呵地看着众人测量重剑的准确数据。

"重剑长一米四一，重……"

当耶鲁等人测出重剑的准确数据时，都惊讶起来。

"三千六百斤！重剑长一米四一，重三千六百斤！"雷诺第一个高呼起来。

这的确是一柄很霸气的重剑，这柄重剑的长度是根据林雷的身高设定的，使用起来还算顺手。

而且，林雷的身体还在发育中，实力也还会增强，使用这柄重剑自然轻松得很。

"老三，这柄重剑叫什么？快起个名字吧！"耶鲁说道。

维森特等人也看向林雷。

雷诺则插话道："雷电劈中了它，我看，不如叫'天雷'吧！怎么样？很有气势吧！"

"太俗。"乔治摇摇头。

"那叫'雷威'？"雷诺又说道。

耶鲁等人都笑了起来。

门罗·道森打趣道："雷诺啊，叫什么雷威啊，直接叫雷诺吧。哈哈……"

听到这话，雷诺撇撇嘴，不满地哼了一声。

"不必跟雷电强拉关系。"林雷笑道，"这柄重剑既然无法开锋，就叫'无锋'吧。怎么样？"林雷随意地说了一个名字。

这个名字很朴素，林雷却很喜欢。

"无锋！重剑'无锋'！不错！"耶鲁点了点头。

"无锋。"

旁边的维森特、陨星、特雷几人都品味着这个名字，最后都点了点头。

当天，门罗·道森送了一个剑鞘给林雷，那剑鞘是用深青色金属炼制而成的，只有半米长，两端都是通的。

林雷的重剑插入剑鞘内，还有大半部分是露出来的。

一般重剑的剑鞘都是如此设计的。那种完全套住剑身的剑鞘实在太长了，一旦战士要拔出重剑，那一米多长的剑鞘背在身上实在碍事，这半米长的剑鞘背起来反而轻松无碍。

宴会上。

林雷一身战士装束，背着这柄重剑。

因为长期修炼，身高足有一米九的他身体极为强壮，战士装束完全将其魁梧的身材展示出来了，再背着这么一柄重剑，倒是有几分重剑战士的气势。

"哈哈……"门罗·道森笑着看向林雷，"依我看，如果有人看到你，绝对不会想到你是一个天才魔法师。"

林雷微微一怔，而后也笑了。

他这般装束，外人的确很难将他当成魔法师。

"我记得，当初在恩斯特魔法学院时，我们还是一年级，老三年纪还很小，就轻易将年级赛第一的家伙给单手提了起来，然后扔得老远。那时候，我就知道老三的战士天赋也很强。"耶鲁乐呵呵地说道。

这一顿宴席，大家都吃得非常开心。

林雷得到这柄重剑，心中也是喜滋滋的。

"等过段时间，一定要好好研究使用重剑的方法。"林雷心中做出了决定。

得到紫血神剑后，他花费了数月才完全学会紫血神剑的使用方法。不过，紫血神剑的特别之处在于速度快、变化诡异，练起来并不难，而这重剑单单重量便有三千六百斤。

看起来，使用重剑，只是刺、劈、挡等，可是林雷明白，那只是简单的动作。这重剑使用的本质绝对不是那么简单的。因为他的先辈也讲述过关于使用重锤的方法，很显然，重武器使用起来更加复杂。

要将一件重武器练到极致，很难。可一旦成功了，威力就大得很。

宴会结束。

林雷便在道森商会府邸空旷的院子中简单地挥舞起了重剑，感受用重剑刺、劈、挡等动作带给自己的感觉，就在他沉浸在重剑带来的奥妙中时……

"老大，老大，快回来，那个克莱德出现了。"贝贝的声音陡然在林雷的脑海中响起。

林雷的心神一下子从使用重剑的状态中脱离出来。

"克莱德回来了！"

林雷十分激动，全身的力量都澎湃起来，顾不得和好兄弟们多作解释，简单地告别了一声，就快速朝自己的住处赶去。

第161章
一群苦修者

背着重剑的林雷快速地前行。从外表看，根本无法看出重剑真正的重量，所以周围也没几个人注意林雷。

"克莱德终于来了，我等了他好久啊！"林雷强忍心中的激动，"冷静，这一次无论如何都不能再失手。"

上一次原本十拿九稳，没承想最后"命运守护"这圣域级的魔法防御卷轴出现，使得林雷功亏一篑。这一次，林雷不想再失手了。

"林雷，"德林·柯沃特那略带沙哑的声音响起，"记住，你曾经跟沙克等人在一起。克莱德回去后，沙克说不定就会将此事禀报克莱德。"

"明白。"

这一点林雷早就想到了，可是为了找到克莱德最终现身的地方，他不得不和沙克等人在一起。抵达赫斯城后，他怕沙克会将此事禀报克莱德，曾想过将沙克等人灭口，但若将沙克等人杀了，克莱德或许再也不会现身了。

"我不得不这么做。只是，克莱德即使现在知道了我曾经跟沙克等人在一起，他也没有任何办法，因为现在我已经知道他的行踪，他逃不了的。"

林雷信心十足，而和他有灵魂联系的贝贝正在那里监视着克莱德一群人。

话音刚落，林雷就来到了克炎街。

为了防止自己被克莱德的人看到，林雷直接在府邸和小院之间的一些小巷子里穿梭，最终通过后门进入了自己购买的宅院。

一道黑色残影陡然穿越十几米距离，跃到林雷的怀里。

"贝贝。"林雷笑着看向怀中的小影鼠。

贝贝眼睛发亮，得意地灵魂传音道："老大，我前不久看到克莱德回来了。只是，我只来得及看到克莱德的半边脸，他就进入那座府邸了。老大，你雇佣的两个手下太没用了，竟然没有发现克莱德。"

"嗯？"林雷有些疑惑。

他命令那两人日间监视，按道理，只要克莱德现身，那两人肯定会发现克莱德的。

"大人，大人。"那两人中的老二跑了过来，恭敬地说道，"大人，我们刚才发现一大群人进入了那座府邸。"

"一大群人？其中有没有断手的？"林雷立即问道。

老二摇头，回道："没有。大人，你交代我们若是注意有人进入那座府邸就告诉你，还让我们注意断手的人，可是那群人中没有断手的。"

"不可能。"林雷肯定地说道，"肯定有断手的人。"

贝贝已经看到了克莱德的半边脸，以贝贝的视力，绝对不可能看错。既然贝贝确认了，克莱德肯定就在其中。

"肯定有？"老二见林雷如此肯定，尴尬地说道，"大人，可能、可能人太多了，我和我大哥没有看到吧。"

林雷眉头一皱。

人太多？

当初克莱德在王宫的时候，就被自己和贝贝击败，只剩下克莱德和他的十几个手下逃亡。而且，这一路上还有那么多魔兽，能够有十个人还活着就很不错了。

就这些人，还叫多？

"人多，有多少？"林雷喝问道。

"最起码七十人吧。"老二不确定地说道，"总之，人很多。那一大群人突然出现，然后都进入了那座府邸。我们兄弟二人无法看清每个人，可能其中有一个人是断手的吧。"

林雷疑惑起来。

起码七十人？

在王宫的时候，克莱德的狂雷小队不过三十几个人而已。更何况，后来他和贝贝发起了攻击，怎么还会有这么多人呢？

林雷不明白了。

"老大，人的确很多。"贝贝的声音在林雷的脑海中响起，"等我注意到克莱德的时候，克莱德刚刚进入府邸，我只来得及看到他的半边脸，可是他身后起码还有五十人。至于在克莱德之前进去了多少人，我就不知道了。"

贝贝说的话，林雷是绝对相信的。

"好了，你先去吧，这是给你们兄弟的奖励，你们继续给我监视那座府邸。"林雷挥手，扔出了半袋金币，足足有五十个。

老二接过袋子，透过缝隙一看，里面金灿灿的，绝对是金币。这半袋子起码有五十个金币，他立即激动起来。

他们从外地逃到赫斯城后，连吃喝都成问题。被林雷才雇佣几天啊，林雷就随手给了他们五十个金币，如何不惊喜？

"多谢大人，多谢大人。"

老二下定决心，一定要和大哥好好地监视那座府邸中的人。当即，他便告退，跑到外面的小酒馆中和大哥会合，顺便监视不远处的府邸。

庭院中。

林雷沉思起来。

一道白光从盘龙戒指中飞了出来，而后化为身着一袭月白色长袍，有着白发白须的德林·柯沃特。

德林·柯沃特抚摸着白须，笑眯眯地说道："林雷，怎么了，在苦恼吗？"

林雷抬头看向德林·柯沃特，感觉自己的心安定下来了。有这么一个长辈在身边，他至少做事情有底气、不会慌。

"德林爷爷，我在想，克莱德身旁的一大群人是从哪里来的。"林雷说道。

德林·柯沃特笑道："你与其浪费时间在这里想，还不如直接行动，藏到某个旮旯中，仔细地监视。到时候，你自然就知道在克莱德身边的都是些什么人了。"

林雷笑了起来。

对啊，在这里浪费时间干什么？

"背着这重剑行动，还是会影响速度的。"林雷卸下重剑，步入房中，直接掀起床单，将重剑放在床下。

站在林雷肩膀上的贝贝好奇地看着重剑，和林雷灵魂传音："老大，这柄重剑就是用黑钰石炼制的宝贝吗？"

林雷笑着点了点头："是的，所以我习惯称它'黑钰重剑'。"

"这柄黑钰重剑有多重啊？"贝贝问道。

"三千六百斤。"林雷据实回答。

贝贝惊讶地用小爪子捂住嘴巴，那乌溜溜的眼睛更是惊讶地盯着黑钰重剑。

"好了，你以后有的是时间看。"林雷放下床单。

"啊，老大，我想到一件事情，克莱德很可能知道你就在这里。"贝贝看到林雷手指上的空间戒指，立即惊呼起来。

"怎么回事？"林雷倒是大吃一惊。

"老大，你的紫血神剑是认主的。你说过，你被关押在光明神殿的时候，紫血神剑虽然被别人收缴了，但是你还是能够感觉到紫血神剑所在之处，而这空间戒指也是认主的，那克莱德会不会也能感觉到空间戒指所在的位置呢？"贝贝紧张地用灵魂传音。

听到这个，林雷笑了起来。

"哈哈。"旁边的德林·柯沃特也笑了起来。

只不过，贝贝根本听不到德林·柯沃特的笑声。

关于林雷夺得的空间戒指，在逃离芬莱城后，他就询问过德林·柯沃特了。

"贝贝，"林雷笑着解释，"这空间戒指和紫血神剑不一样。准确地说，这空间戒指并不是什么神器，只是一个珍贵的魔法道具，实质上跟魔晶卡差不多。魔晶卡是靠指纹确定主人，而这空间戒指是靠鲜血确定主人，只有主人才可以开启空间戒指。然而，一个魔法道具被偷走，它的主人是无法感应其准确位置的。你以为神器这么好得到？连我那柄黑钰重剑都没达到神器层次。"

神器，玉兰大陆这个物质位面是炼制不出来的，如盘龙戒指、紫血神剑，都是非常古老的存在。

"那一次在光明神殿，盘龙戒指中突然冒出一股恐怖的力量，救下了我，而且，使用魔法的时候，盘龙戒指还可以节约六分之一的魔法力、精神力。而这紫血神剑可以随心念发生变化，而且极其坚韧，无法摧毁。"

林雷有种感觉，盘龙戒指肯定还有自己没有发现的用处，那天在光明神殿中出现的恐怖力量就说明了这一点。

至于紫血神剑，能够用来辅助那个神秘魔法阵封印某个未知的存在，这紫血神剑肯定也有特殊的用处。只是，如今自己实力太弱了，根本发现不了这种神器的特殊之处。

"紫血神剑。"林雷看了看充当腰带的紫血神剑。

这紫血神剑真正的神通到底是什么呢？

"贝贝，你先待在这里。"林雷嘱咐道。

"知道了。"贝贝乖乖地待在庭院中。

而林雷跃出了庭院，从小巷子中悄然地朝克莱德所在的府邸靠近。

府邸院墙外，林雷贴着墙壁前行。

"哧——"

林雷那尖锐的爪尖冒了出来，轻易地在墙壁上划出了一道裂缝。而后，他的双手又恢复了正常。

　　透过裂缝，林雷朝院墙里看去。

　　当初他仅在府邸中住了一晚，就记住了里面的假山、房屋等物的具体位置。

　　此刻，他划出的这道裂缝非常巧。透过这道裂缝，可以看到前院和后院这两个地方，而且刚好不被假山阻挡视线。

　　"父王。"

　　林雷凭借灵敏的听力听到了后院中沙克跟克莱德的谈话，当即看了过去。

　　果然，沙克和克莱德并肩走了过来，出现在林雷的视线范围内。

　　"是克莱德！"林雷小心地看着。

　　然而，这么一看，他却震惊了："克莱德的手，他的手……"

　　克莱德的双手完好无缺，可是林雷清楚地记得自己将克莱德的右手给砍断了，还夺了他的空间戒指，绝对不会错。

　　"要修复断手，至少要光明系的九级大魔导师才能做到。"林雷心中惊讶。

　　克莱德走的时候，他的身旁可没有一位魔法师。

　　他怎么会跟九级大魔导师牵扯在一起呢？

　　"父王，你怎么会遇到光明圣廷的人啊？那群人的实力都好强啊！"沙克低声说道。

　　克莱德点点头，说道："当然，那可是光明圣廷中实力最恐怖的一群人。那是以落叶大人为首的一群苦修者，其中九级强者就有不少。我跟他们走在一起，一路上自然安全得很。"

　　克莱德说话时只是正常声音，按道理，林雷在院墙外应该听不清。不过，林雷是龙血战士，听力太敏锐了，自然听得一清二楚。

　　"以落叶大人为首的一群苦修者？"林雷脸色一变。

　　落叶大人可是圣域级巅峰强者，身边还有一群苦修者，那些苦修者中有不少九级强者。

第 162 章

屏息

林雷悄然离开，回到了自己的庭院中。

从克莱德所在府邸院墙外回到自己庭院的这一路上，林雷的眉头一直是紧锁的，刚刚得到的消息令他发觉事情变得麻烦了。

"林雷，你决定怎么做？"德林·柯沃特再次从盘龙戒指中出来了。

林雷所在的庭院和克莱德所在的府邸还是有一段距离的，德林·柯沃特这个五千多年前的圣域级巅峰强者并不担心那个落叶大人会发现他。

"我？"林雷双拳握紧，"忍，我只能忍。"

德林·柯沃特赞许地点了点头。

他是看着林雷一路成长起来的，对林雷就如同对自己孙子一般疼爱，自然不希望林雷太过冲动。

"林雷，你放心。"德林·柯沃特抚须，自信满满地说道，"那个叫落叶的，恐怕只是跟克莱德顺路，他绝对不会跟克莱德在一起太久。过去，克莱德是芬莱王国的国王，地位都比落叶低得多，如今芬莱王国都被灭了，克莱德更加算不上什么了。而据我们了解，光明圣廷的人选的新圣都应该不是赫斯城，这个落叶应该不会待在赫斯城太久。"

林雷点了点头。

旧圣都芬莱城已经被魔兽山脉的魔兽给毁掉了，那里成了一片废墟。光明圣廷的人绝对不允许这种事情再发生，自然不会将新圣都定在离双方边界最近的赫斯城。

毕竟魔兽山脉的王者帝林说了，魔兽山脉的魔兽可能会占领神圣同盟一半的领土，而现在才占了三分之一，如果占一半，赫斯城也是包括在内的。

光明圣廷的海廷斯等人根本没有信心与达到神级的帝林抗衡。虽然光明圣廷也有隐藏的力量没拿出来，但是一旦拿出来，真的去跟帝林抗衡，最后只会是光明圣廷上万年来积累的财富毁于一旦。

海廷斯没有那个胆量和帝林斗争。

"等待。"林雷深吸一口气，努力让自己保持平静。

如今他已经知道克莱德的行踪，只要自己不出错，克莱德是逃不掉的。

沙克购买的府邸对面的酒馆中，林雷雇佣的那两个人还在监视沙克等人。

当天。

林雷穿着短袖汗衫，胸肌自然显现出来，那强壮有力的双臂更是彰显出他强大的力量，他依旧背着那柄黑钰重剑。

林雷这种重剑战士的打扮非常普通，因为战士重视锻炼肉身，实力强大的战士大多身体强壮，使用重剑的更是不少。

"老板，来两盘烤肉，两瓶斗牛士。"林雷低沉的声音响起。

"先生，先请坐。"那侍者见到林雷，态度恭敬得不得了。

林雷直接选了靠里面的一个座位，坐在那个座位上，可以透过大门或窗户看到克莱德所在府邸门前的场景。

侍者立即拉动座椅，恭敬地让林雷入座。

"先生，请稍等。"侍者笑着说道。

这时候，另外一个侍者已经捧着两瓶斗牛士过来了。斗牛士属于烈酒，是一些强大战士的最爱。

那侍者偷偷地看了林雷背上的黑钰重剑一眼，心中暗惊："那么粗那么长的一柄重剑，看色泽，应该不是用一般的钢铁炼制而成的，估计有好几百斤重，这位先生真是一位强大的战士。"

在酒馆中当侍者，他们无聊的时候会偷偷地观察每一位客人，长期下来，眼光毒辣。这侍者通过林雷那轻松的模样和黑钰重剑的样式就判定林雷是一位强大的战士。

不远处，受林雷雇佣的两兄弟中的老大立即走了过来。

"你带些烤肉回去给贝贝吃。"林雷不等对方说话，直接吩咐道。

"是，大人。"

那老大本就没什么重要的事情，当即听从林雷的命令带了一些烤肉回去。

而后，林雷便坐在酒馆中，安静地喝酒。

他喝酒的速度很慢，一瓶酒能够喝上两三个小时。他就这么品着酒，同时注意着克莱德所在的府邸。

晚上。

酒馆边有吟游诗人在高声唱着，内部也喧闹得很，不少战士在大声喊叫。

经过这一次灾难，赫斯城却是前所未有的热闹，连这个酒馆中都可以看到不少厉害的战士，战士们大多豪爽得很，一个个竟然比起了腕力。

"一万金币，赢的人获得一万金币。"旁边主持比赛的人立即大吼起来。

对于不少逃难的强大战士而言，一万金币不算小数目。

"来，这一万金币是我的了。"一个身高两米多、手臂比得上一般人的大腿粗、有着棕色短发的男子坐了下来。

"哼，我跟你比比。"

另外一个身材和林雷差不多的红发男子走了过来。

两人立即伸出了胳膊。当他们的手相握的时候，手臂的肌肉明显鼓了起来。

旁边手持大酒杯的男人们都高声呼喊起来。

"这种日子也蛮有意思的。"

林雷知道，等着落叶一行苦修者离开的日子是非常枯燥的。

谁知道落叶等人会待多久？一天，两天，还是十天，乃至半个月？

林雷也饶有兴趣地看了过去。

"这两人的实力不弱，最起码有六级战士的水准。"林雷暗自点头。

如今的赫斯城中果然高手云集。

那两人的肌肉鼓起，力量迸发出来了。

那个棕色短发男子猛然大喝一声，手臂上的青筋如蚯蚓一般扭曲起来，很难不让人怀疑，这些青筋时刻都有可能崩断。

那红发男子则涨红着脸，丝毫不退让。

两人手肘撑着的桌子开始震颤起来。

要知道，这酒馆中的桌子和椅子可都是钢铁做的，很是结实。而且，一般厉害的战士掰手腕，对力量精确操控，完全可以做到悬空掰手腕。而此刻他们的力量竟然影响到了桌子，显然两人都到了极限。

"哈哈，加油，哈罗德！"

"哈罗德，用力啊！"

"老二，别给我输了！"

周围一些喝酒的战士纷纷大吼起来。

很快，那个叫哈罗德的棕发战士占了优势，红发战士急得拼命使力。

哈罗德大喝一声，猛然将对方的手压下，狠狠地砸在桌面上，甚至在钢铁炼制的桌面上砸出了凹印。

"哈哈，我赢了。"哈罗德大笑起来。

"老二闪开，让我来！这傻大个还想赢这一万金币，做梦！"一个红发独眼战士走了过来。

酒馆的夜晚是喧闹的，那些欢腾的战士大声吼叫着，而在酒馆边上的吟游诗人为了赚取一点儿金币在努力地吟唱着。

然而，在这酒馆中，依旧有几人安静得很，周围的一些战士也非常识趣地不去打扰他们。这些在外面混的人都是有眼力见儿的，知道哪些人能惹，哪些人不能惹。

第二天上午，林雷刚在酒馆坐下不久。

"嗯？"

他忽然瞥见了一个熟人——落叶大人。

那清瘦的落叶大人在两名穿着麻布衣、光着脚的苦修者的跟随下，走出了克莱德的住处。

"他们离开了！可是，只有落叶大人和那两名苦修者离开了。"林雷当即疑惑起来。

他知道，这次的苦修者人数很多，其中的高手也不少，现在才出来三个人。

"继续等待。"林雷喝了一口酒，继续等待。

克莱德一行人在门口目送落叶等人离开。

"父王，我有一件事情忘记告诉你了。"沙克一拍脑袋说道，"父王，林雷大人前些日子跟我们在一起，只是早在前些天就离开了，他出发去北方了。"

"林雷！"克莱德听了，差点惊叫起来。

林雷可是两次都差点要了他的命。

"怎么了，父王？"沙克疑惑地说道。

在沙克看来，这不是什么大事，毕竟芬莱王国被毁了，如今他们芬莱王族只是有名无实，人家林雷会继续效忠他们才怪呢。

"他之前跟你在一起，那他知道这里吗？"克莱德立即问道。

"知道，他还在这里住了一晚呢。"沙克回道。

克莱德心中大惊："林雷肯定就在赫斯城。"

克莱德知道林雷要杀自己，林雷绝对不会轻易离开。

"没事，现在还有一群苦修者住在这里。"克莱德安慰自己。

"不过，等苦修者离开时，我得和他们一起离开。"克莱德做了决定。

只有跟这些苦修者待在一起，他才有安全感。

克莱德小心地看了看周围。

他甚至有种感觉，林雷就躲在周围某个角落看着他。

一天，两天……

林雷除了深夜回去睡觉，平常就待在这酒馆中。曾经有个不长眼的人来找他的麻烦，但被他一脚从酒馆内踢到外面，之后就再也没人敢来打搅他了。

一晃，六天过去了。

这六天来，也就落叶大人带着两名苦修者离开了，其他苦修者一直在府邸里待着。

克莱德所在的府邸中。

"诸位怎么这么急着离开呢？"克莱德看着眼前三名苦修者代表，劝说道。

其中一名披着金色长发的老者淡漠地说道："克莱德，我们必须前往新圣都。这些日子，我们住在你这里，打扰了。我们先走了。"

这三名苦修者代表根本不理会克莱德，准备离开。

"诸位大人，你们是去新圣都？我也想去。要不，我们一起去吧。"克莱德立即说道，同时对他的儿子沙克吩咐道，"沙克，你快准备行李，马上出发。"

克莱德此刻一点儿安全感都没有。

若是遭到林雷和那厉害魔兽的攻击，克莱德不认为手下的凯撒能够保护好自己。

"跟我们一起？"金发老者眉头一皱。

此次他们实际上不是前往新圣都，而是要去完成秘密任务。

"不行，圣廷有严令。"金发老者冷冷地说道。

其他两人也冷冷地看了克莱德一眼，说道："如果你跟踪我们，下场你自己想得到。"

说完，这三人便离开了，只留下傻眼的克莱德。

克莱德没想到，这群苦修者竟然不肯带自己一起走。

"诸位大人。"

克莱德追出去，可是那五十几名苦修者已经走出了府邸，没有一名苦修者回头看他一眼。

他想了想，没敢跟过去。别看光明圣廷的廷义说得多么仁义，可到真正下手的时候都是绝不留情的。

如今的克莱德对光明圣廷没什么大用，那些苦修者绝对敢直接杀了他。

"父王。"沙克走了过来，看着克莱德。

克莱德眉头一皱，沉思片刻，直接吩咐道："从后门出发，我们现在就走。对，就是现在，多浪费一分时间危险就多一分。"

第163章
事情原委

酒馆中。

看到一大群苦修者从克莱德的府邸门口走出来时，林雷心中一阵狂喜。

他一眼就可以判定有五十多名苦修者，估计是所有苦修者都离开了。

"已经六七天了，沙克十有八九已经将我的事情告诉克莱德了，想必克莱德已经猜到我在附近了。"

林雷随手在桌上扔下几个金币，身体周围顿时气流环绕，整个人如同一阵风，非常轻松地冲出了酒馆。

即使背着黑钰重剑，在风系魔法的辅助下，他也轻如柳絮。当然，这是因为他乃七级魔法师，如果是一个三级魔法师，那辅助魔法的效果可没这么好。

"贝贝，你看住后门。"林雷同时灵魂传音给贝贝。

"老大，知道了。"

林雷冲到克莱德府邸院墙外的时候，同时默念出了一个魔法——探知之风。

"呼！"

以他为中心，一道气流朝四面八方传播开去。

林雷闭上眼睛，感受着探知之风探察的一切。

"嗯？朝后门聚集？"

探知之风只能探察物体、人影，无法探察清楚一个人的具体模样。可是，通过探知之风，林雷发现这府邸中的人正不断地朝后院聚集，显然是要快速逃走。

"哼，一切都在我的意料之中。"

林雷脚尖轻轻一点，如同柔风一般飘进了克莱德府邸的前院中，而后轻车熟路地朝后院悄然走去。

"快，快点！"克莱德怒斥道。

狂雷小队的成员们很快就聚集了，动作最慢的是那位王妃和她的女儿。

等到王妃和公主都聚集在一起时，克莱德直接说道："走，从后门，我们立即出发，离开赫斯城。"

王妃疑惑地说道："陛下，我们现在住得不是很好吗，为什么……"

"啪！"

克莱德甩手就给了她一巴掌。

"别废话！"克莱德怒斥道。

"快走，马就别管了。你们两个，负责保护王妃和公主。"克莱德命令两个战士，而后，一个战士便去打开后门。

而一直躲在假山后看着这一切的林雷冷笑起来。

"果然没有一名苦修者。"林雷脚尖一点，疾速后退，退到克莱德等人看不到的地方，悄然跃出了前院，而后快速朝后院院门赶去，当跑到转角处时，停了下来。

贝贝这个时候正在后院的院门旁。

"嘎吱！"院门打开了。

贝贝立即往旁边墙角的杂草丛中一躲，它的身体才巴掌大，杂草丛完全将它给遮住了。

"贝贝，克莱德若是出来了，立马告诉我。"林雷躲在转角处，全身开始冒出黑色的鳞甲。

"哧哧——"林雷的额头、后背、肘部、膝盖等处都冒出了尖刺。

那条钢铁长鞭般的龙尾也冒了出来。

林雷的黑色瞳孔一下子变成了暗金色，如棘背铁甲龙一般。

他完全龙化了！

"风系辅助魔法极速。"林雷同时为自己加持了一个风系魔法。

完全龙化后，林雷感觉到了全身无尽的力量。

三千六百斤的黑钰重剑对此刻的林雷一点儿影响都没有。

对于能够轻易举起数十万斤乃至百万斤的强大战士而言，三千六百斤根本不算什么。就好比对能够举起百斤物体的普通人而言，一斤的物体在身上又有什么影响呢？

"快点！"克莱德催促道。

狂雷小队的战士一个个走了出去。

克莱德则跟在沙克身后走了出去，而王妃和公主在两个战士的保护下紧接着朝外面走去。至于凯撒，则走在最后面，负责保护他们。

"老大，克莱德出来了。"

当克莱德走出后门的时候，贝贝的声音直接在林雷的脑海中响起。而一直躲在转角处不敢冒头的林雷，暗金色瞳孔陡然亮了起来。

他的脚尖猛然一点，周围的气流更是疾速推动着身体。

"嗖！"

一道黑色的人形残影几乎在眨眼的工夫就划过七八十米距离，直接冲到了克莱德府邸的后门处。

克莱德惊悸地朝侧面看去，只见一道人形残影已经到了他的面前，看到对方那熟悉的模样，他不禁心颤，还没来得及反抗，一股恐怖的力量直接束缚住了他。

"别动，否则，死！"林雷的声音直接传到克莱德的耳边。

"啊！"刚刚走出来的王妃看到林雷，被吓得惊叫起来。

"怪、怪物！"公主被吓得立即后退。

"放开陛下！"跟着沙克一起走的狂雷小队战士立即冲了回来。

可是，一道黑影闪过——

那膨胀成足有半米长的影鼠贝贝落在地上，而刚才那两名冲过来的战士的喉咙被划了一道口子，倒在了地上。

"你们不要反抗，反抗无效。"林雷低沉的声音响起。

凯撒这个时候也冲了过来。

"凯撒大人，那、那是什么怪物？"

公主被吓到了，而听克莱德说过这个事情的沙克知道这个怪物就是林雷。

眼前的怪物全身覆盖黑色的鳞甲，额头、后背、肘部、膝盖等处还有着锋利的尖刺，双手双脚都覆盖鳞甲，锋利得很，特别是那条钢铁长鞭般的龙尾。

此刻，这条龙尾将克莱德整个人紧紧地捆缚住了，让其动弹不得。

林雷的龙尾上下微微地晃动着，克莱德整个人也随着上下晃动。

这一幕完全将其他人震慑住了。

"凯撒，这一次，你没有机会的。"林雷冷漠的声音响起。

凯撒脸上满是苦涩，他知道即使和林雷一对一，他也没有必胜的把握。而此时，林雷旁边还有一只和其实力相差无几的魔兽。

无论是对付林雷，还是对付魔兽贝贝，他都没有必胜的把握。

现在克莱德在林雷的手上，他更是一点儿机会都没有。

"林、林雷，放开我父王！"沙克怒吼道。

林雷冷冷地瞥了沙克一眼。

沙克打了一个寒战，再也不敢出声了。

此刻，林雷完全震慑住了那些人。

那些跟随克莱德的狂雷小队战士和林雷、贝贝厮杀过，自然知道林雷和贝贝的实力都很强。

"林雷……"克莱德刚要求饶。

林雷直接一拳重重地挥向克莱德。

"啊——"克莱德忍不住大叫起来。

克莱德瞪向林雷。

迎接他的，却是林雷那冷漠的眼神。

"你现在有两个选择，一是受尽折磨死去，二是告诉我，当年你将我的母亲送给谁了，谁杀了我的母亲，然后我让你干脆地死去。"林雷淡漠地说道。

林雷很清楚，对付克莱德这种人，直接说清楚比较好，否则，对方还以为自己有生还的希望，会咬紧牙关不说。

"不，你只要饶了我，啊——"

林雷又给了克莱德一拳，淡漠地说道："你必死无疑。这两个选择的区别只是——说得越早，受的折磨越少。"

"陛下。"凯撒当即冲过来。

"凯撒，你想让这里的人都没命吗？"林雷冷冷地看向凯撒。

凯撒顿时停了下来。他明白，若面对林雷和贝贝的夹攻，他没有一丝逃走的机会。

"啊！"凯撒急得不知道该怎么办。

林雷看向克莱德。

克莱德脸色苍白，额头冒出了黄豆大的汗珠。

而此刻，林雷龙尾的力量越来越大。

"你继续想吧，想的时间越长，承受的痛苦越多。"说着，林雷作势又要挥出一拳。

克莱德当即大吼一声："不！"

"啊——"克莱德又受了一拳，痛得惨叫起来，还不停地咒骂着，"林雷，你这个浑蛋，你是个恶魔。"

"你继续拖延时间吧。"林雷面无表情地说道。

当克莱德妄图从林雷的眼中读出一丝希望时，却只看到林雷那覆盖鳞甲的脸，以及不含一丝感情的眼睛。

"你不说，那我下狠手了，刚才那三拳只是让你受了重伤，接下来可没这么简单了。"林雷的手伸了出去。

"不，我说，我说！"克莱德声嘶力竭地吼了起来。

林雷的手收了回来。

"说吧。"

"我说，我说。"

克莱德的眼中竟然满是泪水，他真的崩溃了。

而林雷根本没有放过他的意思。他说不说都是死，说，就是干脆地死；不说，就是受尽折磨而死。

远处的狂雷小队战士没有一人敢吭声，因为林雷和贝贝这一人一兽的实力实在是太可怕了。

克莱德心中怒吼起来："光明圣廷，这一次你们的人完全不管我的死活，就不要怪我给你们带来一个未来会让你们感到恐惧的敌人！"

"林雷，我告诉你，光明圣廷每年都要搜罗纯洁的灵魂，献给光明之主。光明之主只需要两样东西，一个是信仰，一个就是纯洁的灵魂。"克莱德直接说道。

林雷面无表情地看着克莱德："这跟我的母亲有什么关系？"

克莱德继续说道："把越是纯洁的灵魂献给光明之主，得到的恩赐就会越多。当年，我和我弟弟帕德森从光明神殿中出去，看到你母亲的第一眼，我们就被吸引了。你母亲的眼睛是那么纯净，我看到你的母亲时，甚至心都安定下来了。当时我有种感觉，你母亲的灵魂应该非常纯洁。"

听到这里，林雷已经猜出事情的大概了。

"我看得出来，你的母亲只是一般人物，便直接让帕德森派人将你的母亲抓来。第二天，我就将你的母亲献给了光明圣廷。"克莱德深吸一口气，"果然，你母亲的灵魂非常纯洁。光明圣廷在献祭时，杀死了你的母亲，将你母亲的灵魂献给了光明之主，光明之主赐下了前所未有的恩赐。也因为这个，光明圣廷为我进行了一次前所未有的神之恩赐，使得我直接从七级战士晋升为九级战士。虽然我之后再未提升，但是我也很满意了。而且，光明圣廷还赐予了我一幅圣域级魔法防御卷轴——命运守护。"

　　克莱德看着林雷，又说道："你母亲的灵魂的确很纯洁，光明圣廷竟然舍得赐予我这么多，由此可以想象光明圣廷得到了光明之主多少赏赐。"

第164章
命运

听着克莱德缓缓叙说，林雷一直沉默着。

"哈哈，林雷，你现在知道你真正的敌人是谁了吧！可是，你对付得了光明圣廷吗？"克莱德猖狂地笑道，有点歇斯底里。

他知道自己必死无疑，到了这个时候，反而想要这个世界越混乱越好。

"你说的都是真的？"林雷沉声问道。其实他相信克莱德说的话了，因为只有这样，才能够解释光明圣廷为什么会赐予一幅圣域级魔法防御卷轴给克莱德。

"到底是真是假，你自己还不知道吗？"克莱德狂笑道。

林雷沉默了。

"林雷，你也不想想，你可是魔法天才，又是龙血战士，在光明圣廷看来，你可比我这个利用秘法晋升的九级战士更有益处。未来的你可是圣域级终极战士，又是圣域魔导师。如果不是这个原因，恐怕就算你杀了我，光明圣廷也不会舍得杀你吧。"克莱德朗声笑道。

林雷也明白这个道理。

"克莱德说的应该是真的。"德林·柯沃特的声音在林雷的脑海中响起。

以德林·柯沃特的阅历，判断对方话的真假，可比林雷要厉害得多。

林雷很信任德林·柯沃特。

此时，赫斯城克炎街上正有六名身穿紫袍、表情冷酷的男子。这六名紫袍男子自然地散发着高手独有的气息，让周围的人不自觉地避让开来。

这六人直接朝克莱德的府邸走了过去。

他们此刻根本不知道克莱德府邸中发生的事情。

"维特斯，苦修者们是在前面吗？"其中一名紫袍人低声问道。

领头的紫袍金发男子点点头，说道："是的。据我所知，苦修者们和那个克莱德住在这里。这一次任务非常重要，我们还是跟苦修者们一起出发比较好。"

这六人是裁判所的特级执事，他们是刚刚从外地赶到赫斯城的，只知道这个地址，并不知道几分钟前苦修者们已经出发了，他们只晚了一会儿。

"嗯，怎么没人？"

当这六人步入克莱德的府邸之中时，不由得疑惑起来。

其他五名特级执事都看向维特斯，维特斯是这次行动的领队。

"到里面看看。"维特斯淡漠地说道。

这六人便直接朝府邸内部走去，可是府邸内空无一人。

"林雷，放了我父王吧！我父王把一切都告诉你了。"一道声音从后院门口传来。

顿时，这六名特级执事同时朝后院的方向看去。

六人的神色都变得肃穆起来。

"林雷？"

六人互相看了一眼。

"林雷名列裁决红榜名单，见之，必杀无疑。"

这六人直接悄悄地朝后院门口赶了过去。

裁判所中有两个榜单，一个是红榜，一个是黑榜。遇到红榜名单中的人，必须杀之，但是，不必为这个目标耗费太大的力气。至于遇到黑榜名单中的人，则是不惜一切代价必须杀掉。

其实按照林雷的潜力，他未来对光明圣廷的威胁很大，应该可以名列黑榜。

只是，圣廷内部的一些人认为，林雷既然不在圣廷内部，那么查到他的母亲是光明圣廷杀死的可能性很小，所以就将林雷的名字列在了红榜。

光明圣廷裁判所的特级执事个个实力惊人，这六名特级执事都是九级强者。

六人悄悄地朝林雷围了过去。

克莱德府邸后院后面的小巷中。

林雷的龙尾紧紧地捆住克莱德。

"放了你父王？"林雷盯着沙克，冷笑起来，"我放了你父王，那当初谁放过了我的父母？我的母亲虽然是被光明圣廷杀死的，但是有大半责任要算在你父王头上。而我父亲的死，大半责任也要算在你父王头上。"

说着，林雷的龙尾越加用力地束缚住了克莱德。

"嘎嘎——"怪异的声音从克莱德的体内传出，他被龙尾勒得痛苦地挣扎起来。

"啊，啊，林雷，直接一招杀了我吧！"克莱德痛苦地呻吟着。

"嗯，那就如你所愿！"

林雷看着克莱德，龙尾再次用力。

"噗！"克莱德被勒得口中喷出一口鲜血，脸涨得通红。

"啊——"他呻吟了几声，仅仅几秒钟就断气了，灵魂消散在天地之间。

此刻，林雷心里却没有丝毫报仇成功的快感，有的只是深深的悲痛、伤感。

"父亲、母亲，你们看到了吗？"林雷心中说道。

沙克、凯撒、公主、王妃、狂雷小队战士都看着林雷，心中满是惊恐。看到克莱德如此痛苦地死去，他们却不敢报仇，只能祈求林雷能够快点离开。

林雷冷冷地看向眼前的这一群人。

沙克紧张地咽了咽口水，汗珠从额头上渗透出来。

他的父王死了，可是他不想死啊！

林雷的龙尾舞动了一下，骤然转过身去。

"贝贝，我们走。"林雷传音。

一直待在旁边的贝贝刚要离开，全身毛发突然竖了起来，而林雷紧接着也察觉到了危险。

"呼！呼！呼！"

只听得几道风声响起，六道紫色身影便出现在林雷周围，将林雷和贝贝直接包围了起来。这六人中，四人站在房顶上，另外两人分别站在小巷子的两端，让林雷无处可逃。

"裁判所的特级执事。"林雷看到这六人的打扮，便明白了他们的身份。

沙克和狂雷小队战士一看到这阵势，脸色立即白了。

这六名特级执事不仅将林雷和贝贝包围起来了，也将他们包围起来了。

"诸位大人，我是芬莱王族的二王子，你们让我们先离开吧。"沙克立即恳求道。

凯撒是认识特级执事的装束的，也立即说道："诸位特级执事大人，我是凯撒，也是隶属于光明圣廷的。我可以先离开吗？"

他很清楚裁判所特级执事的一些特殊手段。他在这里，不但一点儿忙都帮不上，反而会干扰到特级执事办事。

"凯撒，你走。"站在小巷子一端的紫袍金发男子冷漠地说道。

"是！"凯撒立即朝小巷子一端跑去。

那六人根本不阻拦，任凭凯撒逃离开去。凯撒虽然是芬莱王国的高手，但也是光明圣廷的神圣骑士。

"诸位大人，我们呢？"沙克立即说道。

"特级执事大人。"那公主也恳求地看向诸位特级执事。

可是，那六人根本看都不看他们一眼。

那六人心里非常清楚，放凯撒一人离开，是因为凯撒是九级强者，林雷绝对不可能找到机会一同离开。可是，如果放沙克这群人离开，以林雷的实力，完全可以在关键时刻趁乱逃走。

林雷冷漠地看着周围的六人。

"你们要杀我？"林雷淡然地说道。

他有着绝对的自信。当初被众多条龙围攻，他都可以逃脱。这六名特级执事想要杀他和贝贝可不是简单的事，他身上的防御鳞甲可不是开玩笑的。

"名列红榜之人，遇到，则必杀无疑。"为首的维特斯冷笑道。

这六名特级执事都目不转睛地看着林雷和贝贝。作为裁判所的高层，他们自然知道林雷是龙血战士。龙血战士可是四大终极战士之一，他们也不敢小觑。

"哦？必杀无疑？"林雷的龙尾轻轻地晃动起来。

"哧哧——"龙尾如同钢铁战刀一样随意地扫过地面，使得地面被划出了一道道深沟。

林雷盯着周围的一群人。

"特级执事大人。"沙克等人真的害怕了。

"走！"一名狂雷小队战士低吼一声，其他狂雷小队战士顿时冲向了小巷的一端。

狂雷小队战士中有十几人是八级强者，他们这般冲刺起来，就连九级强者也休想轻易阻拦他们。

林雷眼睛一亮，直接朝左方的墙壁冲了过去，整个人无视眼前的墙壁，如同一只魔兽狠狠地撞击在墙壁上。

"砰！"他直接将墙壁撞倒了，同时疾速朝北方冲了过去。

"呼——"

那六名特级执事的全身突然冒出了炽热的白光，白光连接起来，竟然形成了一个诡异的六芒星。

林雷刚好撞击在白色六芒星的其中一条边上。

"砰！"

他感觉自己如同被紫纹黑熊的熊掌拍中一样，整个人颤抖地飞退开去，依旧在六人的包围圈中。

"啊——"

而那些狂雷小队战士撞击在白色六芒星的边上，一个个当场丧命。

"这是什么？"林雷震惊了。

"林雷，快，拼死逃出去！这应该是裁判所的联合攻击之法。"德林·柯沃特一下子就看出了端倪。

如果继续被这么包围着，林雷和贝贝恐怕逃不掉。

那六名特级执事却从容地朝林雷和贝贝冲了过来。

随着六人朝林雷和贝贝靠近，白色六芒星开始急剧缩小。

"啊——"

因为六名特级执事快速聚集过来，原本没有撞击到白色六芒星的沙克等人根本无法逃脱。

他们一个个都避之不及，在碰到白色六芒星的边后，身体剧烈颤抖起来，而后便身亡了。

眨眼的工夫，沙克等人全部死了。

而林雷和贝贝一下子就被包围得只剩下很小的空间可以活动。

"老大，那个白色玩意儿的威力好大，我们怎么办？"贝贝着急地用灵魂传音道。

林雷也感觉到白色六芒星的威力了，当他撞击到白色六芒星的一条边时，身体剧烈地疼痛起来，体内的血液都沸腾了。

"贝贝，你从地底，我从空中，逃！"林雷直接灵魂传音。

几乎同时，他如同离弦之箭朝空中疾速冲去，贝贝则一下子蹿入地底。

第 165 章
逝去

六名特级执事几乎同时猛地一蹬地面，地底都被白色光芒给贯穿了。刚刚钻入地底的贝贝撞击到了白色光芒，直接被反弹回来。

"呼！"

六名特级执事几乎同时斜着疾速后退，这白色六芒星的范围顿时扩大。

而林雷的一次跳跃也只能跨过数十米距离，最终还是要降落的。

至于飞行术……

在此刻这种情况下，他根本没有足够的时间念动飞行术魔法咒语。

这六名特级执事形成的白色六芒星威力极大，贝贝根本不敢碰到，只得跳了起来。

这时，其中五名特级执事竟然猛地一蹬地面，腾空飞了起来。其中四人腾空的高度和林雷相当，只有最后一人腾空的高度超过了林雷。

"呼！"一人在最上方，四人在半空中将林雷包围了，还有一人在最下方。

这六人体表有白色光芒流转，竟然形成了一个密封的八面体，直接将林雷和贝贝给完全笼罩起来了。

"这是什么玩意儿？"林雷有些发蒙。

德林·柯沃特的声音在林雷的脑海中响起："裁判所的特级执事使用的这

联合攻击之法所消耗的光明斗气是很惊人的，不过，他们也可能身上带有光明圣廷的什么秘宝。在五千多年前，光明圣廷还没有如此神奇、灵活的联合攻击之法。"

即使同时修炼同一种斗气，每个人的斗气也还是有着细微的区别。要像这六名特级执事一样将斗气完全联合起来，发生量变乃至质变，使得威力大大提升，这几乎是不可能的，不过光明圣廷做到了。

"呼——"那六名特级执事同时朝林雷疾速飞了过去，每人的手中都出现了一柄细长的剑。

林雷和贝贝根本无处可躲！

"老大！"贝贝急了。

林雷直接灵魂传音吼道："贝贝，我们一起去对付下方的那个，只要解决一个，这个联合攻击之法就破了！"

"好！"

一人一兽都加速坠落，同时朝下方那名特级执事攻过去。

下方的那名特级执事不但没有一丝胆怯，反而嘴角微微上翘，脸上露出一丝不屑的笑容。

"嗡——"

白色光芒疾速流转，另外五人体表的白色光芒变得暗淡，而下方的那名特级执事却如同太阳一般耀眼。

这名特级执事的脚一蹬地面，手持长剑，疾速朝林雷和贝贝劈了过来。

"啊！"

林雷的龙尾忽然一甩，直接将这名特级执事给捆住了。

"哧！"那柄长剑劈在林雷的胸膛上。

林雷感觉到了剧烈的刺痛感，体表的鳞甲顿时碎裂开来，痛得身体都抽搐起来。而他的龙尾依旧死死地捆住对方，导致伤口渗出鲜血。

林雷那传承于棘背铁甲龙的防御鳞甲竟然抵挡不住这一剑。

"这一剑的威力比圣域级强者只小一点儿。"德林·柯沃特也震惊了。

六名特级执事使用联合攻击之法，产生的攻击力前所未有的恐怖。

据光明圣廷估计，对付圣域级以下的强者时，使用这个联合攻击之法，必胜无疑。

"啊——"

捆住对方身体的龙尾受到了强大的光明斗气的冲击，林雷感觉到龙尾产生了剧烈的疼痛，只是他依旧拼命地用力，想要勒死对方，眼睛更是死死地盯着对方。

"哼！"那名特级执事冷笑一声。

他体表的白色光芒猛然扩散。

林雷的龙尾不受控制地直接松开了，虽然他的龙尾束缚力很强，但根本不及对方的反抗力。

而这时，上方的五名特级执事都冲向林雷。

"老大！"

贝贝在林雷的肩膀上一蹬，直接朝上方的五名特级执事冲了过去。可是，只一次交手，贝贝几乎同时被五柄长剑劈中了，身体被反弹，直接摔落下来。

"贝贝！"林雷担心地大喊。

"老大，我没事。"贝贝一个翻滚，又站了起来，只是它那坚韧的皮肤也渗出了鲜血。不过，它的防御力很强，整体没有太大损伤。

六名特级执事惊异地看了贝贝一眼。

这样都没有破开眼前这只影鼠的防御，它的防御力未免太强了。在六名特级执事看来，联合攻击之下，九级魔兽的防御也会轻易被破开。

就连林雷防御力如此强的，其胸口的鳞甲也被一剑劈得碎裂开来。

"我们的目标是林雷！"

六名特级执事都明白，解决这只影鼠可能需要耗费很大的力气，可是解决林雷要简单得多。

既然一剑就破开了林雷的防御，那就只需几次攻击，便足以解决林雷。

"怎么回事，他们的光明斗气就消耗不完吗?!"林雷心中怒吼，那双利爪疯狂地袭向朝自己攻击而来的特级执事们。

"嗷——"贝贝尖锐的叫声响起。

六名全身笼罩在白色光芒中的特级执事夹击着林雷和贝贝，而林雷和贝贝不顾一切地反抗。

"轰——"

双方都不顾防御，一味地攻击。

六名特级执事飞退开去。

而林雷体表的黑色鳞甲碎裂了大半，一个个伤口都翻开来了，鲜血不断地渗出，甚至连龙尾的鳞甲都碎裂了部分。

"噗!"林雷压制不住涌上喉咙的鲜血，一口喷了出来。

"他们的防御……"林雷气急。

他遇到了防御比他还要强的人。

这六名特级执事完全是在肆无忌惮地使用光明斗气。这六人的光明斗气联合起来，不但攻击力恐怖，而且防御力也很惊人，林雷的攻击竟然伤不了对方分毫。

"老大，你怎么样了?"贝贝惊恐地向林雷灵魂传音问道，乌溜溜的小眼睛担忧地看着林雷。

贝贝的情况比林雷要好得多。那六名特级执事的主要目标是林雷，加上贝贝的防御力实际上比林雷还要强一些，所以它只是体表渗出鲜血而已。

"没、没事。"林雷擦了擦嘴边的血。

"这是第一次。"站在远处房屋上的一名特级执事淡然地说道，"防御不错嘛，我看你能够撑过我们的几次合击。"

"维特斯，别浪费时间了。"站在另外一个屋顶上的特级执事冷冷地说道。

"动手!"站在小巷子的特级执事喝道。

此刻，周围的房屋已经倒塌了很多，打斗的动静很大，引得一些强大的战士在远处观望。看到如此规模的场景，他们根本不敢靠近。

单单那散发的恐怖光明斗气就令他们畏惧。

"嗖——"六名特级执事几乎同时化作六道白色流光，朝林雷冲去。

在六名特级执事的包围下，林雷根本无处可逃。

他怒吼一声，拔出黑钰重剑，疯狂地朝六名特级执事斩了过去。

"哐！"

林雷的黑钰重剑狠狠地劈在根本不闪躲的一名特级执事身上。

那名特级执事立即感觉到一股恐怖的力量朝自己袭击过来。

"嗯？"这名特级执事被劈得飞退开去。

不过，在光明斗气的防御之下，他并没有受重伤。

只有黑钰重剑才能令龙血战士发挥出惊人的蛮力。

"哧——"

另外五柄长剑再次落在了林雷身上。

林雷的龙爪、龙尾疯狂地朝四周攻击。

这五名特级执事再次飞退开去。

林雷落在地上，半跪了下来。

此刻，他身上的黑色鳞甲碎裂了大半，胸膛上原本的伤口再次被划开，一道深可见骨的伤口不断地渗出鲜血。

只是，龙血战士的血脉使得林雷的恢复能力很强。他的肌肉不断地抽搐、伸缩，伤口不断愈合着，可是伤口实在太大了，只能慢慢地缩小。

他流了大量鲜血，顿时感到一阵头晕。

"下一次，就是你身死之时。"其中一名特级执事傲然地说道。

贝贝更加担忧地靠在林雷的身旁。

无论是贝贝，还是林雷，都感觉到了绝望。

"哼！"林雷猛地甩了甩脑袋，努力让自己清醒一点儿。

可是，他失血过多，看周围的场景视线都有些模糊。就在这个时候，一道梦幻般的白色身影飞了出来，最后化为身穿一袭月白色长袍的德林·柯沃特。

"德林爷爷。"林雷一怔，他不明白德林爷爷这个时候冒出来干什么。

德林·柯沃特此刻的模样和林雷第一次见到他的时候一模一样。

他笑着抚摸了一下林雷的脑袋。

"林雷，以后就要靠你自己了。"德林·柯沃特宠溺地说道。

"德林爷爷，你要……"林雷怔住了。

德林·柯沃特的灵魂忽然悬浮起来，离地一米左右时，他双手张开，一股恐怖的精神力以他为中心散发开来。

此刻，他心中是平静的。

"我当年在普昂帝国的时候，只是不断地修炼、争斗、厮杀，非常高傲，不容许别人亲近，也没有子孙。在盘龙戒指中待了五千多年，我的心性改变了，而后遇见了你，林雷。"

悬浮着的德林·柯沃特依旧看着林雷。

"德林爷爷，你要干什么？"林雷有一种不好的预感。

"我看着你长大，你一步步成长起来，我的心中也很有成就感，我甚至将你当成了我的亲孙子。"德林·柯沃特散发出的精神力愈加恐怖。

如此恐怖的精神力，不仅林雷和特级执事感觉到了，就连远处观战的战士也感觉到了。

六名特级执事已经惊叫起来。

"林雷，别伤心。其实我待在盘龙戒指中也是没有未来的，这一次，就再展示一下我的实力吧！"德林·柯沃特笑着说道。

听后，林雷却惊颤起来。

"怎么回事？"六名特级执事十分惊恐。

那精神力实在是太强大了，强大到令他们都震惊了。

一个圣域级巅峰强者燃烧灵魂的精神力是极强的，是一般圣域级巅峰强者的精神力都远远不及的。

"呼！"在德林·柯沃特的精神力的束缚下，赫斯城周围的地系元素疯狂地朝德林·柯沃特聚集过来。

没有魔法力，在单纯靠精神力控制地系元素从而施展魔法的情况下，地系魔法的威力非常小。可是，此刻的德林·柯沃特施展的魔法的威力却让人惊颤。

"陨石天降！"

德林·柯沃特的灵魂开始变得模糊，可是他的声音如天神一般冷漠。

只见六块土黄色的巨型陨石直接朝六名特级执事砸了过去。

那六块足有房屋大小，完全由地系元素构成的巨型陨石速度极快，撕裂了空间，直接砸向了六名特级执事。

六名特级执事一边惊呼一边逃跑，可是，六块巨型陨石紧紧地跟着他们。

"林雷，"德林·柯沃特看着林雷，"再见了。"

林雷仰头看着德林·柯沃特。

"记住，好好活着！"

德林·柯沃特的脸上露出笑容，而后虚幻的灵魂宛如烟雾被风吹散一般，直接消失了。

林雷张了张嘴，却感觉自己如同哑了一般，发不出任何声音，眼泪不受控制地流了下来。

第166章
疯狂

"轰——"六块巨型陨石狠狠地砸向六名特级执事。

这六名特级执事都用双手撕裂大地，欲蹿入地底。然而，六块巨型陨石砸入地底时的震动声像雷声一般在天地间回荡。

"轰——"

六个足有十几米深的巨坑出现了，同时恐怖的冲击波朝四面八方弥散开去，地面更是如同波浪一样翻滚起来，房屋倒塌、树木碎裂。

周围数百米范围内的一切皆化为废墟。

这恐怖的轰鸣声响彻整个赫斯城。

无论是正好朝赫斯城外走去的苦修者们，还是道森商会的人马和其他高手，都感觉到了这里的震动。

那弥散开来的冲击波波及林雷。林雷却如同傻子一样动都不动，任凭冲击波肆虐过去。

林雷傻站在那里，眼泪不断地流出来。

"啊——"他痛苦得全身发颤，悲愤地嘶吼着，最后无力地跪了下来。

那种撕心裂肺的感觉充斥在他的心中。

他的脑海中不由得浮现出自己和德林爷爷在一起的一幕幕场景。

第一次看到那道白光化为身着一袭月白色长袍、白发白须的老者，当时的小林雷惊惧地喊道："你、你是谁？"

"小家伙，你好，我叫德林·柯沃特，是普昂帝国时代的圣域魔导师！"

那是林雷第一次和德林·柯沃特接触。

"德林爷爷，你怎么不说话？我的元素亲和力怎么样？"

这是林雷第一次检验自己的魔法天赋。

"很好，非常好，你的元素亲和力非常高。"德林·柯沃特的脸上满是笑容，"据我所知，估计一千个魔法师中都很难找到一个元素亲和力能够比得上你的，真的。"

德林·柯沃特的夸赞使得小林雷兴奋不已。

一个是普昂帝国时代的圣域魔导师，一个是小小孩童。就这样，在普昂帝国时代的圣域魔导师的帮助下，小小孩童踏上了修炼魔法的道路……

平刀流的石雕雕刻，魔兽山脉的修炼……在德林·柯沃特这个长者的教导下，林雷以惊人的速度成长着。

当林雷成为众人眼中的焦点时，没人知道他的背后还有一个普昂帝国时代的圣域魔导师的灵魂。

"林雷，以后就要靠你自己了！"德林·柯沃特最后一次宠溺地抚摸林雷的脑袋。

随着惊天动地的禁忌魔法陨石天降施展出来，德林·柯沃特的灵魂渐渐暗淡下来。

"林雷，再见了！"

"记住，好好活着！"

从小到大，那个包容他、教导他的德林爷爷，成了他无法离开的人。

"不——"林雷不停地摇头。

他不愿意相信，德林爷爷真的死去了，而且灵魂都消散了。

"不可能，德林爷爷，你出来，你出来啊！"林雷对盘龙戒指不停地吼道，而后更是乞求着，他的眼泪滑落在冰冷的鳞甲上。

他身上不断地渗出鲜血，可是他丝毫没有反应。

"德林爷爷。"

林雷多么期望再有一道白光从盘龙戒指中飞出，化为白发白须的德林爷爷。他无法相信，德林爷爷就这么死了，永久地离开他了。

自从儿时跟德林爷爷在一起后，林雷就没有跟德林爷爷分开过。

他已经习惯了德林爷爷的存在。当初他被光明神殿关押起来，也没有这么无助过。

他的心一直是踏实的，因为他的背后有德林爷爷撑腰。

可现在……

德林爷爷永远地离开了！

"为什么？为什么？"林雷声音发颤，"老天爷，父亲死了，母亲死了，为什么，为什么连德林爷爷也要夺走？"

"为什么啊？"林雷仰头嘶吼起来。

声音在天地间回荡。

"啊——"林雷号啕大哭起来。

可是，不管他怎么哭，那个慈祥的长者永远不会再回来了。

"德林爷爷。"

林雷感觉自己的身体前所未有的虚弱。他不仅失去了父母，连一直在自己身边的德林爷爷也没了。

如今唯一陪着自己的，只有根本不知道德林爷爷的存在的贝贝。

"老大，林雷老大！"贝贝惊惧地推了推林雷。

林雷回头看向贝贝。

"贝贝。"他忽然将贝贝拥在怀里。

"老大，你一直在喊德林爷爷，德林爷爷是谁啊？我刚才感觉到很恐怖的精神力，那是什么啊？"贝贝还处于茫然中。

想到德林爷爷，林雷的心就钻心的痛。

他低头看向手指上的盘龙戒指。

然而，德林爷爷永远不在了。

"咯吱——"

忽然，一阵轻微的声音响起，林雷转头看去。

只见那被陨石砸出的巨坑之中，一个紫色身影正艰难地往外爬。不单单是他，另外五个人同样艰难地往外爬。

陨石天降——地系禁咒魔法。

如果是一个圣域魔导师施展的陨石天降，这六个人必死无疑。可是，德林·柯沃特只是一个没有一丝魔法力的圣域魔导师。按照魔法原理，魔法力是将军，元素是小兵，精神力通过魔法力控制元素，从而形成庞大的魔法。

可是，德林·柯沃特燃烧灵魂，凭借庞大的精神力控制元素，直接由地系元素凝聚成陨石天降魔法。

因为没有魔法力，即使德林·柯沃特燃烧了灵魂，这陨石天降的威力也只有正常陨石天降威力的一两成而已。可就是这一两成威力的地系禁咒魔法，也将六名特级执事砸得半死。

看到这六名特级执事艰难地往外爬，林雷的心中突然涌出无尽的愤怒、不甘。

"啊——"他如同闪电一般冲向其中一名特级执事。

那特级执事看到林雷冲过来，吓得眼睛瞪得滚圆。

"啊！"林雷大吼一声，直接将这名特级执事解决了。

下一刻，他又将另外一名特级执事给解决了。

林雷的利爪插入第三名特级执事的胸膛。

下一刻，他的利爪又划过第四名特级执事的喉咙。

"啊！"一闪身，他一下子就到了第五名特级执事的面前。

第五名特级执事已然身受重伤，根本没有反抗之力，只能惊恐地看着林雷向自己冲过来。

至于第六名特级执事……

"你、你……"身受重伤的第六名特级执事看到眼前的惨景，又看到林雷如同地狱恶魔一样冲过来，被吓得全身震颤一下，而后整个人便倒下了。

贝贝看到这一幕，也震惊了。

而远方围观的战士们完全被吓呆了。

特别是此刻林雷的模样很是吓人，全身鳞甲大多碎裂，鲜血染红了全身，暗金色瞳孔隐隐泛红。

"老大，你、你怎么了？"贝贝有些担忧。

林雷将六名特级执事解决后，整个人无力地坐在了地上。

他愣愣地坐在那里，不知道在想什么。

"老大？"贝贝急切地想要推动林雷。

林雷忽然仰头，可眼泪还是流了下来。

他又低下头，将脑袋埋在双腿间，放声痛哭。

数百米外，围观的人成千上万。这些人看到这一幕，都感到不可思议。

"那个恶魔解决了六名特级执事，此刻他竟然在哭！"

许多人都很惊讶。

"那个恶魔，好像、好像很伤心的样子。"一个年轻人对旁边的朋友不确定地说道。

他的朋友一怔，而后点了点头。

远处围观的人都没有靠近。

刚才战斗的恐怖场景他们都看到了，就连一些八级强者心里都明白和对方的实力差距很大。

"恶魔在哭？"

从远处赶过来的耶鲁、雷诺、乔治三人听到议论声，不由得一怔。

"让开，快让开！"耶鲁怒吼道。

顿时，道森商会的护卫们将围观的人都推开，耶鲁、雷诺、乔治三人惊慌地朝里面冲去。当冲到最里面的时候，他们都愣住了。

周围数百米范围内尽是废墟。看到那六个巨大的深坑，完全可以想象那恶魔的实力有多恐怖。而全身鳞甲破碎大半的恶魔此刻坐在地上，埋头哭泣。

当看到贝贝在恶魔旁边，特别是看到地上的那柄黑钰重剑时，耶鲁等三人确认了恶魔的身份。

"老三！"耶鲁、乔治、雷诺三人立即冲了过去。

这时，门罗·道森也从后面赶来了。

他一看到现场的场景，眉头一皱，当即对手下吩咐道："快点儿处理那六具尸体，然后马上离开，不要让别人知道是我们道森商会的人做的。"

说完，他就悄然离开了。

"老三。"耶鲁、乔治、雷诺三人担忧地看着林雷。

其实在芬莱城，林雷刺杀克莱德的时候，耶鲁就猜到林雷可以变成龙血战士，还将此事告诉了乔治和雷诺。

而此刻看到旁边的贝贝和地上的黑钰重剑，他们自然一下子就判定了林雷的身份。

林雷的身体微微一颤。

他抬起头，朝旁边看过来，看到耶鲁、雷诺、乔治三人，终于开口了："你们怎么来了？"

"快走！"耶鲁立即催促道，"你杀的可是紫袍特级执事，若是被光明圣廷的人发现，可就惨了。"耶鲁立即拉起林雷。

林雷随即站了起来。

"贝贝，我们走吧。"

林雷抱起贝贝，直接朝外面走去。

耶鲁却一怔，因为他发现林雷竟然根本没理会那柄重剑，连忙说道："老三，你的重剑。"

"重剑？"林雷转过头去，而后才反应过来，走过去，捡起黑钰重剑。

此时，道森商会的一批人马过来了，快速将那六名紫袍特级执事的尸体给处理了。

"老三怎么了？"乔治对耶鲁和雷诺低声问道。

耶鲁摇摇头："不知道，贝贝也没事啊。老三的情况怎么比上一次失恋时还严重呢？整个人好像丢魂了一样。"

林雷则在道森商会的人马的带领下，悄悄地沿着小巷去了一座秘密府邸。

第167章
沉寂

幽静的府邸中，只有林雷、耶鲁、乔治、雷诺以及十几个侍女，外加几十个护卫。这些人聚在这里，主要是为了林雷。

葡萄架下，耶鲁、乔治、雷诺三人围坐在石桌旁。

"耶鲁老大，你说，三哥到底怎么了？"雷诺脸上满是不解。

耶鲁摇了摇头："我也不知道。老三到这里已经整整十天了。这十天来，他完全没有了过去的激情，都不修炼了，也不跟我们开玩笑，总是一个人待着。"

乔治点点头，说道："过去无论发生什么事情，老三都不会停止修炼。可是，现在的他好像完全变了一个人。"

"谁能告诉我，三哥到底怎么了？"雷诺焦急地说道。

"如果我知道就好了。"耶鲁无奈地说道。

他们三兄弟最头疼的是根本不知道林雷为什么会变成这样。

身为林雷的好兄弟，他们怎么会不着急呢？

"老三肯定受了很大的打击。"耶鲁叹道。

乔治和雷诺一怔，都不出声了，他们不禁回忆起十天前看到的那一幕。

成千上万的人围观，而人群中央方圆数百米的空地上有一片废墟，废墟中有六个骇人的深坑和六块巨型陨石。

完全龙化的林雷解决了六名特级执事后，却瘫坐在地上哭了起来。

"我从来没见过老三这么伤心，这么脆弱。"耶鲁低声说道。

乔治也说道："老三很坚强。当初他和艾丽斯分开，完成石雕《梦醒》后，直接就进入魔兽山脉继续修炼了。"

"嗯，就连他父亲离世，他都撑过来了，可这次……"雷诺心中满是不解。

他们都很确定，他们的好兄弟林雷此刻很脆弱，可他们根本找不到原因。

幽静的府邸后院的溪水旁，林雷坐在一块装饰用的光滑石头上，就这么看着溪水汨汨流动，一动不动。

贝贝则站在光滑的石头上，靠在林雷的身旁。

周围一片寂静，唯有溪水流动的声音。

林雷虽然眼睛看着流水，脑子里却回忆起过去跟德林爷爷在一起的场景。

孩提时代，他和德林爷爷一起嬉闹。

少年时代，他受到德林爷爷的严厉监督。

在魔兽山脉时，德林爷爷不厌其烦地一次次提醒他。

每一幕场景回忆起来，林雷都感到心灵很是宁静。

"父亲死了，我很孤独，可是我不知道，其实我一直都很幸福，因为无论处于什么境地，德林爷爷都在背后支持我、安慰我、激励我、提醒我……"

"可是，为什么过去我从来没有意识到这一切，为什么没有珍惜跟德林爷爷在一起的日子？"林雷心中痛苦得很。

德林爷爷从来没有对他有什么过分的要求，而他从来没有为德林爷爷考虑过，从来没有好好珍惜和德林爷爷在一起的时间。或许，他潜意识中认为德林爷爷永远会待在盘龙戒指中吧。

"盘龙戒指？德林爷爷之前一直待在盘龙戒指中。他总是待在一个地方，肯定很孤独吧。德林爷爷其实也希望我经常和他聊聊天吧。"林雷这个时候才想起来。

然而……

过去的日子里，林雷除非遇到什么难题才会询问德林爷爷，却很少主动跟德林爷爷聊天。他只知道索取，却不知道给予。

"为什么只有在失去的时候才知道要珍惜？"

林雷身体微微颤抖，他多么希望德林爷爷能够回来，再次陪在他身边。

可惜……

不可能了。

德林爷爷死了，永远地离开了。

林雷仿佛痉挛一样，全身肌肉一阵阵抽搐，脸上却没有丝毫痛苦的表情，甚至心底有种想法——如果这么疼死，也就解脱了。

"老大。"贝贝的声音在林雷的脑海中响起。

林雷转头看向身旁的贝贝。

贝贝那乌溜溜的眼睛看着林雷，眼中满含担忧。

"你、你在想那个德林爷爷吗？"

贝贝是在德林·柯沃特死后才知道林雷身边原本有一个圣域魔导师的灵魂。

林雷点了点头。

贝贝灵魂传音："老大，你能将你跟那个德林爷爷的事情说给我听吗？"

看着贝贝，林雷点了点头，而后将贝贝抱在怀里，开始叙说自己和德林爷爷的事情："那年我还很小，那一次，有两名圣域级强者出现在我们乌山镇……"

耶鲁、乔治、雷诺三人出现在后院的院门处，静静地看着远处抱着贝贝的林雷。

"看到老三这样，我心里很难受。"雷诺低叹一声。

耶鲁和乔治则沉默不语。

"我们必须想个办法。"乔治的眼神陡然变得坚定起来，"不管怎样，我们都不能让老三就这么消沉下去。"

耶鲁和雷诺都点点头。

"老二，你有什么办法？"耶鲁、雷诺都期待地看向乔治。

"我们根本不知道老三为什么会变成这样，可是我们可以推理出来一些事情。"乔治沉吟道，"老三的家族是龙血战士家族，作为一个曾经拥有辉煌历史的家族，老三肯定想要重现家族荣耀。"

耶鲁眼睛一亮，说道："对，老三对家族很看重，曾经为了他家族的传承之宝战刀屠戮，甚至拍卖了石雕《梦醒》。"

"这就对了。"乔治点点头，"据我推测，老三那么刻苦修炼，肯定有激励他这么做的原因，而重现家族荣耀很可能就是那个原因。老三努力了这么多年，肯定不会轻易放弃，我们用这个来激励他。"

"激励？有用吗？"耶鲁有些怀疑。

乔治无奈地说道："可是，我们还有更好的办法吗？"

"就这个办法。"雷诺冷哼一声，"三哥总是这样，我都看不下去了。走，我们去说说他，看他到底是怎么回事。"

"老四，让老二去说，你去说，只会让事情越来越糟！"耶鲁呵斥道。

雷诺也知道自己性格冲动，点了点头。

乔治、耶鲁、雷诺三人互相对视一眼，便朝林雷走了过去。

贝贝听完林雷的讲述，也沉默了。它也很伤心，也对德林·柯沃特的死感到惋惜。

忽然，它感觉到背后有人靠近，当即跳出了林雷的怀抱，朝后面看去。

正是耶鲁、乔治、雷诺三人。

可是，此时的林雷刚刚讲述完自己和德林爷爷的事情，还沉浸在回忆中，完全没有发现别人的到来。

耶鲁、乔治、雷诺三人再次互相对视一眼，都暗叹一口气。

林雷是一个高手，正常情况下，耶鲁等人才到后院门口，他就察觉到了，可是现在这三人都走到他的身后了，他都没有反应。

"老三。"耶鲁开口了。

林雷身体一震，而后转头看了三人一眼，眼神很平静："你们来了。"

说完，他又转过头去，继续看着溪水。

耶鲁、乔治、雷诺三人立即走到石头旁。

"老三。"耶鲁猛地抓住林雷的双肩，让林雷和他对视，"老三，你还记得在恩斯特魔法学院的时候，平常是怎么对我说的吗？"

"忘记了。"林雷淡淡地说道。

耶鲁眼睛一瞪："忘记了？老三，以前你经常打击我，说我再不刻苦修炼，恐怕宿舍里个子最高的我将成为实力最弱的那个。"

过去，四兄弟在一个宿舍，关系很好，经常开玩笑。

林雷沉默。

乔治看了耶鲁一眼，微微点头。

耶鲁当即放开林雷的双肩，乔治则走到林雷的面前，郑重地说道："老三，我想问问你，你努力修炼那么多年，是为了什么？"

林雷一怔。

他不由得回忆起从小到大，自己每天都在刻苦修炼。

"为了家族。"林雷说道。

旁边的耶鲁和雷诺眼中都有一丝喜色。

乔治立即乘胜追击："那我问你，现在你这样，对得起你的家族吗？"

林雷看向乔治，苦笑一下，说道："我的父母都死了，你说，我为家族努力又有什么用？"

而后，他站了起来，朝院门走了过去。

耶鲁、乔治、雷诺三人看着林雷的背影，怔怔地互相对视一眼。

"没用了！我的父母死了，德林爷爷也死了，我那么拼命干什么？"

林雷那悲凉的声音传来，而后他的背影就消失在了院门处。

接下来的十五天。

林雷一直待在府邸中。

这十五天来，耶鲁等人想尽办法，可是不管怎样，林雷总是那副模样。

耶鲁、乔治、雷诺喝着闷酒。

"怎么办，到底该怎么办？难道我们就眼睁睁地看着三哥这么颓废下去？"雷诺将酒杯重重地砸在桌面上。

耶鲁、乔治二人都摇摇头。

这几天，他们把所有能想的办法都想过了，甚至直接问过林雷为什么变成这样，可是林雷只是沉默。

他们又能怎么办？

"看老三沉默的模样，我真的既担忧又痛心啊！这老三，唉……"耶鲁猛地抓起酒瓶，直接往口中倒酒，一口气就喝了半瓶酒。

他们跟林雷一起成长，彼此感情胜似亲兄弟，如何能眼睁睁地看着林雷这样而无动于衷？

坐在自己房间中的椅子上，林雷看着手中的盘龙戒指。他清楚地记得德林爷爷一次次从盘龙戒指中出来的场景。可是，那样的场景永远不会再出现了。

林雷另外一只手的食指上戴着空间戒指。

克莱德死后，这枚空间戒指就成了无主之物。在和六名特级执事厮杀的时候，林雷身上的鲜血染红了这枚空间戒指，它自然就认林雷为主了。

可是……

这些天来，林雷看都没看这枚空间戒指一眼，他的心思完全不在这上面。他的脑海中总是浮现出自己和德林爷爷在一起的一幕幕场景，还有德林爷爷抚须的模样，以及德林爷爷严厉教导他的模样……

"为什么，为什么，连德林爷爷也死了？"

林雷失去了德林爷爷，宛如失去了最牢固的依靠，此时的他感到前所未有的脆弱、孤独。

他紧紧地抱着贝贝，就在这寂静的屋子中默默地待着。

第 168 章
离去

　　赫斯王国边界聚集了超过八十万人的军队，这庞大的军队有序排列着。一片苍茫的大地上，军营如同山脉一般连绵起伏，一眼看不到尽头。

　　而军营的前方，便是一片空旷的无人区域。

　　"嘿，兰特大叔，如果魔兽大军攻过来，我们阻挡得住吗？"一个看起来只有十六七岁，穿着铠甲的少年低声说道。

　　旁边留着大胡子的壮硕汉子从怀中掏出一个小酒瓶，喝了一小口，朗声笑道："放心，这次不但我们赫斯王国的精英队伍都来了，连光明圣廷都派了神圣骑士团过来，还有不少魔法师大人，你就放心吧。魔法师大人们的魔法可是很厉害的。"

　　"嗯！"少年是第一次上战场，听到旁边老兵的话，心中顿时踏实了。

　　兰特心中却暗叹一声，他见识过魔兽的厉害，若是成千上万的魔兽冲过来，人类就算奋力抵抗，也不过是拿人命去冒险。

　　"嗷——"忽然，一道低沉的声音从遥远的地方传了过来。

　　"兰特大叔，我好像听到了什么。"少年紧张地说道。

　　"没事。"兰特大大咧咧地说道，忽然，他瞪大眼睛，朝南方看去，只见一片苍茫且荒凉的大地尽头出现了密密麻麻的小点。

"魔兽，魔兽群！"

军营另外一处忽然响起了凄厉的叫声，顿时整个军营都骚动了，从军队的最高长官到底层小兵，一下子警戒起来。

实际上，这超过八十万人的大军时刻准备迎战。

"好、好多魔兽！"不少人类兵士看到远处的魔兽后都倒吸一口凉气。

只见远方一头头嗜血铁牛排成一排排，疾速朝这方冲了过来。

乍一看，足足有上万头嗜血铁牛。

"轰隆隆——"嗜血铁牛狂奔起来，整个大地都震动了。

每一头嗜血铁牛的眼睛都红了，全身冒出了火焰，一眼看去，宛如火海。

大地震颤，火海无边。

"嗖——"天空中忽然出现一杆杆碧绿色的冰之标枪，漫天的冰之标枪就这么射向嗜血铁牛群。

"是魔法师大人们！"不少士兵心中大喜。

"哧！"每一杆冰之标枪的威力都很惊人。

作为水系魔法中的支系，冰系魔法对付这种火系魔兽，冰之标枪的威力是最大的。

一杆杆冰之标枪或刺入大地，或刺入嗜血铁牛的体内。

"哧！"有的冰之标枪直接刺穿了嗜血铁牛的身体。

嗜血铁牛嘶吼着跑了几步，就轰然倒地了。

一头头嗜血铁牛就这样死去，可是绝大多数嗜血铁牛仍继续奔跑着，虽然受了点轻伤，但是变得更加疯狂。

"哞——"嗜血铁牛们狂吼着。

"弓箭手，预备——抛射！"军官们大声地吼着。

顿时，箭斜着射向天空，而后无数箭矢布满天空，密集地落下。

一支支利箭从高空落下，射在嗜血铁牛的身上。

可是，嗜血铁牛那虬结的肌肉轻易地抵挡住了一支支利箭。

人类军队对付人类军队的方法在嗜血铁牛的身上根本行不通。

"重枪兵，结阵！"

一个个身穿厚实重甲的魁梧战士出来了，他们都手持钢铁长枪，排成阵形，在原地静待嗜血铁牛们的攻击。

"哞——"嗜血铁牛们红着眼冲击过来。

数杆钢铁长枪迎击嗜血铁牛们。

嗜血铁牛们低着头，嘶吼着冲了过来，狠狠地撞击在钢铁长枪上。

"哧！"一些嗜血铁牛的身体直接被钢铁长枪给刺穿了。

能够成为重枪兵的战士，至少是三级战士，每一个战士依靠犬牙交错的阵势，互相借力。

第一批嗜血铁牛没有冲破防御阵形，可是后方的嗜血铁牛依旧拼命地冲过来。

魔兽大军和人类大军的战斗非常惨烈。

魔兽大军来的不单单是嗜血铁牛群，还有风狼群以及实力更加恐怖的火狮子一族，还有地行龙、迅猛龙等，不过，人类大军同样不弱。不单单有各种普通兵种，还有一些强大的魔法师，此外，还有光明圣廷派出来的强者。

魔兽大军和人类大军鏖战三日，最终人类大军不得不撤退。仅仅三天，人类大军死亡惨重，受伤的人数更是惊人，魔兽大军也死伤不少。

可是，不管是魔兽大军还是人类大军，都默契地没有派出圣域级强者。

圣域级强者只是在远处看着，却没有出手。

赫斯城乱了。

边界一战，人类大军一口气退了百里地。魔兽大军距离赫斯城已经非常近了，赫斯城中的很多人决定再次向北逃亡。

林雷居住的幽静府邸。

"耶鲁，我们马上就要走了。快，别浪费时间了！"门罗·道森呵斥道，"据我估计，人类大军撑不了几天，战火就快要波及赫斯城了。"

耶鲁点了点头："我知道了，父亲。"

"不过，老三他……"耶鲁还牵挂着林雷，旁边的雷诺和乔治也担忧得很。

门罗·道森眉头一皱："这样吧，你们再去劝说劝说，不管怎么样，今天晚上我们必须出发。"

说完，门罗·道森转头就离开了。

耶鲁、雷诺、乔治互相对视一眼。

最终三人都朝林雷的住处走了过去。当走到后院门口的时候，他们看到林雷坐在石桌旁的椅子上，正静静地看着手中的平刀。

看到这一幕，耶鲁、雷诺、乔治三人却没有丝毫惊喜。

他们为了让林雷振作起来，特意将平刀和雕塑放在这里，然而林雷根本不想雕刻。

"平刀流。"林雷回忆起过去德林爷爷教导自己雕刻的一幕幕场景。

他还记得，德林爷爷当初传授给自己平刀流时的意气风发，当时的德林爷爷有一种宗师的风范。

"老三。"耶鲁直接走了过去。

林雷抬起头看了耶鲁一眼，挤出一丝笑容，却没说话。

"老三，魔兽大军攻破了边界，如今人类大军后退百里，赫斯城被攻占只是时间问题，我们必须要走了。"耶鲁郑重地说道。

"要走？"林雷怔了怔，"哦，知道了。"

看到林雷这副模样，脾气最暴躁的雷诺气得一把抓住林雷的衣领，凝视着林雷，怒吼道："三哥，你到底怎么了？你说，你怎么变成这样？我过去最佩服的就是你了，我还经常跟人家炫耀。可现在，你看看你，都变成什么样子了！"

"佩服我？"林雷自嘲道，"你佩服我什么？"

"我听耶鲁老大说了，你和那个克莱德有仇，你就敢不顾一切地去杀克莱德。你敢做敢当，作为你的兄弟，我佩服你。可现在呢？你说你杀了克莱德一群人，又杀了光明圣廷的六名特级执事，你不是已经报仇了吗？你怎么变成这样了？”雷诺气急了。

旁边的乔治忽然眉头一皱。

“老三！”乔治陡然对林雷大喝一声。

雷诺和耶鲁都疑惑地看向乔治，林雷也看向乔治。

“老三，你为什么要杀那六名特级执事？”乔治斥问道。

他忽然发现，即使林雷杀了克莱德，光明圣廷的特级执事也没有必要因为这个而杀林雷，毕竟如今克莱德可不是什么国王了。

“他们要杀我。”林雷沉声说道。

“他们为什么要杀你？”乔治有种感觉，他快要探出林雷颓废的原因了。

“因为害死我母亲的就是光明圣廷。”林雷淡漠地说道。

旁边的耶鲁和雷诺一惊，而乔治脑中灵光一闪，当即吼道：“光明圣廷害死了你的母亲，那你怎么不报仇？难道你害怕了？”

“不报仇”这三个字如同雷电劈醒了林雷。

“对，是光明圣廷。”林雷原本暗淡的眼睛渐渐亮了起来。

“如果不是光明圣廷总是要寻求纯洁的灵魂献给光明之主，克莱德也不会将我母亲献给光明圣廷，最终导致我母亲身亡。”

“如果不是我母亲死了，我父亲也不会死。如果我的父母还活着，我怎么会去报仇？德林爷爷又怎么会因此身亡？而且，德林爷爷是为了帮我对付那六名特级执事才死的。”林雷心中恨极了。

“一切都是因为光明圣廷！光明，光明，哈哈，光明圣廷真的光明吗？如果光明，为什么要杀死灵魂纯洁的人，献祭给光明之主？”林雷心中充满怨恨。

光明圣廷的这种手段太恶毒了。正是这种恶毒的手段导致一系列悲剧发生，而他正是悲剧之一。

“老大。”贝贝见林雷的表情变得狰狞，担心林雷冲动，对他灵魂传音，“老大，德林爷爷最后对你说过要你好好活着。”

林雷的心一颤。

德林爷爷灵魂飘散时最后的嘱托，他怎么会忘记？

"贝贝，你放心，我再也不会莽撞行事了，我会忍，我要对付的是光明圣廷，而不是某个人。我还是很有自知之明的。"林雷的眼神再次变得坚毅。

耶鲁、雷诺、乔治三人看到林雷的表情和眼神变化，不由得大喜。

过去的这段日子，林雷总是失魂落魄的样子，从来没有像现在这般，目光如此坚定。

"耶鲁老大、老二、老四，我决定先离开。"林雷在心中瞬间做出了决定。

"老三，你……"耶鲁等人很是惊讶。

"放心，我没事。"林雷笑着说道。

耶鲁等人顿时都笑了起来，看到林雷这样，他们也就放心了。

林雷穿着战士劲装，背着黑钰重剑，肩膀上站着贝贝，就这么出发了。离开混乱的赫斯城后，他一路朝东方前行，半天的时间就来到了魔兽山脉的边缘。他看着无边无际的魔兽山脉，脸上露出了笑容。

"光明圣廷，等着，总有一天，我会将你连根拔起！"林雷暗想道。

失去了父母，又失去了德林爷爷，林雷往后行事只能靠自己了。

"老大，我们横穿魔兽山脉吗？"贝贝疑惑地问道。

林雷笑着摇摇头："不，先去魔兽山脉核心区域，然后在魔兽山脉内部一直向北前行，直至尽头。"

"那可是足有一万多里啊！"贝贝有些震惊，"而且，那核心区域中可都是厉害的魔兽。"

贝贝震惊的是，林雷竟然想要在魔兽山脉中前行一万多里。

"不这样，怎么修炼呢？我还没领悟黑钰重剑真正的使用方法，连这个都没有领悟，凭什么去对付光明圣廷？"

林雷当即迈出脚步，进入魔兽山脉，开始了他从小到大最长的苦修之旅。

第169章
奔雷

魔兽山脉的核心区域终年人迹罕至，这里时而有七级、八级乃至于九级魔兽出没，恐怕只有九级强者才有胆量横穿魔兽山脉。

这一次，林雷来到了核心区域，而后沿着魔兽山脉的中轴线一直朝北方前进。如此举动，恐怕就是一般的九级强者也不敢这么做。

林雷穿着破损的麻布长裤，赤裸着上半身、光着脚，背着黑钰重剑一步步地走在这人迹罕至之地。

贝贝则站在林雷的肩膀上，朝四周顾盼。

"咯吱——"

林雷踩在厚厚的枯叶上，面色淡然。

他的包裹、紫血神剑、平刀、衣服等物品放到了空间戒指之中。克莱德的那枚空间戒指中，除了有存着二十二亿金币的魔晶卡之外，还有数十件珍贵的物品，最差的一件物品都价值数百万金币。

芬莱王族数千年来积累的财富的确惊人。可是，对于如今的林雷而言，财富只是身外之物，他真正看重的还是自己的实力。

道森商会愿意直接支付一亿金币邀请他加入，这还只是因为他有成为圣域级强者的可能。如果直接邀请一位圣域级强者加入，价格恐怕会更加惊人。由此可见，自身实力才是最重要的。

林雷虽然走的是核心区域，但是还是下意识避开了数十里地都见不到一只魔兽的地方。在核心区域中，如果还有几十里地都没有一只魔兽的地方，很可能就是圣域级魔兽的领地。

林雷很自信，却并不想招惹圣域级魔兽。他一路披荆斩棘，行进速度并不快。

"一切得从基础练起。"

林雷是非常务实的，这柄黑钰重剑他每天都背着，一次次练习劈、砍、撩、刺等各种基本动作，每一次都尽量让自己的攻击力提升。

他不是一成不变地练习，而是有思考地练习。根据家族传承书籍中一些先辈修炼道路的描述，推断出一条正确的修炼道路。

修炼之道，切不可好高骛远。

初春、盛夏、凉秋、寒冬，无论什么时候，林雷总是穿着那条因为多次龙化而破损的麻布长裤，上半身赤裸着。

他发现，自己光着脚，可以更加清晰地感觉到大地的脉动。脚踏大地，心也如大地一般沉稳。他的黑钰重剑使用起来，也有一种大地的厚重感。

他感受着风吹拂在身上，整个人仿佛成为风的一部分，风本无形。他对于紫血神剑的使用也愈加得心应手。

因此，林雷总是给人一种沉稳感，又有一种飘逸如风的感觉。这两种感觉本是相悖的，却诡异地在他一个人身上出现了，还那么自然、协调。

林雷以黑钰重剑修炼为主，软剑修炼为辅，时而进行石雕雕刻，晚上还进行冥想……

就这样，林雷整个人完全进入修炼的一种特殊状态。

有时候，看到魔兽山脉中一道奔腾的瀑布，他就会心血来潮，直接在瀑布下面修炼。

有时候，看到一条纯净的河流，他就会在河水中徜徉。

有时候，看到山巅的一块巨石，灵感来了，他会直接登上山巅，完成一座石雕，仅仅一次雕刻就是几天几夜。

他总是这样随心所欲，心却前所未有的平静。

在这种修炼中，他完全忘记了时间的流逝，只是感觉到自己的实力每天都在提升，每一次修炼都发自内心的喜悦、感动。

修炼之道曲折而悠远。

这条道路极其艰难，可是在前进的过程中他不断地领悟，收获了一些东西。

林雷的胡须冒了出来，短发渐渐变长了，而原本蕴含煞气的眼睛也变得平淡、自然。只是，偶尔在修炼的时候，眼神冷厉得可怕。

他的心性也变得沉稳多了，没有了德林·柯沃特的指导，他实际上相当于背后没有人依靠了。

他不断地成长，愈加成熟。

"轰隆隆——"

那近百米高的水流从高处轰然落下，最后重重地砸在下面的深潭中，激起水花无数。而在这深潭旁，瀑布附近有一块凸出的顽石。

顽石上盘膝坐着一人，他的大腿上放着一柄青黑色的重剑。

此刻正是清晨时分，天刚蒙蒙亮。

在这魔兽山脉中，林雷深吸一口清新的空气。

他睁开眼睛，回头看了一眼，只见贝贝蜷缩在旁边，那小爪子牢牢地抓住顽石，根本不用担心会掉下去。

"贝贝，该出发了。"林雷笑着说道。

贝贝睁开惺忪的睡眼，朝四周张望，而后迷糊地甩甩脑袋，才站了起来："老大，我肚子饿了。"

"走吧，等会儿再吃东西。"

林雷脚尖一点顽石，整个人如同风一般直接飘出了数十米宽的深潭，落到了岸边。

贝贝一蹬顽石，化作一道黑色残影，直接落到林雷的脚边。

一人一兽再次出发。

可是，刚走了一会儿，林雷就停下来了。

贝贝疑惑地看向林雷。

"有一只魔兽在附近。"林雷灵魂传音。

贝贝瞪大了眼睛，如今的它已经算得上是九级魔兽了，一般的魔兽还没靠近它，它就能够感觉到，这次它却没有感觉到。

林雷脚踏大地，感受风声。无论周围有什么动静，都很难逃过他的感知。

"那只魔兽步伐轻盈，我根本感觉不到它在地面上走动，可是，它移动的时候引起了风动。"林雷再次灵魂传音。

贝贝点了点头。

一只足有三米长的金纹豹紧紧地抓住树干，一动不动。

豹类魔兽应该是地面爬行动物中速度最快的，特别是圣域级魔兽奔雷流电豹，移动起来更是宛如闪电，算是非常可怕的圣域级魔兽。

而金纹豹是七级魔兽，但身为豹类魔兽，它自然具备豹类魔兽最擅长的技能——速度快，而且它瞬间爆发的速度极快，一般的八级魔兽都不如它。

"嗖！"金纹豹四肢用力一跃，就到了另外一棵树上。

豹类魔兽最擅长在树上纵跃，这也是非常出名的。

通过树叶缝隙，金纹豹看到了远处的人类。它静静地等待着，等待着那人类靠近。

果然，那人类和一只黑色影鼠靠近了。

"黑色影鼠？这对我根本没有威胁。"

七级魔兽的智慧较高，金纹豹的主要目标是那个人类，那人类身上的气势已经引起了它的警惕。可是，它有种感觉，那个人类的实力应该不算太强。

的确，人类形态的林雷如今只是七级后期而已。

七级魔兽对战七级战士，一般情况下，七级魔兽占优势。

"嗖！"金纹豹猛然一蹬树干，骤然化为一道金色残影，划出飘忽的轨迹，冲向了林雷。

原本没有丝毫动作的林雷突然拔出了黑钰重剑，整个人借力后退，同时顺势携带着万钧之力直接朝金纹豹劈了过去。

金纹豹在半空中根本无法大幅度改变方向，只能努力地转开脑袋。

"噗！"黑钰重剑疾如闪电，猛然劈在了金纹豹的身上。

只见金纹豹的身体直接被劈得诡异地凹陷下去，同时骨头断裂的声音响起。

"砰"的一声，金纹豹重重地摔落在地上，它的身体抽搐着，鲜血从口中渗出，不到十秒钟，便气绝身亡了。

林雷当即收起黑钰重剑。

"贝贝，今天早餐就吃豹肉吧。"林雷随意地说道。

对于林雷和贝贝而言，这只是很普通的一件事情。在魔兽山脉中，几乎每天都要解决几只厉害的魔兽。

如果用剑高手看到刚才的场景，明显可以看出，仅仅达到七级后期的林雷使用一柄三千六百斤的重剑却游刃有余。重剑的重量不但没有成为阻碍，反而让林雷可以借力从而使得重剑的速度更快。并且，他在用重剑劈的时候，竟然可以一剑劈死七级魔兽，威力委实惊人。

当即，林雷和贝贝便在魔兽山脉中烤起了豹肉。

"老大，你的重剑现在最强的攻击力是多少啊？你前几天说你突破了呢！"贝贝问道。

进入魔兽山脉已经一年多了。这一年多的时间，林雷融入了大自然，完全沉浸在修炼中，进步速度的确很惊人。

"最强的攻击力？很难说。至少对付一般的八级魔兽不难，我以正常的人类形态就可以做到。"林雷自信地说道。

这不是自傲，而是对自身实力的自信。

"豹肉好香啊！"贝贝的小鼻子嗅了嗅。

"嗯？"林雷眉头一皱，忽然笑道，"贝贝，烤肉的时候，往往会吸引一些魔兽过来。只是，这一次被吸引过来的魔兽好像很笨重啊！"

过了好一会儿，林雷和贝贝才看见那只魔兽。

那是一头迅猛龙。

"迅猛龙？"林雷笑了起来。

对于迅猛龙，他可是熟悉得很。虽然迅猛龙只是七级魔兽，但是防御力非常强。同是七级魔兽，迅猛龙的防御力却比金纹豹强得多，而金纹豹的速度比迅猛龙要快得多。

"老大，你说你的重剑攻击力强，那你能够一剑劈死这头迅猛龙吗？"贝贝忽然说道。

迅猛龙的鳞甲可有近半米厚，头骨极其坚硬。虽然它的移动速度缓慢，但是防御力比得上一般的八级魔兽。

"一剑？我还没试过，今天试试吧。"

林雷拔出了背上的黑钰重剑，一步步朝迅猛龙走了过去。

迅猛龙有两层楼高，体长近二十米。如此庞大的身体，林雷在它面前就好像小不点儿。

"嗷——"迅猛龙对着林雷怒吼起来。

林雷却依旧手持黑钰重剑，光着脚，朝迅猛龙一步步走了过去。

陡然——

他的脚步猛然加快，疾速朝迅猛龙冲了过去。

迅猛龙怒吼一声，同时龙尾猛然狠抽了过来，龙尾的速度可是非常惊人的。

"锵！"林雷的黑钰重剑刚好挡住了龙尾。

可是，龙尾抽动的力量太大了。

林雷一蹬地面，借着龙尾的抽击力和地面的反弹力，斜着朝迅猛龙跃过去。

迅猛龙见林雷到了自己面前，立即张开血盆大口。

"嗯，这人类？"

迅猛龙惊异地发现，林雷仿佛挥舞稻草一样轻飘飘地挥起那柄重剑，而后，对着它当头就砸了过来。

迅猛龙很自信，因为它的头骨是全身最坚硬的地方。

果然……

在黑钰重剑即将碰到迅猛龙头骨的时候，它都没有发觉一丝异样。可是，在碰到的一刹那，一股恐怖的力量猛然迸发出来。

它听到一阵头骨碎裂声，而后就什么都不知道了。

贝贝震惊地看着这一幕。

林雷一剑劈在迅猛龙最坚硬的头骨上，而后，迅猛龙的头骨竟然直接碎裂了，庞大的身躯轰然倒地。

林雷则飘然落地。

"啊！老大，你怎么这么厉害？"贝贝兴奋地冲了过去。

林雷淡淡一笑，说道："这一年多的时间，我将力量和龙血斗气配合到近乎完美的地步，而后凭借对大地的感悟，才突破了简单的力量、斗气层次，领悟到了我们巴鲁克家族先辈们所谓举重若轻的境界，才有了奔雷这一招。"

第 170 章

大地啸狼

使用黑钰重剑，最基本的就是让力量和斗气配合黑钰重剑运用起来。

在黑钰重剑炼制成功后，林雷在赫斯城中用黑钰重剑攻击那些紫袍特级执事的时候，他还无法很好地将力量和斗气配合黑钰重剑使用。

使用黑钰重剑，并不是死板地靠力气挥动黑钰重剑，而是尽量节省力量，让黑钰重剑速度快起来。同时，力量和斗气完美配合，从而使黑钰重剑的运用尽量达到完美的地步。

林雷花费一年多的时间，终于能够比较自然地使用黑钰重剑了，不浪费一点儿力量，一点儿斗气。用有限的力量、斗气，令黑钰重剑发挥出的威力达到最大。

然而，这只是基础。

超越第一层，还有第二层，第二层便是另一种境界了。这还是前几天林雷听到山涧中的流水声突然领悟的。

举重若轻，说来简单，实质上是对斗气和力量完美地掌控，就好像洪水不停地蓄积，当决堤时，迸发的力量非常可怕。

奔雷这一招就是这个原理。

说来简单，可是运用起来需要非常牢固的基础。如果没有对斗气和力量完美地运用，仅仅只是领悟这个意境，也使不出这一招。

"这么厉害！老大，那这是不是使用黑钰重剑最厉害的？"贝贝十分惊讶。

林雷笑着摇摇头，说道："早着呢，据我们家族的书籍记载，重型武器的使用可以简单地分为三个层次，一是基础达到完美的地步，二是举重若轻，三是势。"

"势？"贝贝有些疑惑，"那是什么？"

"我也不知道。"林雷摇摇头，"毕竟我们家族的书籍除了记载《龙血秘典》的内容外，只是介绍家族的一些历史，还有一些先辈的事情。关于使用重锤的那位先辈，也只是用几行字介绍了他的实力。那书籍也只提到第三个境界是势，至于势到底是什么，并没有详细阐述，所以我也不知道。"

林雷也很疑惑。

难道是气势？

可是，手持黑钰重剑，即使有气势，攻击时又能增加多少威力呢？

"我没有领悟，怎么都无法明白。"林雷摇摇头。

林雷很清楚，其实在举重若轻这一个层次上，他还没有做到完美的地步，因为奔雷这一招最重要的就是最后一刹那攻击力的迸发。

如何令这一招迸发的攻击力最大呢？

林雷现在只是简单地让力量和斗气一股脑儿地迸发出去，可是他明白，这是最蠢笨的方法。

"修炼之道可没有什么捷径。"

林雷笑了笑，便不再胡思乱想。

进入深秋，即使是魔兽山脉中的原始大树，树叶也大多都枯黄了。

如今算来已经是玉兰历10001年深秋时节，林雷进入魔兽山脉已经超过一年半了，却才行进了五六千里的路程。

他以修炼为主，每天也就赶路十里左右。

深夜，万籁俱寂，在魔兽山脉核心区域中一棵需要四五人手拉手才能环抱的大树下，林雷盘膝坐着冥想。

渐渐地……

天亮了，林雷睁开了眼睛，他的脸上多了一抹笑容。

清晨的微风吹拂而来，几片枯叶从空中打着转缓缓地飘落。

林雷看着这些落叶，周围寂然无声。

"老大？"贝贝睁开惺忪的睡眼，疑惑地与林雷灵魂传音道，"你醒了，怎么不喊我呢？"

实际上，林雷每天醒来时，贝贝也自然醒来了。只是，贝贝每天非要等林雷喊它，才肯睁开眼睛。可是，今天林雷没有喊它。

"贝贝，我好像突破了。"林雷灵魂传音说道。

"突破了？"贝贝立即一骨碌站了起来，惊喜地问，"突破什么？"

林雷笑："我的精神力终于达到八级魔导师层次了。"

"八级魔导师？"贝贝惊呼起来。

十九岁的那个冬天，林雷雕刻出了石雕《梦醒》，十天十夜的飞速成长使得他的精神力一下子提高了十倍，达到了七级中后期魔法师的精神力。

算起来，到现在也有好几年了。

在芬莱城的那段时间，林雷的精神力成长速度只有雕刻石雕《梦醒》的一半，按照那个速度，他恐怕需要五六年才能达到八级魔导师层次。可是，在魔兽山脉的这一年半时间，他的灵魂完全融入自然，每一次修炼都那么契合自然，精神力的增强是非常明显的。

此刻，他的精神力终于达到了八级魔导师层次。

"老大，八级魔导师有多厉害？"贝贝好奇地问。

"你试试不就知道了？"林雷的脸上露出一丝玩味的笑容。

贝贝瞪了他一眼，而后信心满满地灵魂传音："来啊！我连八级魔兽都不怕，还怕八级魔导师？"

林雷当即默念魔法咒语。

过了片刻，周围大量地系元素快速地在他周围聚集，而他体内的地系魔法力也涌动起来。

"呼——"

林雷身前陡然起风了，枯败的落叶被风卷了起来。

只听得一声怒吼，一头足有三米高的土黄色巨狼出现在林雷的身前。

这头巨狼有近十米长，全身肌肉就好像铁疙瘩一般，四肢粗壮有力。

八级地系魔法——大地傀儡之大地啸狼！

"嗷！"

大地啸狼怒吼一声，就朝贝贝冲了过去，贝贝却站在原地，自信地等着这头大地啸狼。

"哧——"突然，贝贝脚下的地面冒出了地突枪。

"啊！"贝贝怪叫一声，当即跳了起来。

不过，地突枪没有伤贝贝分毫。而这时，大地啸狼已经到了贝贝的面前。

贝贝立即尖啸一声，身体膨胀起来。

"嗷——"大地啸狼张开血盆大口，咬向贝贝。

贝贝同样气愤地一口咬向大地啸狼。

只听得"咔嚓"一声，贝贝咬断了大地啸狼的喉咙。

可是，大地啸狼并没有当场丧命，利爪竟然直接抓向贝贝。

"啪！"贝贝被抓飞，狠狠地砸在地上，将地面都砸得裂开来。

它立即一骨碌爬了起来，恼怒地盯着大地啸狼。

刚才大地啸狼那一爪的威力是很大的。

"贝贝，这大地啸狼不是真的魔兽，而是一个地系傀儡，完全由魔法力和元素构成，没有要害。"林雷戏谑的声音响起。

贝贝瞬间就明白了。

对于一个全身由魔法力和元素构成的傀儡而言，你咬它的喉咙与咬它的尾巴并没有什么区别。

"嗷——"贝贝终于怒了，直接化为一道黑影，冲向大地啸狼。

大地啸狼也一口咬向它。

可是，贝贝闪躲开来，同时，那双小爪子疯狂地抓向大地啸狼。

眨眼的工夫，大地啸狼的身上被抓出近百道伤痕，贝贝硬是让大地啸狼的身体到了崩溃的边缘。

"砰！"大地啸狼身上光芒闪烁，瞬间就轰然爆炸开来。

贝贝被炸飞，重重地砸在旁边的一棵大树上，将树干都砸得断裂开来，而后才落到地上。

"贝贝，怎么样？"

林雷非常清楚贝贝的实力，这点攻击力是伤害不了贝贝的。

贝贝不一会儿就跑了过来，憋屈地与林雷灵魂传音："老大，那大地啸狼的攻击力不低于一般的八级魔兽，而且还没有要害，真是厉害啊！它身体快要崩溃的时候还自爆了。"

身体崩溃了，由魔法力和元素构成的傀儡自然会爆炸。

八级双系魔导师，即使是正常的人类形态下，也算得上是真正的强者，八级魔法的威力可是很惊人的。

譬如风系的暴龙卷，这暴龙卷一出，灭掉数千人的军队都轻而易举。

其实，只要大地啸狼出击，就连一般的小型军队都会完蛋。大地啸狼的防御力是很惊人的，也只有贝贝这等厉害的魔兽才能那么轻易地破除大地啸狼的防御。

大地啸狼速度快，防御力惊人，而且没有要害，将它放在一支军队里，杀伤力难以想象。

"对于一个国家而言，八级魔导师的重要程度超过一支万人的军队。"

林雷自然明白这个道理。

而九级大魔导师的重要性超过一支十万人的军队。至于圣域魔导师，重要性超过百万大军。

圣域魔导师直接施展一个禁咒毁灭风暴，能让百万大军几乎覆灭。

林雷的元素亲和力是超等，炼化魔法力消耗的时间自然很短，加上平刀流的雕刻方法，花费在魔法修炼上的时间不需要太多。

既然可以龙化，战士的修炼自然要加倍努力。

林雷走在大山里的密林中，手持黑钰重剑随意地朝四周劈、砍，动作很轻松。

可当他的黑钰重剑碰到那些巨石时，巨石会瞬间崩溃，或是碎裂成数十块，或是直接炸裂，或是化为齑粉……

林雷不断地试验，怎样施展奔雷这一招才会让威力更大。

怎样在使用相同数量的斗气的情况下，使其发挥的威力更大。

"呼！"林雷感觉到龙血斗气消耗了大半，当即收起黑钰重剑。

他的手一翻，紫血神剑出现在手中。

林雷整个人立即跳跃起来，手中的紫血神剑闪动起来。紫血神剑的优点是速度很快，还有着诡异的变化。

"噗！"

紫血神剑劈向远处的一棵小树，可在半途中，剑身宛如蛇一样扭动起来，一个闪动便直接包裹住了小树。紫光一闪，小树便断成了两截。

紫血神剑一震，陡然变得笔直。

"嗖！"紫血神剑直刺而出，锋利的剑尖闪烁着青黑色的光，剑尖轻易地刺穿了旁边的石壁。

"嗯？"

林雷眉头一皱，拔出了紫血神剑。

他疑惑地看着紫血神剑："这紫血神剑的内部怎么……"

林雷刚才将精神力灌入紫血神剑里，在控制紫血神剑变化的过程中，发现了一道令人心悸的气息。

"难道？"林雷心中一惊。

当初在光明神殿中，林雷遇到危险的时候，盘龙戒指中出现了一道恐怖的力量。而这紫血神剑也属于神器，威力却不如林雷想象得那么惊人。

林雷怀疑这紫血神剑内部有什么秘密。

他立即控制精神力进入紫血神剑内，而后仔细地探察起来。

林雷过去没有踏入八级魔导师的境界时，他也尝试探察过，却一无所得。可是，他如今达到了八级魔导师层次，不知道这次会不会有所发现。

"咦？"林雷的精神力终于探到了一道暴虐的气息。

那道暴虐的气息直接和他的精神力接触了，他宛如看到了无数尸体。紧接着，这道暴虐的气息直接侵入他的体内，而后闪电般渗透他的灵魂。

第171章
金眼狮獒

那无尽的血之海洋中，尸体各异。有的尸体是近十米高的巨人，身上满是鳞甲，头顶生着双角；有的尸体泛着淡淡的金色光芒……

"啊——"

林雷的眼睛泛起一丝淡淡的红色，整个人散发出一种恐怖的煞气。那种煞气竟然犹如实质一样在其身体周围形成红色雾状物，而煞气中的他宛如煞神。

离林雷不远的贝贝，自然受到了这股煞气的压迫。

贝贝惊惧得全身毛发都竖了起来，它清楚地感觉到全身肌肉在发颤，血液在沸腾，甚至连利爪都不受控制了。

它感觉到了前所未有的恐惧。

"老、老大，你怎么了？"贝贝惊恐地问道。

林雷此刻还是有理智的，只是遭到那股煞气侵袭后，他心中涌现出了杀意。

"这紫血神剑……"

林雷强忍心中的杀意，低头看向紫血神剑。

"嗡——"

他手中的紫血神剑表面闪烁着红光，不断地震颤着。

他感觉到这紫血神剑渴望杀戮！

而此刻，他越是压抑心中的杀意，杀意就越强，他的眼睛也越来越红。

"啊！"林雷狂吼一声。

顿时，他整个人如同一道劲风直接从大山之上朝下方冲去，手中的紫血神剑宛如闪电般不断地闪烁，所过之处，树木断裂，巨石碎裂，皆化为一片废墟。

贝贝看着林雷这么疯狂地冲下山去，在原地迟疑了一会儿。它对于那前所未有的恐怖煞气打心底感到恐惧，可是为了林雷……

"呀！"贝贝紧咬牙关，猛地朝山下蹿了过去。

山脚不远处有一个碧湖，湖岸住着一群金眼狮獒。金眼狮獒属于群居性魔兽，它们不同于一般的豹类、虎类魔兽。

一般的豹类、虎类魔兽在发生大型战争的时候可能会聚集在一起，而平常生活的时候都是分散在各地。可是金眼狮獒不同，金眼狮獒的团体意识很强，擅长配合作战，其爪牙的攻击力也很惊人。

这一群金眼狮獒足有一百多头。虽然金眼狮獒本身只是八级魔兽，但是一般的九级魔兽都不敢招惹它们，它们无疑是这一带的霸主。

此刻，这群金眼狮獒不是趴在湖岸的草地上歇息，就是随意地在湖岸散步，或是跳入湖中，惬意地游泳。现在还不是出去捕食的时候，以它们的能力，根本不用担心觅不到食物。

不少金眼狮獒忽然警觉地回头看向大山的方向，以它们的灵敏反应，完全感觉得到有生物在快速地朝这里靠近。

原本趴着的金眼狮獒都站了起来，冷眼看着那生物即将出现的方向。

金眼狮獒足有三米高，六米多长，全身金黄色，看起来模样类似于狮子。可是，它们的眼睛却诡异地泛着金光。

"嗷——"这一群金眼狮獒的首领忽然低吼起来。

它们终于看到了前来挑衅的那个生物——那是一个笼罩在淡淡红色迷雾中，手持紫色长剑的人类。

这群智慧较高的金眼狮獒心头顿时轻松了。

区区一个人类而已，除非是圣域级强者，否则根本对付不了它们。

可是，转瞬间——

当那人类靠近，红色迷雾将它们笼罩的时候，它们感到前所未有的恐惧。

这比圣域级强者的威压还要恐怖得多。

在这股煞气的影响下，所有金眼狮獒都感到四肢似乎不受控制一般，一个个竟然恐惧地跪伏下来，低下了头。

林雷努力地保持理智，可是他感觉得到紫血神剑内部深藏的煞气被引动了。

"嗦！"

紫血神剑化为一道紫色流光，直接划过一头金眼狮獒的颈部。

那头金眼狮獒顿时倒在地上，没了气息。

林雷的速度太快了，不，准确地说，是紫血神剑的速度太快了，它一连解决了八头金眼狮獒。直到这一刻，所有跪伏在地的金眼狮獒才完全醒悟过来。

"嗷——"不远处，体形最大的金眼狮獒首领吃力地站了起来，仰头怒吼。

即使如此，它的四肢依旧有些发颤，眼中有着难掩的恐惧。

可是，它们的智慧较高，它们都明白，眼前这个散发出让它们感觉到前所未有的恐怖气息的人类是要杀它们。它们虽然恐惧，但是还是要拼命反抗。

其他一百余头金眼狮獒根本不敢正面应对林雷，一个个掉头就要逃跑。

"嗖！"紫血神剑袭向其中一头金眼狮獒。

那金眼狮獒自知逃不掉，反身就张开血盆大口咬向林雷，同时口中喷出了炽热的火焰。

林雷体表自然浮现出了青黑色的龙血斗气护罩，抵挡住了这头金眼狮獒瞬间喷出的火焰。

当紫血神剑临近这头金眼狮獒的时候，金眼狮獒清楚地感觉到那煞气的威压比原先提高了数倍，这种前所未有的恐惧感竟然令它的四肢发软，连脑袋中的魔晶核里流动的能量也停滞了。而后在紫血神剑的一击之下，它当场丢了性命。

而被煞气笼罩的林雷不停地追杀其他金眼狮獒。

平日里称王称霸的金眼狮獒们在这个时候真的慌了，它们不知道从什么地方冒出来这么一个煞神。煞气竟然强烈到令它们的身体机能都出现了问题，虽然它们很想要拼命，但是身体根本不受自己控制。

眨眼的工夫，三十多头金眼狮獒就倒地身亡了。

"老大，老大！"贝贝焦急地呼唤着。

它感应到了林雷此刻的状态，害怕林雷会变成不停杀戮的疯子。

渐渐地，林雷停了下来。

"贝贝，我没事。"林雷的声音在贝贝的脑海中响起。

贝贝立即冲了过去，它清楚地看到此刻林雷赤裸的上半身和额头上都满是汗珠，皮肤微微泛红。

此时，林雷闭着眼睛，胸膛不断地起伏着。

"呼——"

他长长地呼出一口气，终于睁开了眼睛。

此刻，他恢复了正常。

"老大，你、你怎么了？"贝贝担忧地问道。

林雷心有余悸地看了手中的紫血神剑一眼，此刻他的心情很是复杂。

这紫血神剑肯定是一柄杀戮之剑，而且杀的人不是一般的多。林雷甚至怀疑刚才自己脑海中浮现的血海中的无数尸体都是这紫血神剑的"杰作"。

只是，那些尸体很是怪异，林雷竟然辨认不出其中大多数尸体所属的族群。

"一些尸体有着牛头人身，难道是传说中其他异位面的牛头人？"林雷疑惑地想着。

他在书中看到过关于牛头人的介绍，可是玉兰大陆上是没有牛头人的。而且，那些尸体中，许多尸体连他所看的书籍中都没有相关的特征介绍。

比如那种足有十米高，全身满是厚厚的鳞片，头顶还有两个巨大尖角的庞然大物，单单其尸体散发的气息就令林雷心中惊惧。

林雷觉得，那种庞然大物的实力绝对不比他看到的一些圣域级魔兽弱，而那种级别的庞然大物的尸体在血海中不计其数。

是的，在那血海中，气息不比圣域级魔兽弱的庞然大物的尸体几乎随处可见。

"紫血神剑的前任主人到底是谁？他竟然杀了这么多强者。"林雷心中很是惊讶。

他非常肯定，这柄紫血神剑是高级位面的，因为玉兰大陆中根本没有那么多强者。

一想到当初得到紫血神剑的场景，林雷便确定，紫血神剑肯定不是玉兰大陆这个位面的。

他心念一动，将紫血神剑收入了空间戒指中。

"不到必要时刻，绝对不能引动这紫血神剑内部的煞气。"林雷在心中暗自做了决定。

贝贝这时候跳到了林雷的肩膀上。

"老大，到底是怎么回事？"贝贝问。

林雷笑着看向贝贝："贝贝，你还记得当初我们在迷雾峡谷谷底发现的那个神秘魔法阵吗？德林爷爷当时说那个神秘魔法阵比圣域级的魔法阵还要复杂，而紫血神剑就是用来辅助那个神秘魔法阵的。紫血神剑肯定不像当初我发现的时候那么简单，现在看来，果然是这样。"

贝贝聚精会神地听着。

"这紫血神剑应该经历过很多杀戮，而且杀的大多是圣域级强者，乃至更高级别的强者。正因如此，紫血神剑内部蕴藏着可怕的煞气。一旦引动煞气，就连金眼狮獒都全身发颤，跪伏下来。可是，有好处，就有坏处，若是引动了煞气，紫血神剑必须见血，否则它不会按照我的心意乖乖地回到空间戒指中。"

贝贝点了点头。

"老大，这紫血神剑的确很可怕，刚才那煞气竟然惊得我四肢都有些颤抖。在那种状态下，即使我达到九级魔兽级别，恐怕也只能发挥出五成实力。"贝贝如实说道。

至于八级魔兽，在煞气的侵袭下，十成实力恐怕只剩下一成。

引动紫血神剑内部煞气的时候，对方受到煞气的影响，实力会下降很多，连九级魔兽都受到了影响，由此可以想象这煞气在战斗时候的好处。

"只是，那种疯狂想要杀戮的感觉真的不好。一旦引动煞气，我必须杀不少生物才能平息那种暴虐的气息。"林雷刚才经历了一遍，心中很清楚。

不到必要时刻，还是不要引动紫血神剑内部的煞气为好。

"好了，贝贝，取一下魔晶核，我们继续前进吧。"

"魔晶核？这么多！"贝贝立即兴奋地去取魔晶核了。

取走了那几十头金眼狮獒的魔晶核后，林雷和贝贝没有管那些金眼狮獒的尸体，继续前进。在魔兽山脉中，再厉害的魔兽死后也会成为其他生物的餐食。

林雷发现了紫血神剑内含煞气的秘密，不过，这只是一个小插曲罢了。

他每天仅仅行进十里左右的路程，大部分时间在苦修。对于黑钰重剑的运用，他几乎每天都有新的领悟。

林雷完全沉浸在不断进步的美妙感觉中。

第 172 章

黑影

今年冬天的第一场雪很大，魔兽山脉腹地的不少地方都覆盖了一层厚厚的积雪，那积雪上清楚地显示出了各种各样的脚印，有人类的，也有不同魔兽的。

"好大的雪。"

林雷照旧穿着破烂的麻布长裤，赤裸着上半身。即使此刻温度低得足以让湍急的流水结成坚冰，他也丝毫不受影响。

他光着脚，大步前进。

"老大，应该快过玉兰节了吧。"贝贝猜测。

长期待在魔兽山脉中，连重要的日子都忘记了。虽然林雷有怀表，但是那怀表显示的只有简单的时间，并无日期。

"应该快了。"林雷点点头。

进入魔兽山脉有两年了，林雷的战士实力提升速度还算快，达到了七级巅峰。在重剑的运用上，也比才得到重剑时要高明得多。特别是成为八级双系魔法师后，魔法和战士实力一同运用，实力可是提升了很多。

"嗯？"林雷和贝贝都掉头看去。

只见不远处有两名穿着皮甲、手持武器的壮硕男子正慌不择路地逃跑。

看到是人类，林雷便又继续往前走了。

常年有大量高手进入魔兽山脉修炼，这两年来，林雷碰到过不少人类。对于在魔兽山脉中遇见的人类，他始终坚持不招惹的原则。

毕竟其中有不少人专门打其他人包裹中的魔晶核的主意。林雷因为有空间戒指，所以没有带包裹，打他主意的人还是很少的。

"等一下，等一下！"后面传来焦急的喊声。

林雷却根本不理会，继续前行。

那两人奔跑的速度很快，不一会儿就赶了上来。

林雷立即停了下来，转过身。

"你们要干什么？"林雷冷冷地看着这两个壮硕男子。

以林雷的眼光，可以判定这两人的实力不弱。只是，人类的全部实力很难从外表看出来，所以林雷对这两人还是存着警戒之心的。

"我们？"两个壮硕男子对视一眼，露出了尴尬的笑容。

其中一个独眼男子道歉："我们没有其他意思，只是魔兽山脉核心区域实在危险，我们两兄弟想……想跟你一起走。这样一来，大家可以互相帮助，不就安全多了？"

另外一个光头男子一怔，然后连连点头，说道："对，核心区域太危险了。我们一起走，可以互相帮助。我们可以一起离开核心区域，出了魔兽山脉，再分开啊。"

"我没兴趣。"林雷眉头一皱，便转头继续前行。

他早已不是过去那个初出茅庐的少年了，他看得出来，这两人明显在撒谎。在魔兽山脉中，还要互相帮助？这简直是笑话！这两人要跟自己同行，肯定不怀好意。他不想惹麻烦，也不想和这两人动手，自然不想跟他们走在一起。

这两人见林雷竟然这么干脆地走了，对视一眼，迟疑了一会儿，追了上去。

"等一下，这位兄弟请等一下！"

林雷不由得眉头皱起，回过头，冷冷地看向追上来的两人。

两人尴尬地看着林雷，其中的独眼男子歉然说道："真是抱歉，我们兄弟俩真的想跟你一同赶路。你放心，只要出了这里，我们肯定会好好感谢你的。"

林雷扫视了他们一眼。

"你们要跟就跟吧。"他淡漠地说道。

在魔兽山脉中闯荡了这么久，林雷的经验变多了。既然这两个人非要跟着他，那就让他们跟吧，他有信心对付这俩人，更何况他的肩膀上还有实力很强的贝贝。

"谢谢，谢谢！"两人感激地说道。

当即，他们亦步亦趋地跟在林雷身后，还时不时朝四周张望，眼中有着一丝恐惧。

"这位兄弟，我们是奥布莱恩帝国西南行省的。不知道兄弟你是？"那独眼男子和林雷套近乎。

林雷眉毛一挑。

奥布莱恩帝国？

他很清楚，如果现在直接朝东方前行，要不了多久，就可以进入奥布莱恩帝国的领土范围。

"问那么多做什么？"林雷瞥了独眼男子一眼，"要跟就跟，别出声。"

"是，是。"独眼男子连连点头。

在他看来，林雷很不一般，大冬天只穿一条长裤并不是很奇怪，奇怪的是，林雷在魔兽山脉核心区域中行走，竟然如此淡然，速度如此缓慢。这最危险的地方就好像是林雷家的后花园一样。

"大哥。"后面的光头男子拉了拉独眼男子的皮甲，压低声音说道，"大哥，你说我们能保住命吗？"

独眼男子惊惧地朝四周看看，压低声音，说道："别多想了，现在先跟着这个神秘人吧。跟着他，可能我们还有点希望。"

"嗯。"光头男子点了点头，只是心中依旧忐忑。

前面的林雷却非常坦然，他自然注意到了后面两人在嘀咕，只是他有种感觉，这两人应该不是那种敢对自己下手的人。

走了一会儿，林雷便停下来了。

一天时间，林雷只走了十里路，其他时间都在修炼。他这么一停，后面的两个人却急了。

"你怎么停下来了？"独眼男子着急地说道。

"嗯？"林雷不满地瞪了他一眼。

那光头男子连忙赔笑，说道："大人啊，这里还是核心区域呢。我们还是走出这危险的地方再休息吧？"

林雷眉头一皱，说道："你们两个人别在这里烦我，你们想跟着就跟着，可我想走就走，想停就停。你们如果再在这里吵闹，就别怪我手下不留情。"

这两人对视一眼，而后尴尬地赔笑。

"对不起，对不起。"他们立即退到了一边，再也不敢来打扰林雷了。

"这两人行为举止有点怪异。"林雷瞥了两人一眼。

这两人说要离开魔兽山脉，却非要跟着自己。自己不走，他们竟然也不走了。

他们为什么非要跟着自己呢？

这两人应该根本不认识自己。

林雷盘膝坐下，将黑钰重剑拔了出来，放在双膝之上。就在这个时候，他忽然感到一阵心悸。

"嗖！"

林雷猛地转头，只见一道黑影刹那间从前方闪过，而后消失不见了。

"啊，啊……"远方传来了惊恐的叫声，只是两三声，便不再响起。

林雷这个时候才注意到，此刻他后面竟然只剩下那个独眼男子。至于独眼男子的弟弟，已经不见了，旁边的雪地上有一摊鲜血。

"啊，啊，不，不！"独眼男子似乎受到了极大的刺激，尖叫起来。

林雷站了起来。

贝贝也警戒起来。

"老大，那个怪物的速度好快。"贝贝灵魂传音，"进入魔兽山脉这么久，这是我发现速度最快的一个。刚才我都没有看清，不知道是人类还是魔兽。"

林雷也没有看清。

那怪物的速度太快了，甚至比贝贝的速度还要快一点儿。

"到底是什么？贝贝已经踏入九级门槛，我进入魔兽山脉这么久了，也遇到过不少魔兽。可是，论速度，没有一个超过贝贝的。"林雷心中惊疑起来。

贝贝的速度是优势，九级魔兽中都难以找到速度能够超过贝贝的。

"那个怪物是什么？难道是圣域级魔兽？"想到这里，林雷心中一惊。

圣域级魔兽的速度自然很快，比贝贝快也很正常。

林雷立即转头看向独眼男子。

此刻，独眼男子眼中满是恐惧，嘴里不停地念叨着什么，时而还惊恐地看向四面八方，似乎害怕再一次遭到袭击。

"啊！"独眼男子感觉自己被抓住了，惊恐地叫了起来。

可当他回过神来一看，竟然是林雷抓住了他的衣领。

"说，到底是怎么回事？"林雷凝视着他，"否则，我就将你留在这里，独自离开。"

"不，不，别扔下我！"独眼男子竟然跪了下来，"我说，我说！"

林雷见到这一幕，不由得眉头一皱。

他早就听说过，奥布莱恩帝国是军事力量最强大的帝国，尊崇武神。很多子民都修炼成为战士，大多数强大的战士是非常骄傲的。这个独眼男子能够进入魔兽山脉核心区域修炼，可见实力不弱，就算不是七级战士，起码是六级战士。

可现在，独眼男子竟然直接跪下了，一点儿骨气都没有。

"大人，你不知道，这些日子，简直、简直是噩梦！"独眼男子的眼中闪烁泪花。

林雷当即凝神听了起来。

"这一次，我和我弟弟、我的妻子，还有其他朋友组成团队，进入魔兽山脉，打算好好修炼，同时准备弄一些魔晶核。对于我们这种进入魔兽山脉有五六次的人来说，这件事很普通，可是没想到……"说着，独眼男子的身体颤抖起来，"进入魔兽山脉的第三天，我们才进入中级魔兽区域范围，却宛若经历了一场噩梦。"

"我这个团队的七级战士足有六个，还有两个六级魔法师。在中级魔兽区域狩猎，危险并不大。没承想，我们遇到了一个可怕的怪物。"

"怪物？"林雷眉头一皱。

"第一次遇到这个怪物时，它就直接偷袭，就像刚才那样杀了我的一个好朋友。我们当时很愤怒，因为那个怪物的速度太快了，我们甚至没有发现那个怪物的身影，只是听到朋友的惨叫声，才知道他遭到了怪物的袭击。而且，看到地面留下的血迹，我们才知道，我们的那位朋友很可能已经死了。

"当时，我们认为那个怪物只会偷袭，不敢明面上对付我们，肯定实力不算强。愤怒的我们妄图报仇，不过，我们并没有找到那个怪物。"

独眼男子深吸一口气，平复激动的心情，继续说道："可是，当天傍晚，我们吃晚餐的时候，那个怪物又来了。"

说完，独眼男子眼睛瞪得滚圆，显然紧张得很。

"那个怪物又叼走了我们中的一位魔法师，不过，它只是将魔法师叼到几十米外的地方，而后就在我们一群人的面前，吃了那位魔法师。"

"怪物？什么模样？"林雷立即追问。

"看模样，是全身漆黑的豹子。"独眼男子回道。

"全身漆黑？难道是八级魔兽黑线豹？"

林雷有些不敢相信。因为一只八级魔兽还达不到刚才那么惊人的速度，即使豹类魔兽是爬行类魔兽中速度最惊人的。

"不是黑线豹，我们团队中的人也算是见识比较广的，黑线豹全身有着黑色线条，我们都是知道的。可是，那个怪物全身都是曲线形状的黑色花纹，而且黑色花纹非常密集。"

第 173 章
神秘黑豹

林雷的眉头皱了起来。

他也没听说过这种魔兽。豹类魔兽就那么几种，可是，全身漆黑又有曲线形状的黑色花纹，根本没有听说过。一般而言，没有听说过的魔兽都不能小视。

独眼男子继续说道："那个怪物就在我们面前吃掉了那位魔法师，我们一群人都愤怒了，立即围攻上去。"

"可是……"独眼男子摇摇头，"令我们没想到的是，那个怪物的实力太强了。我们原先以为它偷袭后就逃走了，是因为实力不强，而当我们一群人围攻它时，它却轻易重伤了我们。"

"重伤了你们？"林雷疑惑地说道。

"对。"独眼男子惊惧地说道，"那怪物绝对有实力轻易杀了我们，可是它没有那么做，只是重伤了我们。"

"原本我以为我们还有活着的希望，后来才发现，那个怪物盯上了我们。它每天都来叼走我们团队中的两个人，有时就在不远处吃掉我们团队的人。"

林雷心中一惊。

他知道，魔兽的智慧和实力有关联。而眼前的独眼男子讲述的魔兽极为厉害，智慧极高，恐怕这魔兽的级别也非常高。

"我们想要逃回去，可是当我们朝魔兽山脉外面逃的时候，那个怪物又来了，再次重伤了我们。"独眼男子苦笑道，"我们根本没办法逃出魔兽山脉。那个怪物每天来叼走我们团队中的两个人，转眼，我们一行十二个人只剩下六个人了。"

　　"我妻子多次见过那个怪物硬生生地吃掉我们的朋友的场景，最终崩溃了，她求我杀了她。"

　　独眼男子苦笑道："你根本无法想象，连续三天处于那种恐惧之下，剩下的人有多绝望，有多崩溃。我妻子的实力比较弱，心理素质也很差，她每天都在受煎熬。"

　　"你最终还是按照你妻子说的那样做了？"林雷眉头一皱。

　　"是的。经过深思熟虑，我最终选择让我的妻子没有痛苦地死去。"独眼男子痛苦地说道，"可是就在那天，我们遇到了另外几个人，其中有一个是我们西南行省的大人物——九级强者普特路。"

　　"原本我们都绝望了，崩溃了。我让我的妻子没有痛苦地死去后，一个九级强者出现了，你说我当时是怎样的心情？"独眼男子声音颤抖，"我都快疯了，真的，我痛苦得不想活了！"

　　林雷完全可以想象那种痛苦，独眼男子在完全绝望、崩溃的时候，为了让妻子不被怪物一口口吃掉，选择亲手了结妻子的性命。可他了结妻子的性命后，九级强者出现了。

　　这种反转，确实会让人发疯。

　　"我很痛苦，可是我的其他几个朋友都很高兴，因为九级强者的实力仅次于圣域级强者，他们认为有希望了。我们将此事告诉了普特路大人，他当即说要为我们解决这个怪物。当那个怪物再次到来时，普特路大人直接出手了。"独眼男子脸上有着怪异的表情，"仅仅一招，那个怪物硬扛普特路大人一剑，而后直接将普特路大人的脑袋给抓裂了。"

　　林雷心中一惊。

　　那个怪物竟然可以硬扛九级强者的攻击，速度和防御力都这么强，不可小觑。

　　"那一次怪物很兴奋，就在我们面前，它的身体竟然膨胀起来了，身高从原先的两米变成了近五米，直接一口将普特路大人给吞了。"独眼男子说道。

　　"身体变大？"林雷脸色一变。

　　身体变大，这是所有圣域级魔兽都可以做到的，它们可以轻易地变大或者变小。当然，极少数天赋高的九级魔兽也能够做到。

　　比如贝贝，它就能够让自己身体变大一些。

　　也就是说，那个怪物不是圣域级魔兽，就是天赋极高的九级魔兽。

　　"不会是圣域级魔兽吧。"林雷心中也有些发怵。

　　虽然他现在对自己很有信心，但是对于战胜圣域级魔兽一点儿把握都没有。

　　独眼男子苦笑道："就这样，那个怪物继续折磨我们，一天吃掉我们团队中的两个人，最后只剩下我和我二弟。我们一路朝核心区域逃窜，祈祷那个怪物跟一些强大的魔兽打起来，我们可以趁机逃跑。可是，根本没有什么魔兽可以阻拦那个怪物。"

　　林雷点了点头。

　　他完全明白了。

　　只是，这个独眼男子对他不怀好意，非要跟着他，明显是想让他保护自己。这种行为根本丝毫不顾及他的性命。

　　林雷脸色一沉。

　　"大人，我、我们也是没办法啊！"独眼男子明白林雷心中所想，连忙说道，"我还有孩子，我二弟也有孩子，我们不想死啊！"

　　"难道我想死？"林雷冷哼一声。

　　单单从独眼男子刚才的描述中，林雷至少可以确定那个怪物的实力了。

　　九级强者一剑都不能伤到那个怪物，而且它的速度比贝贝还要快。仅仅这两点，就不得不令林雷紧张。

　　更何况，这还只是那个怪物暂时表现出来的，它真正的实力到底是什么？

它会不会是圣域级魔兽？林雷无法确认。

如果是圣域级魔兽，即使他跟贝贝联手，也一点儿取胜的希望都没有。

"你不想死，却拖我下水？"林雷心中有些不满。

"贝贝，我们走。"

他当即加快速度继续前进。

独眼男子还是跟着林雷。

林雷眉头一皱，回头冷冷地看着独眼男子。

这个浑蛋，还跟着他。

那个怪物显然是盯着这个独眼男子的。

"大人，你、你就救救我吧！"独眼男子哀求道。

可是，他的这种行为令林雷越发反感。他只为自己考虑，根本不考虑别人。

"九级强者都死了，你以为我是圣域级强者，能对付那个怪物？"林雷拔出黑钰重剑。

独眼男子被吓得连连后退。

"再跟着我，就别怪我无情。"林雷冷冷地说道。

如今的林雷虽然达到了七级巅峰，龙化后，有着九级中期的实力，比在赫斯城时要厉害一些。但是，在赫斯城的时候，他也就和九级强者凯撒打成平手。

现在要对付一名九级强者，他也很难做到一击必杀。

而那个怪物能轻易地杀了一名九级强者。

林雷将黑钰重剑插回剑鞘，继续独自前行。而那独眼男子站在原地，根本不敢继续跟着，怨恨地看着林雷的背影。

"啊！"

林雷刚刚走了不到百米，惨叫声就从后面传来了。

他立即掉头看去，只见雪地上出现了一只两米高，近四米长的黑色豹子，那黑色豹子口中叼着独眼男子的身体。

"救、救命！"独眼男子还没有断气。

此时，林雷的注意力在黑色豹子的身上。这黑色豹子身上有着密集曲线形状的花纹，非常好看。此时，它正饶有兴趣地看着林雷。很显然，它在玩一个游戏，而现在游戏到了最后关头，林雷就是它的最后一只猎物。

"救命！"独眼男子期待地看着林雷。

黑色豹子突然狠狠一咬，仅仅几秒钟，独眼男子便断了气，不再挣扎了。

而后，黑色豹子一步一步朝林雷走了过来。

"贝贝，你准备偷袭，这一次，要拼命了。"

林雷看得出来，这只不知名的豹类魔兽盯上自己了。与其任由这个怪物偷袭自己，还不如与之正面交锋。

林雷拔出了背上的黑钰重剑，盯着黑色豹子。

"哼！"同时，他的身体开始发生变化，额头冒出了冰冷的尖刺，黑色的鳞甲疾速覆盖了全身，一条结实的龙尾长了出来，额头、肘部、膝盖、背部等处都冒出了尖刺。

瞬间，林雷就完全龙化了。

黑色豹子看到一个人类竟然一下子变成了如同人形魔兽一般的怪物，不由得一惊，那油亮光滑的毛发瞬间竖了起来。

一个是龙血战士。

一个是神秘的豹类魔兽。

"来吧！"林雷手持黑钰重剑，一动不动地站在雪地中。

黑色豹子微微压低身体，它在悄悄蓄力！

"嗖！"

林雷那暗金色瞳孔完全锁定黑色豹子，这一次他勉强可以看到黑色豹子的身影。

几乎眨眼的工夫，黑色豹子就从近百米外蹿到了他的眼前。

"啪！"

林雷的龙尾如同闪电一般狠狠地抽在黑色豹子的身上，龙尾抽动的速度可比黑色豹子移动的速度要快得多。

黑色豹子被抽飞到十几米外的雪地上。

它刚落地，冰冷的眼眸盯着林雷，低吼了一声。很显然，这一次它要出全力了。

它猛地一蹬地，疾速跃了过去，速度之快，简直让人心颤。

林雷看得很清楚，这黑色豹子的身上没有一丝血迹。

他可是九级中期龙血战士，他的龙尾竟然伤不了黑色豹子分毫。

林雷手中的黑钰重剑闪电般地劈了过去，黑钰重剑表面闪烁着青黑色的光。

那黑色豹子竟然直接挥舞爪子，抓向林雷的黑钰重剑。

"锵！"林雷的黑钰重剑竟然被黑色豹子的一只爪子拍到了一旁。

"哧！"黑色豹子的另外一只爪子在林雷的手臂上划了一下。

林雷那覆盖黑色鳞甲的手臂上留下深深的印痕，还有两块鳞片裂开了。

这一人一兽交击了一次，立即分开。

"嗷——"

黑色豹子站在雪地中，冷冷地盯着林雷，它将林雷当成对手了。刚才的攻击竟然没有完全撕裂鳞甲防御，也没有断掉林雷的手臂，它很是惊讶。

林雷看了看鳞甲上的印痕。

一般的九级魔兽是破不开他的防御的，可刚才黑色豹子那一爪撕裂了他手臂上的两块鳞片。

黑色豹子的身体陡然膨胀起来，身高从原先的两米变成了五米，体长更是达到近十米，黑色的尾巴如鞭子一般挥舞着。

此时，它依旧凝视着林雷。

"嗷——"

下一刻，这个庞然大物再次朝林雷跃了过去。

第174章

再次变身

"老大！"贝贝的声音在林雷的脑海中响起。

林雷单手持黑钰重剑，脚一点，整个人便转着弯飞退开去，同时灵魂传音："贝贝，你别急，先让我和这神秘的黑色豹子好好斗一斗。如果斗不过，你再出手也不迟，你可是我的撒手锏。"

贝贝当即飞退到一旁。

此刻，林雷心中战意大盛。在魔兽山脉中闯荡了这么久，还没有遇到能令他完全发挥出实力的对手。圣域级魔兽太强，一般的九级魔兽虽强，但他完全可以靠速度压制对方。唯有这只神秘的黑色豹子的速度比他还要快。

"嗷——"黑色豹子一落地，冷冷的目光完全锁定了林雷。

林雷的嘴角勾起一丝笑。

"身体变大，这黑色豹子的速度却变慢了一些。"

林雷发现，此刻黑色豹子的速度比原来慢了一些。

已经为自己加持了极速辅助魔法的林雷完全有信心应对黑色豹子了。

可他也明白，黑色豹子的身体变大，速度减慢，攻击力恐怕是增强了。正常体形的黑色豹子就能够抓裂自己的鳞甲，此刻，他可不敢让自己被这黑色豹子再抓一下。

黑色豹子"嗖"的一声又朝林雷快速扑了过去，眨眼的工夫，它就到了林雷的面前。

"呼！"

这时，林雷整个人竟然贴着雪地一个飞扑，直接从跃起的黑色豹子腹部下方蹿了出去。

同时，他手持黑钰重剑刺向黑色豹子的腹部——

"铿锵——"黑钰重剑再次和黑色豹子的利爪相撞。

黑豹的速度虽然减缓了一点儿，但是它那利爪挥舞的速度依旧惊人。

"嗖！"那条足有七八米长的黑色豹尾朝林雷狠狠地抽了过去。

林雷的右脚重重地一蹬地面，整个人斜着飞向了旁边一棵需要三四人才能环抱的大树。他的双腿一蹬大树树干——

"咔嚓！"大树轰然断裂，倒了下去，密集的枝杈也混乱地砸了下去。

而林雷以惊人的速度向黑色豹子俯冲而来，同时双手持着黑钰重剑，居高临下地劈向黑豹的身体。

"哟——"黑钰重剑发出了刺耳的尖啸声。

黑色豹子此刻却转头看向林雷，竟然待在原地，一动也不动，任凭林雷朝自己攻击而来。这只黑色豹子显然明白自己的身体变大后，凭借速度已经无法压制林雷了。

"嗖！"林雷双手持着的黑钰重剑变得轻飘飘的，似乎不着力，那剑锋不停地震颤着，速度却更快了。

"噗！"黑钰重剑劈到了黑色豹子的身体上。

冷傲的黑色豹子眼中露出了一丝诧异之色，因为这劈过来的黑钰重剑竟然没有丝毫攻击力。

它没有犹豫，黑色的细长豹尾狠狠地抽了过去。

"奔雷！"林雷的眼睛如同霹雳迸发了一般。

黑色豹子感觉那柄碰到它背部的黑钰重剑，如同火山爆发一般突然爆发出一股极为惊人的力量。

"噗！"黑色豹子四肢一软，整个身体猛地矮了一大截。它那黝黑发亮的毛皮在瞬间如同波浪一样抖动了起来。

"嗷——"它的嘴角溢出一丝鲜血。

这种攻击达到了举重若轻的境界，是力量和斗气的一种绝妙运用，是将那种冲击力瞬间爆发，不是呆板地劈、砍。即使黑色豹子的防御力非常强，毛皮也瞬间卸去了大半攻击力，可依旧有不少力量传入它的体内，震得它受了伤。

"啪！"

那条如同长鞭一样挥舞的细长豹尾狠狠地抽在林雷身上，将他腰部的鳞甲抽得碎裂开来，一下把他抽飞了。

林雷快要撞到一棵大树上时，他的右手伸出，如钢爪一样直接抓住了树干，整个人如履平地一般倚靠在树干的高处。

"果然，黑色豹子的身体变大后，攻击力增强了很多。"林雷看了看自己腰部被抽裂的鳞甲，那里渗出了血，他对黑色豹子的实力清楚了一些，"至于防御力，倒是没有太大变化。"

身体变大后，黑色豹子的防御力没什么变化，但速度变慢，攻击力增强了。

"现在看来，奔雷这一招还是有效的。"林雷很满意奔雷这招的攻击力。

这黑色豹子的防御力很强，即使是面对奔雷这种瞬间爆发的攻击，黑色豹子的毛皮竟然都可以卸去大半攻击力，毛皮本身更是没有一丝伤痕。

如果是纯粹的力量、斗气攻击，恐怕根本无法伤黑色豹子分毫。

"该用魔法了。"

林雷开始默念魔法咒语。

此刻，他在一棵大树的树干上，距离地面三十米高，而下方的黑色豹子仰头冷眼看着他，见他在上方竟然不下来。身为九级巅峰魔兽，这黑色豹子的智慧自然很高，瞬间就判定了形势。

你不下来，那我上去！

"嗖！"黑色豹子脚一点，直接朝林雷跃了上去。

它一跃便是三十多米，弹跳力极强。

林雷心如止水。

即使他看到下方的黑色豹子跃上来，也依旧在默念魔法咒语。只是，他右手猛然一拍树干，整个人朝侧方疾速飞了过去。

而被林雷拍击的树干直接被震得断裂开来。

"轰！"大树树干轰然砸下。

大树树干倒下，令周围空间被占了大半，对于身体小的林雷而言，根本不受任何影响。可对于足有五米高、十米长的巨型黑色豹子而言，就不得不挥舞爪子抓裂倒下来的树干。

趁着这段时间，林雷终于念完了魔法咒语。

"嗡——"他的背上竟然浮现出了透明的青色羽翼。

这泛着青色光晕的羽翼极为漂亮，轻轻一拍，林雷整个人就腾空飞了起来。

风系八级魔法——风之翔翼！

见到这一幕，黑色豹子顿时怒吼一声，再次跃起，朝林雷扑过去。

林雷立即朝上方飞了起来。

黑色豹子虽然身体庞大，但是灵巧得很，一跃数十米后，轻轻地在树干上借力。

它不断地朝上方追逐着林雷。

只是五六次跳跃，它就跃出了大树树梢，而此刻林雷扇动着透明的青色羽翼，在魔兽山脉的上空飞翔。

"现在该我蹂躏你了。"林雷看到黑色豹子跃出大树树梢，最后黑色豹子因为没有可以倚靠的物体只能无奈地下坠。

在下坠的这一刻——

"呼！"林雷猛然一扇青色羽翼，整个人立即俯冲而下，速度快得惊人。

凭借青色羽翼疾速朝下方俯冲的林雷很快就追上了自由下落的黑色豹子。

黑色豹子怒视林雷，可是在半空中，它根本没有任何依靠。

林雷猛然调动体内的龙血斗气。

龙血斗气迸发的速度瞬间达到经脉承受的最大限值，林雷双手紧握的黑钰重剑以万钧之势狠狠地朝半空中无法借力的黑色豹子斩了过去。

"锵！"黑色豹子的利爪又和林雷的黑钰重剑交击了。

林雷却自信地再一次挥舞黑钰重剑，短短时间内，他疾速朝下方劈出了十几剑，每一剑都运用了奔雷的招式。

黑色豹子被第一剑劈中爪子的时候，就已经加速下坠。

可是，林雷凭借青色双翼一直追着它，劈出了一剑又一剑……

在黑色豹子看来，林雷劈过来的黑钰重剑一剑比一剑重，每一剑都如同决堤的洪水迸发出来。

连续十几剑，黑色豹子整个身体竟然被林雷劈得硬是陷入了地面。

"轰！"一个巨型深坑出现了，地面裂隙朝四面八方裂开去。

周围一棵棵大树的树根都冒出了杂乱的根须。

深坑中央的黑色豹子口中溢出鲜血，甚至连毛皮上都出现了血红的斑点。

林雷连续击出几剑，使得黑色豹子的毛皮都无法完全卸去攻击力。

他在十几米的高空中扇动透明的青色双翼，说道："我知道，你懂得人类的语言，我现在给你一个机会，只要你臣服于我，我就饶你一命。"

此刻，林雷想要收服黑色豹子。他一直缺少坐骑，最重要的是，在他看来，这黑色豹子对于他的确大有益处。特别是黑色豹子能够变大，庞大的身躯，加上惊人的速度、防御力，堪比一个战争机器啊。

"嗷——"黑色豹子站了起来，死死地盯着林雷，眼中有着无尽的怒气。

到了此刻，它依旧高昂着头。

它怎么会轻易屈服？可是它也明白，眼前的人类战士根本不是它认定的猎物。

这人类战士的实力这么强，还会风之翔翼如此高深的风系魔法，这样的高手，在人类世界中也是极为少见的。

"你是否愿意臣服？"林雷居高临下地斥问道。

对于魔兽，只要在武力上完全碾压它，就有可能令它屈服。只是，越是高等级的魔兽，令其屈服的难度就越大。

"噭！"黑色豹子怒吼一声。

"不服？那我就打到你服。"林雷自信地说道。

魔法和战士实力结合起来，林雷的整体实力大大增强，这可是非常惊人的。特别是如林雷这般在自己身上加持羽翼，完全占了空中优势。

"嗖！"林雷再次俯冲下来。

他的双翼飞行速度比四肢移动速度要快，几乎眨眼的工夫，就到了黑色豹子面前，手中的黑钰重剑再次重重地劈下。

黑色豹子却疾速后退十几米，而后就是一个前扑。

双翼扇动间，林雷整个人灵活地在半空中不断地闪躲，黑钰重剑更是不停地劈向黑豹，每一剑都有能够摧毁小山的恐怖威力。

黑色豹子再一次被劈得飞到一旁，它的毛发被鲜血染红了。

林雷此刻凌空而立，黑钰重剑时刻准备再一次攻击黑色豹子。

"服不服？"林雷沉声问道。

黑色豹子再一次起身，冷冷地看着林雷。突然，它的身体开始缩小，缩小成了近两米高、四米长的正常模样。诡异的是，它的全身竟然浮现出黑色和白色的光晕。

"怎么回事？"林雷感到不妙，当即扇动青色羽翼，飞得更高一点儿，警惕地看着下方的黑色豹子。

那黑色和白色的光晕消失了，原本全身满是曲线形状的黑色花纹的黑色豹子，其上半身出现了几条黑色花纹，而四肢的毛发竟然变得雪白。

看到这一幕，林雷倒吸一口凉气："黑纹云豹！传说中的黑纹云豹?！"

第 175 章

速度之战

豹类魔兽中最厉害的当数圣域级魔兽奔雷流电豹，这是最纯粹的雷系圣域级魔兽，速度极快，其他圣域级魔兽远远不及。而豹类魔兽中，最神秘的却要数九级魔兽黑纹云豹。

书籍中有记载，黑纹云豹最后一次出现在人类视线中还是在一千多年前。这么多年来，将无数人搜集的资料综合起来，关于黑纹云豹的记载也非常简略。

黑纹云豹，九级魔兽，速度极快，身上有稀少的黑色花纹，四蹄的毛发却是雪白的，犹如踏着云朵一般。

正因为它独特的外表，人类才给它起名为"黑纹云豹"。

至于黑纹云豹是什么系的魔兽，有什么特长，书籍中并没有相关记载。

"历史上见过黑纹云豹的强者几乎都丧命了吧，即便是真正知道黑纹云豹虚实的圣域级强者，恐怕都故意隐藏了一些信息。"

林雷很清楚，各大势力的上层对一些信息的保密程度很高，连七级以上的魔法都不外传，由此可见一斑。

魔兽山脉核心区域的树林中，黑纹云豹正和在半空中扇动羽翼的林雷对峙。

"黑纹云豹的身体可以变化，着实诡异得很。"林雷不敢有丝毫放松。

黑纹云豹冷冷地看着林雷，眼眸中尽是怒火。

"嗖！"

几乎眨眼的工夫，它就穿过了近五十米的距离到了林雷的面前，速度比刚开始的第一形态（正常体形，全身有着密集的黑色花纹）时还要快近半倍。

黑纹云豹的速度一下子变快这么多，使得林雷躲避不及，被一爪子击中胸膛，当即鳞甲碎裂，鲜血渗透出来。

"呼！"林雷立即扇动羽翼，疾速飞得更高。

"好快的速度！"他心中大惊。

第一形态的黑纹云豹的速度就比贝贝略快一点儿，而第二形态的黑纹云豹的速度比第一形态时慢了一些，和林雷相当。至于第三形态的黑纹云豹（就是此刻的模样），速度竟然比第一形态时还要快许多。

到了这个地步，即便百米距离，黑纹云豹估计眨眼的工夫就到了。

这实在是太恐怖了！

黑纹云豹昂首，紧紧地盯着林雷，眼中尽是高傲。

林雷缓缓地扇动透明的羽翼，在半空中却没有降下。他很清楚，自己一旦降低高度，以黑纹云豹的速度，自己真的很难抵挡。

"老大，我上。"早在一旁窥视的贝贝再也忍不住了。

"嗷——"一道恐怖的尖啸声响起。

贝贝直接化为一道黑色的残影，冲向黑纹云豹。

原先根本没有在意贝贝的黑纹云豹，这才发现贝贝的速度惊人。

"极速！"林雷瞬间释放一个辅助魔法。

极速辅助魔法直接作用在贝贝身上，之前贝贝没遇到过比它速度还快的九级魔兽，所以林雷没有在贝贝身上施展过极速辅助魔法，而此刻林雷终于这么做了。

实际上，这种辅助魔法一般是魔法师为团队中的战士加持实力用的。

"嗖！"有林雷这位八级魔导师的极速辅助魔法加持，贝贝的速度一下子增加到了原来的三倍。

"哧！"黑纹云豹的利爪立即抓向贝贝。

虽然贝贝的速度增加到了原来的三倍，但是它的速度还是比黑纹云豹要慢一些，不过差距不算大。最重要的是，贝贝身体小，极为灵活。

贝贝不断地移动，改变方向。

"嗷——"贝贝忽然疾速跃起，在跃起的过程中，它的身体骤然变大，而后对着黑纹云豹就是狠狠一爪子。

黑纹云豹冷然看着贝贝，也一爪子狠狠地抓向贝贝。

"哧！"

"哧！"

两只魔兽几乎同时抓到了对方。

贝贝的一爪子在黑纹云豹的身上抓出了清晰的爪痕，鲜血流了出来，而贝贝被黑纹云豹击飞，在地面上一个翻滚后，又站了起来，身上却没有丝毫伤痕。

"咦？"林雷的眼睛瞪得滚圆。

"贝贝的攻击力和我是差不多的，可是贝贝怎么如此轻易就伤了黑纹云豹？"林雷惊讶起来。

他很清楚，贝贝的防御极强。当初进入迷雾峡谷，贝贝只能算是初入八级魔兽境界，就能硬扛棘背铁甲龙临死前的一击而不死。而此刻的贝贝踏入了九级魔兽境界，比他的防御还要惊人。贝贝的身体丝毫无损，他并不觉得奇怪，他觉得奇怪的是，黑纹云豹的防御力竟然降低了。

"啊，我明白了。"

林雷忽然想明白黑纹云豹三大形态的特殊之处了。第一形态应该是最平衡的状态，无论攻击力、防御力、速度，都是平衡的。而身体变大的第二形态，速度下降，攻击力上升。至于如今的第三形态，则是速度骤然上升，防御力却下降了。

此刻，黑纹云豹和贝贝对峙。

黑纹云豹感觉到自己的身体在渗血，心中开始担忧，因为它面前的怪异影鼠的身体竟然丝毫无损。

"黑纹云豹。"林雷出声了。

黑纹云豹看向林雷。

林雷并没有将黑纹云豹当成低等生物，而是当成平等的智慧生物。

"黑纹云豹，你现在的形态，应该是速度快，防御力弱吧。你这个样子，连贝贝都斗不过。"

"嗷——"黑纹云豹不满地吼了一声。

而后，它盯着贝贝，口中发出了怪异的低吼声。

贝贝一怔，也发出了低吼声。

"老大，这黑纹云豹会我们鼠类魔兽的语言。"贝贝灵魂传音给林雷。

林雷很清楚，贝贝生来便懂得鼠类魔兽语言，可是并不懂其他魔兽语言。其实，魔兽族群之间语言也是不同的。然而，一些活了很多年的高等魔兽擅长多种魔兽族群语言。

比如黑纹云豹，这种九级巅峰魔兽不但懂得多种魔兽族群语言，而且还懂得人类的语言。只是，以魔兽的生理结构，无法说出人类的语言。它们只有达到圣域级，脱胎换骨后，才能说出人类的语言。

"它说了什么？"林雷立即问道。

贝贝正和黑纹云豹交流，忽然它们似乎争吵了起来，全身毛发都竖了起来。

"嗷——"

"嗷——"

这两只魔兽竟然互相疯狂地攻击起来。只见残影连续闪烁，吼叫声不断，旁边的大树轰然倒塌，巨石碎裂。

凡是这两只魔兽所过之处，皆成为一片废墟。

突然这两只魔兽分隔开来，贝贝压低身体，看着黑纹云豹，黑纹云豹则如临大敌一般看着贝贝。

黑纹云豹的防御力降低后，无法抵挡贝贝的利爪。而论速度，经过极速辅助魔法加持的贝贝只比黑纹云豹慢一点儿。

贝贝对着黑纹云豹怒吼。

黑纹云豹也对着贝贝低吼。

"老大，这只黑纹云豹不肯臣服，它说你根本没有本事击败它。"贝贝灵魂传音给林雷，"老大，让我杀了它吧。"

此刻，黑纹云豹很烦恼。

它如果变成其他两大形态，速度不如对方，只能被对方蹂躏。可即使变成此刻的风系形态，速度倒是快了，可防御力降低了。

它知道，对方是可以飞行的，飞行速度超过它奔跑的速度。它在近距离移动时，速度可能能够超过林雷，一旦逃跑，林雷带着贝贝绝对可以轻易追上它。

"黑纹云豹，你以为我无法击败你？"林雷大声说道。

黑纹云豹立即对林雷扬起头。在近距离交战时，林雷靠羽翼飞行的优势根本无法完全发挥出来，它可不怕林雷。

"好。"林雷微微点头。

而后，他又念起了魔法咒语。

此刻，黑纹云豹倒是迟疑了起来，不过它是风属性魔兽，并不担心林雷还有什么厉害的风系魔法。

只见以黑纹云豹为中心，周围百米范围内覆盖了一层土黄色光芒，这土黄色光芒正闪烁着。

黑纹云豹感觉到一股惊人的引力从地底传来，身体在这瞬间受到引力作用，有些眩晕。

地系魔法——重力术！

林雷这位八级魔导师施展重力术，引力是之前的近八倍。之前的近八倍引力，威力惊人，并不是简单地在两百斤重的人身上压上一千多斤重物可以比拟的。之前的近八倍引力的威力不但能作用在体表，甚至能令对方体内的心、肝、脾、肺等都受到影响。

一个普通人可能扛起一两百斤的重物。可如果在两倍引力作用下，心脏就会承受不了，甚至会直接暴毙。

要知道，体表的肌肉能够修炼，可是体内的心脏、肺等脏器难以修炼，至少提升的幅度是远远不如体表肌肉的。

黑纹云豹骤然遭到如此强的袭击，感到一阵眩晕。

还没等它清醒过来，全身浮着一层土黄色光芒的林雷就疾速冲了下来，对着它开始拳打脚踢。

是的，林雷这一次没用黑钰重剑，只是用拳脚对付黑纹云豹。

"嗷——"

黑纹云豹的体质惊人，不一会儿，它就完全习惯了这种状态。可是，在之前的近八倍引力的作用下，它的速度连过去的一半都不到。

林雷一脚狠狠地踢在黑纹云豹的腹部，而后他又冲到另外一个方向，一拳砸在黑纹云豹的身上，又将黑纹云豹砸回原地。

在短短十秒钟内，黑纹云豹被林雷蹂躏得很惨。以它如今的速度，根本无法逃出重力术覆盖的区域，而且旁边还有贝贝在虎视眈眈。

"你服不服？"

"你服不服？"

林雷一边喊着，一边拳打脚踢，将黑纹云豹蹂躏得毫无反抗之力，使其口中更是溢出了鲜血。

"嗷——"黑纹云豹忽然发出了一道悲愤的吼声。

"老大，它服了。"

"砰！"挥拳太快的林雷来不及收拳，又一拳砸在黑纹云豹的脑袋上，将黑纹云豹砸在地上。

黑纹云豹在超强引力的作用下，体内的血液循环等都负担着重压，又被林雷疯狂蹂躏，已经发晕好久了。

"你服了吧？"林雷笑着看向黑纹云豹。

他虽然在笑，但是此刻处于龙化形态的他的眼神是淡漠的、毫无感情的。

鳞甲覆盖脸庞，如何看得出他在笑呢？

黑纹云豹抬头看着林雷，特别是看到林雷嘴角上翘，心中一惊。

它害怕再次被林雷蹂躏，当即点点头。而且，它真的被林雷的实力折服了。

一个战士实力和魔法都很惊人的强者，足以令它臣服。

黑纹云豹点了点头，表示它彻底服了。

林雷微微一笑，当即布置起了灵魂契约魔法阵。

第176章

出山

　　几乎大多数魔法师都知道灵魂契约魔法阵，可是要布置这个魔法阵有一个限制条件——达到七级魔法师境界，如此才有足够的灵魂之力布置。

　　近乎透明的五角形魔法图案悬浮在半空中。而后，这魔法阵图直接朝黑纹云豹的脑袋飞了过去。黑纹云豹没有反抗，任由这魔法阵图融入自己的脑袋中。瞬间，林雷和黑纹云豹都感受到了彼此的灵魂联系。

　　林雷和贝贝缔结平等契约时，他和贝贝的灵魂融入魔法阵中，而灵魂契约魔法阵图是由他的精神力形成的。此时黑纹云豹接受了魔法阵图，自然认他为主。

　　"主人。"黑纹云豹异常恭敬。

　　林雷看着黑纹云豹："你叫什么名字？"

　　他知道，一些高等魔兽都是有名字的，比如当初他在迷雾峡谷见到的棘背铁甲龙就叫萨帝厄斯。

　　黑纹云豹的声音在林雷的脑海中响起："我叫黑鲁。"

　　"黑鲁。"林雷记住了这个名字。

　　"黑鲁，你说说，你变幻的各种形态是怎么回事。"

　　对于这个，林雷是非常疑惑的。

　　黑鲁点点头："主人，因为我是黑暗系和风系的双系魔兽，脑袋中有黑暗系和风系的两颗魔晶核。正常形态，我就是一开始的模样，防御力、速度、攻击力都保持平衡。"

"而当我以黑暗系魔晶核能量为主的时候，身体就会变大，攻击力会变强，速度略微下降。如果以风系魔晶核的能量为主，就是现在这种风系形态，速度变快，防御力就弱了。"黑鲁如实回答。

林雷恍然大悟。

原来黑鲁是黑暗系和风系的双系魔兽，此刻的它是风系形态，身体变大则是黑暗系形态，唯有一开始的才是正常形态。

"我一开始还以为它此刻的模样是正常形态呢。"林雷心中暗笑。

结合当初他看的那本书中关于黑纹云豹的介绍，现在他怀疑最初发现黑纹云豹的人看到的就是其风系形态，所以才以为黑纹云豹就是那个模样。

"嗷——"贝贝跑过来，对黑鲁吼了起来。

黑鲁也和贝贝交谈起来。

"以后的旅程更有意思了。"林雷的脸上露出一抹笑容。

林雷带着黑鲁、贝贝这两只魔兽，继续自己的苦修之旅。每天，他都沉浸在剑法的世界中。对于重剑的运用，他不时会有一些新的感悟。

春去秋来。

转眼，又一年过去了。

第二年秋天，草木凋零的肃杀时节，林雷盘膝坐于古树之下苦修，体内的龙血斗气奔腾，血脉、心脏都再次强化、蜕变。丹田中的龙血斗气终于蜕变了，他欣喜地笑了。他终于突破了七级巅峰，达到了八级境界，成为一名八级战士！

身为一名八级战士，一旦完全龙化，他就可以达到九级巅峰境界了。

达到九级巅峰和初入九级之间的差距可大得很。

"当初在赫斯城，我连一般九级魔兽的防御都难以破除，而如今的我，即使不使用重剑，也能够杀死实力一般的九级魔兽。"林雷自信得很。

九级巅峰的龙血战士绝对可以消灭九级巅峰的魔兽。

除了圣域级强者，恐怕无人可以威胁到他了。

"只是，这使用重剑的更高一层境界，也就是势，势又是什么呢？"林雷的眉头皱了起来。

如今，他那达到举重若轻境界的奔雷这一招已然大成。

他光脚站在大地上，继续苦修。心灵感应着大地的脉动、缥缈的风，心又被自然净化了。

寒冬来了。

上午，一场大雪降临，四周一片白雪。林雷站在大雪中，看着雪花飘落，心静得很。忽然，他盘膝坐在地上，黑钰重剑平放在膝盖上，上半身依旧赤裸，下半身还是穿着那条破烂的麻布长裤。雪花落在他的身上，他却毫无所觉。

时间流逝，大雪从上午一直下到傍晚，大地覆盖了一层厚厚的积雪。

贝贝和黑鲁躲在一棵大松树下，遥望林雷。

"势！"

林雷睁开眼睛，眼中有着笑意。他看向前方，此刻雪已经停了，虽然是傍晚时分，但是大地被大雪映照得很是亮堂。

"嗷——"远处传来魔兽的吼叫声。

只见一只冰寒雪狮走在雪地中，它似乎看到了林雷，正一步步朝林雷靠近。

林雷看着冰寒雪狮朝自己靠近，却没有丝毫反应。

"嗖！"冰寒雪狮一蹬地面，便扑向林雷。

林雷目视冰寒雪狮扑来，抓起膝盖上的黑钰重剑，朝冰寒雪狮劈了过去。

"轰——"黑钰重剑劈出的同时，以黑钰重剑为中心的空间仿佛受到控制一般，朝冰寒雪狮压迫过去。

冰寒雪狮惊恐地想要逃窜，可是周围的空间已经压迫过来，它无处可逃。

面对黑钰重剑的攻击，它只能迎击。

"噗！"黑钰重剑劈在冰寒雪狮的身上。

它的身体剧烈地颤抖起来，而后便倒地身亡了。

"势是天地之势，一剑出，甚至可以引动空间去压迫，哈哈……"林雷笑了起来。

经过这一场大雪，林雷终于达到了使用黑钰重剑的第三层势。不过，他很清楚，他现在只是初入这一层。

"这么快就感悟到了势这一层，我必须感谢石雕雕刻，感谢魔法领悟。"林雷的心中很是庆幸。

因为是魔法师，他能够愈加清晰地感应到大地的脉动，感应到风的流动，心灵完全与自然契合，加上这一路上他一直在认真修炼，厚积薄发。此刻，他终于跨过那一层阻碍，踏入黑钰重剑剑法势这一层。

论威力，势这一层比举重若轻这一层要强得多，也玄奥得多。

玉兰历10003年春。

魔兽山脉的北方边缘处，此处距离北海只有几里路。站在魔兽山脉的北方边缘处，甚至可以看到一望无际的蔚蓝北海。北海和魔兽山脉的北方边缘处之间有一条连接奥布莱恩帝国和神圣同盟的通道，这条宽阔的道路上几乎每天都有大量的行人。

无论是奥布莱恩帝国或神圣同盟的商人，还是有其他目的的人，几乎都是走这条通道的。不过，奥布莱恩帝国的居民面对神圣同盟的居民时天生有一种优越感，因为奥布莱恩帝国是玉兰大陆上最强大的帝国，而且还有武神。在尚武的奥布莱恩帝国中，几乎所有的居民都为自己是奥布莱恩帝国的一员而骄傲。

此刻，这条通道上有一支数百人的商队正在休息，不少人在进餐。

"老黑特，"一辆马车上的一个年轻人嬉笑着对旁边的一个中年胖子说道，"这次的生意，你怕是要赚大发了吧？"

"哈哈。"那中年胖子自得地笑了起来，"皮特里，你是个聪明的小伙子。

只要跟着我们干下去，仅仅三年，你就可以在你的家乡买下一座庄园，雇佣几个仆人，过上快乐的庄园主生活。"

"三年？还干三年，恐怕我的小命就没了。"年轻人没好气地说道，"我这样的新人总是要做最危险的事情。唉，再干一年，我就回家乡安安稳稳地过日子了。庄园主？那也得看我有没有那个命呢。"

中年胖子笑了起来："你是新人，危险的事情你当然要干，不过，你得到的份额也高啊。对了，皮特里，这一次我们的商队中有个漂亮女人，是半路上捎带上的。"

"你说的是那个詹尼小姐？"年轻人的眼睛顿时亮了起来，"如果我能娶那样漂亮的女人为妻，就是让我再干十年，我也愿意啊。那身材，那气质，啧啧……"

"可人家是贵族，而且她的那个老仆人明显实力不弱哦。"中年胖子嬉笑着说道。

"想想都不行吗？"年轻人不满地说道。

中年胖子又笑了起来，忽然他看向南边，瞪大了眼睛："咦？皮特里，你快看，魔兽山脉中走出来一个人。"

年轻人立即朝南边的魔兽山脉看去。只见一个穿着一袭蓝色普通战士劲装，背着一柄重剑的男人，从魔兽山脉中走了出来。他那棕色头发才及肩部，身高近两米，旁边有一只和他差不多高的黑豹，黑豹的背上站着一只黑色影鼠。

"那黑豹是什么等级的魔兽啊？"年轻人大惊道。

中年胖子瞪了他一眼，说道："别吵，我听说豹类魔兽、狮类魔兽都是很强的魔兽，一般是六级甚至是更高等级的魔兽。"

年轻人顿时不敢吭声了。

这时，那个棕发男人大步朝商队走了过来。

商队中的护卫见状，立即警戒起来。来人明显是一名强大的战士。

林雷此刻心情好得很，经过整整三年苦修，他终于出了魔兽山脉。

"北海果然宽广。"这是林雷第一次看到海洋，无边无际的蔚蓝大海令他震撼不已。看到前方有商队正在歇息，他便追了过去。

"喂，兄弟，你要干什么？"一个大胡子佣兵大声喊道。

林雷微微一笑，说道："我要去奥布莱恩帝国，你们捎我一程吧。"

那大胡子佣兵看了林雷一眼，回头跟旁边一个金发中年男子嘀咕了几句，而后对林雷大声说道："好说，二十个金币，我们就带你去。"

"行。"林雷直接从口袋中取出一个小袋子，从中拿出二十个金币递给对方。

林雷这身衣服早就准备好，放在了空间戒指中。有空间戒指，他自然准备充足。

"嘿，兄弟，你是坐马车呢，还是直接骑豹子？"大胡子佣兵热情地问道。

"坐马车吧。"林雷说道。

"那好，你去坐后面那辆马车，就是那辆坐着两个人的平板马车。"大胡子佣兵说道。

有车厢的马车属于比较奢华的，商队中的大多数佣兵坐的都是那种平板马车。

"行。"林雷随意得很。

他走到那辆平板马车旁边，马车上正聊天的两个男人顿时被他旁边的黑鲁吓到了。要知道，豹类魔兽一般都是高等魔兽啊！

"啊，兄弟，你请。"那两个男人的态度极好。

林雷上了马车，只见马车上铺了软稻草，软稻草上面还有厚棉布。他坐在上面，贝贝直接跳到了他的肩膀上。

"兄弟，来，喝点酒吧。"那两个男人中看起来年纪大一点儿的汉子热情地招呼林雷。

"谢了。"林雷接过酒囊，喝了一大口。

"大家准备好了，开路——"一道大嗓音忽然响起。

顿时，一些原本在马车外面歇息的人立即上了马车。

这支商队继续前往奥布莱恩帝国……

第 177 章

奥利维亚

在一眼看不到尽头的曲折大道上，这支数百人的商队的行进速度并不算快，商队中的佣兵们都不时小心地看看魔兽山脉的方向。

走这条大道有两大危险，一是魔兽山脉中的魔兽，二是强盗。这段数百里长的路既不归神圣同盟管辖，也不受奥布莱恩帝国控制，自然有不少魔兽和强盗。

"嘎吱——"平板马车发出有节奏的声音，林雷则自得其乐地饮着酒。

"这酒喝起来比那些精心酿造的美酒还要有味道。"林雷心中感叹。

旁边的贝贝则美滋滋地吃着烤肉。

和林雷坐同一辆平板马车的那两个男人，其中年纪大一点儿的汉子说道："兄弟，我叫朗兹，这位是我的小兄弟，名叫路德。"

林雷微微一怔。

他明白对方是想要知道自己的名字，可他名列光明圣廷裁判所红榜，属于必杀对象。

"你们可以称我为'雷'。"林雷笑着说道。

"雷哥，你这豹子是什么级别的魔兽啊？"那个叫路德的年轻小伙子立即问道，"这豹子的毛皮真光滑！骑着这样的魔兽，可真有脸面啊。依我看，这起码是七级魔兽。"

"你只需知道这是高等魔兽就行了。"林雷随意地说道。

而一直在旁边趴着的黑鲁冷冷地看向路德。

路德被黑鲁的目光吓了一跳，不由得尴尬地笑笑。

玉兰大陆的人都知道魔兽的智力不低于普通人类，绝对不能将它们当成家养牲畜一般对待，否则后果会很严重。

"你们俩是神圣同盟的，还是奥布莱恩帝国的？"林雷问道。

对于奥布莱恩帝国，林雷了解得极少。

"我们都是奥布莱恩帝国的。"朗兹笑呵呵地说道，"雷哥，你呢？"

"这是我第一次去奥布莱恩帝国，早就听说奥布莱恩帝国极为尚武，却没有真正见识过。"林雷平和地说道。

无论是朗兹，还是路德，都是在刀口上讨生活的，眼力可都准得很，一眼就看出林雷是强者。毕竟要收服一只厉害的魔兽，必须实力很强。只有击败魔兽，才能令魔兽臣服。

"雷哥，我们奥布莱恩帝国的人可都是极其尊敬强者的。你这样的强者无论到哪里，都会受到礼待。"朗兹笑道，"雷哥，你这是第一次去奥布莱恩帝国，你对奥布莱恩帝国了解吗？"

"除了知道奥布莱恩帝国有七大行省，还有武神，其他的就不清楚了。"林雷回道。

奥布莱恩帝国是玉兰大陆上最强大的军事强国，领土范围是六大势力中最广的。它有七大行省，任何一个行省的面积都要比一个王国的面积大得多。

"雷哥，我跟你说，我们奥布莱恩帝国帝都中的高手最多，就连九级强者也不敢在帝都横行，毕竟武神门就坐落在帝都郊外的一座高山上。"朗兹说道。

"武神门？"林雷对这个倒是不清楚。

旁边的路德连忙说道："雷哥，这你可千万要知道，我们奥布莱恩帝国最高等的修炼圣地就是武神门。武神一般要隔百年乃至数百年才收一个亲传弟子，他的亲传弟子极少。然而，能够被武神收为亲传弟子的，十有八九可以成为圣域级强者。"

林雷闻言一惊。

原本他以为奥布莱恩学院是最高等的修炼学院，此刻听起来，跟武神门比，奥布莱恩学院要差远了。

"可是，要让武神收为亲传弟子实在是太难了。要知道，就是记名弟子，武神大人一两年也才收一个。"朗兹感叹起来。

一两年才收一个，还只是记名弟子，这概率可比恩斯特魔法学院的招生率低得多。不过，想想也明白，毕竟是拜武神为师，武神可是在五千年前就超越圣域级强者的存在。

"所以雷哥，你以后若是遇到武神门的人，可要小心点儿，他们就算杀人，一般也没人敢管。"朗兹嘱咐道。

林雷点点头。

武神奥布莱恩可是奥布莱恩帝国的开国皇帝，虽然他早就退位了，但是他的影响力比当今皇帝还要大，完全就是奥布莱恩帝国的顶梁柱。

"对了，你们知道帝都中出现过什么天才吗？"林雷忽然问道。

林雷想着："沃顿体内的龙血战士血脉浓度比我还要高，潜力应该比我大一点儿。沃顿成年了，在奥布莱恩学院中应该大有名气了。"

按照龙血战士的修炼速度，一般只需几十年就能达到圣域级。苦修二十年，就能成为九级战士，就算仅仅苦修十几年，也能成为八级战士。

以沃顿的天赋，绝对可以扬名帝都。

"天才？你说的是'天才剑圣'奥利维亚吗？"朗兹说道。

"'天才剑圣'奥利维亚？"林雷听都没听说过，"奥利维亚为何被称为天才剑圣？"

旁边的路德连忙说道："雷哥，在奥布莱恩帝国中，你如果不知道天才剑圣，会被人耻笑的。你知道奥利维亚大人达到圣域境界的时候，多大吗？"

"多大？"林雷不知道，心中倒是淡定得很。

他是龙血战士家族的人，一般苦修几十年就可达到圣域境界，而所谓的天才要花费近百年的时间才能达到圣域境界。

"四十七岁！"路德面带崇敬之色，"奥利维亚大人三十岁时就达到了九级强者境界，四十七岁踏入圣域境界。也就是三年前，神圣同盟和黑暗同盟毁灭之日的那一年，他踏入了圣域境界。"

林雷微微点头。

看来，那些灾难的日子被人称为"毁灭之日"了。

"怪不得我不知道。"

对方名声大振的时候，林雷却踏入了魔兽山脉，苦修了整整三年。

路德明显很崇拜天才剑圣奥利维亚，继续说道："雷哥，我跟你说，奥利维亚大人达到九级强者境界后，武神曾经主动提出想要收他为徒，可是被他拒绝了。他要走自己的修炼道路。"

林雷心中不由得佩服奥利维亚，超越圣域级强者的武神主动收他为徒，他竟然拒绝了。的确要有很强的自信才会这么做。

"这是历史上第一个拒绝武神的。"路德又道，"雷哥，当初很多人认为奥利维亚大人此举是为了出风头，所以辱骂奥利维亚大人，可是，奥利维亚大人的确没有吹牛。三年前，他踏入圣域境界后，就直接挑战星空剑圣蒂隆。"

"蒂隆？"林雷眉头一皱。

他记得很清楚，当初在乌山镇中，有两大圣域级强者对战，一个是星空剑圣蒂隆，一个是圣域魔导师鲁迪。这两个名字他绝对无法忘记。

"对，蒂隆大人！星空剑圣蒂隆可是成名很久了，踏入圣域境界也有近百年了。奥利维亚大人踏入圣域境界后，就直接挑战蒂隆大人。许多人认为奥利维亚大人太过狂妄，可是决战那一天……"

"仅仅三剑，星空剑圣蒂隆就败了。奥利维亚大人初入圣域境界，就击败了星空剑圣蒂隆，这令所有人震惊。正因如此，奥利维亚大人的天才之名得到了公认。"

林雷也很佩服。

过去他经常和德林爷爷谈论一些强者，心里自然很清楚：初入圣域境界、达到圣域级中期、达到圣域级巅峰，这三者的区别是很大的。

蒂隆踏入圣域境界已有近百年，仅仅三剑，就被初入圣域境界的奥利维亚给击败了。

林雷不得不承认奥利维亚太强了，特别是奥利维亚那时候才四十七岁。

四十七岁就达到圣域境界，实力还那么强，即便是终极战士，也不比他好多少吧。

和这些走南闯北的佣兵聊天，林雷得知了不少关于奥布莱恩帝国的信息，心中有谱了。

到了天黑的时候，商队停下来，准备过夜。

一堆堆篝火燃起，各种野味被拿了出来。

林雷和路德、朗兹围着一堆篝火坐着，篝火上正烤着野味。

林雷忽然掉头朝黑鲁看去，只见一名穿着绅士服饰的贵族少年站在黑鲁旁边，兴奋地看着黑鲁。

"好漂亮的豹子！"贵族少年目光灼灼地盯着黑鲁，甚至慢慢地伸出手，朝黑鲁摸过去。

黑鲁可是九级巅峰魔兽，异常高傲，岂会让一个普通人类触摸自己？

它猛地转头，冰冷的眸子盯着贵族少年，不满地吼了一声。

"啊！"贵族少年被吓得一个倒退，跌坐在地上，脸色煞白。

"哈哈！"朗兹、路德、林雷三人都笑了起来。

这时候，不远处的马车车帘被掀开，一位穿着淡紫色连衣裙的女子惊慌地跳下马车，连忙问道："基恩，基恩，你怎么了？"

看到这个女子，林雷眼睛一亮。

女子面貌姣好，身材曼妙，奔跑间，长发飘飘。看她的模样，应该也就十七八岁。

"姐姐，姐姐。"基恩惊慌地抱住女子。

黑鲁这个时候又不满地朝基恩吼了一声，把那女子也吓得脸色惨白。

"别怕，黑鲁不会伤害你们的。"林雷笑着说道。

"哈哈，詹尼小姐，你可要照顾好你的弟弟。这强大的魔兽可不是你们家的宠物，若是惹恼了它，说不定会被它一口吃了，哈哈……"朗兹笑道。

詹尼和基恩听了，脸色更加惨白。

詹尼拉着基恩站了起来，然后立即弯腰道歉："对不起，对不起。"

"不用和我们说对不起，这魔兽是雷哥的，跟雷哥说吧。"路德说道。

詹尼抬头看了林雷一眼，很显然，她不擅于交际，只是和林雷对视一眼便脸红了："雷大人，对不起。"

"没事，以后让你弟弟别去招惹黑鲁就行了。"林雷笑着说道。

詹尼当即拉着基恩朝不远处的马车小跑过去。

"有趣，有趣。"林雷笑着举起酒囊喝了一口酒。

第 178 章

一剑

"雷哥，詹尼小姐怎么样？很不错吧？"朗兹笑着说道。

林雷瞪了他一眼，没有说话。

旁边的路德连忙说道："何止是不错，詹尼小姐简直是绝色天姿啊！雷哥，你对詹尼小姐有没有意思啊？"

林雷愕然。

这两人成天都在想什么啊？

朗兹又说道："雷哥，强者配美女，这很正常啊。现在不抓住机会，以后离开这商队可就没机会了。"

"你们两个……"林雷哭笑不得。

自从艾丽斯的事情过去之后，他不再对任何人投入感情，如今的他根本不想再考虑感情的事，一心只想修炼。

"詹尼小姐和她弟弟基恩出来了。"路德低声说道。

林雷转头看去，果然，詹尼和她的弟弟基恩正朝一堆篝火走去，那篝火旁坐着他们的老仆人。

基恩又忍不住好奇朝黑鲁看了过来。

黑鲁当即咧开嘴，露出了可怖的犬齿。

基恩顿时被吓得紧紧地抓住姐姐的手，而詹尼有所察觉，朝林雷的方向看了过来。

她略显尴尬，微微点头，以示歉意，便带着基恩坐到那篝火旁边去了。

"姐姐，那只魔兽好厉害！"基恩那亮晶晶的眼睛中满是憧憬，"如果哪一天，我也能拥有一只这么厉害的魔兽就好了。"

旁边的老仆人笑道："基恩少爷，收服魔兽可不是那么简单的。要收服一只厉害的魔兽，必须让魔兽臣服，而要让魔兽臣服，你就必须正面击败它。据我所知，豹类魔兽中最弱的都是七级魔兽，那个雷大人可是一个真正的强者啊！"

"最弱的都是七级魔兽？"基恩倒吸一口凉气，"兰伯特爷爷，那雷大人有没有您厉害啊？"

在基恩的心中，最厉害的是兰伯特爷爷。

他和姐姐在神圣同盟的时候，没有依靠，是兰伯特爷爷在庇护他们。如果不是兰伯特爷爷，那小镇上的贵族早就派人抢走他的姐姐了。他可是亲眼看到过兰伯特爷爷一拳砸碎了那贵族护卫的盾牌，并且轻易地击败了十几个士兵。

"我？我这点儿本事不算什么，人家一招就能轻易地杀了我。"兰伯特笑呵呵地摸了摸基恩的头，"基恩少爷，等到了奥布莱恩帝国，你可要千万小心。这世上的高手可是很多的，我只能在小镇那种小地方庇护得了你们，可如果到了大的城池……"

"没事，这次我可是去继承城主之位的。"基恩骄傲地昂起小脑袋，"等当了城主，我还怕什么？"

詹尼宠溺地摸了摸基恩的头："基恩将来会成为一位厉害的城主呢。"

"那是当然。"基恩很是自信。

渐渐地，大多数人都回马车中睡觉了，只有少数佣兵在周围巡逻，而林雷盘膝坐在地上，将黑钰重剑平放在双膝上。

关于黑钰重剑的三层境界之第三层势的修炼，林雷不知道家族先辈是如何修炼的，而他修炼的方法是心灵契合大地，契合无边的风。

大地其特有的脉动和节奏，令林雷沉浸其中。而无边的风和空间关系最为紧密。充满着风的空间，也是领悟势比较关键的一环。

沉浸自然，感悟自然……

这种情况下，林雷根本感觉不到时间流逝。到了后半夜，绝大多数人都熟睡了，唯有少数佣兵强打精神警戒着。

"簌簌——"

深夜，寒风吹动了林雷的发梢。

他突然睁开双眼，而后将黑钰重剑插入背上的剑鞘中。

"起来。"他拍了拍路德和朗兹。

路德和朗兹都是在刀口上讨生活的佣兵，睡得不沉，一下子就醒过来了。

他们看了看，发现才大半夜。

"雷哥，这大半夜的，你怎么不睡觉？"路德心中不满，嘴上却不敢埋怨。

"有强盗来了。"林雷说道。

"哦！"路德正要闭上惺忪的睡眼，忽然又猛地睁开，盯着林雷，震惊地说道，"雷哥，你说什么？强盗来了？"

"一个上百人的强盗团体出现在前方三百米处，正缓缓地朝这里靠近。"林雷直接说道。

他刚才感应着大地的脉动，感受着风的吹拂。那上百人的脚步声在几百米外响起时，他就清晰地感觉到了。当然，如果是以前，他不可能这么早就发现。但自从他的心灵契合大地后，灵敏程度自然提高了不少。

路德被吓到了。

"别傻站着了，快把兄弟们都喊醒。"朗兹倒是沉稳得很。

"哦！"路德立即去喊醒睡觉的佣兵，朗兹则直接去提醒那些警戒的佣兵。

睡得正香的佣兵们大半夜被喊醒，自然不高兴。

"强盗来了！"

仅仅一句话，就吓得他们立即爬起来了。

"哪有强盗？"醒来的佣兵们看看黑漆漆的四周，一个鬼影子都没有，顿时不满起来。

佣兵首领是一个大胡子男人，他一把抓住朗兹的衣襟："你说有强盗，强盗在哪里呢？"

"不是我说的，是雷哥说的。"朗兹连忙说道。

"哦？"大胡子男人心中一惊。

对于林雷这个半途插进来的高手，他是很不满的，但是看到林雷身旁的那只黑豹，他就不敢得罪了。

林雷这个高手都这么说了，肯定不是开玩笑的。

这时，他也听到远处响起了非常轻微且密集的脚步声。

以他的实力，已经听清了。

"强盗来袭，准备，准备——"大胡子男人洪亮的嗓门立即让所有佣兵警觉起来，甚至不少熟睡的商人和顺路搭车的人都被惊醒了。

近百名佣兵有秩序地排列起来。

"哈哈，马隆，没想到你这么警觉啊，多年不见，你有进步。看来我们偷袭不成，只能强攻了。"

只听得一道大笑声，而后，一个个穿着黑衣的人出现在商队的前方。

"是你！"马隆看到为首的金发独眼男子，脸色一变。

在这个数百里长的两不管地带，"独眼蛇"麦金利是非常有名的，此人心肠狠毒，实力很强。

"哇——"商队中响起了婴儿的啼哭声。

"真是强盗来了啊！"不少人都惊慌起来。

"安静！"马隆怒吼一声。

商队中有不少人立即组织大家聚在一起，还让一些成年人持武器准备反抗。

马隆看着麦金利，冷冷地说道："独眼蛇，做事可不要太绝了。这样吧，兄弟我奉上五千金币，你们让路，怎么样？"

"五千金币？"麦金利冷笑一声，"马隆，你当我是讨饭的？一句话，十万金币，我放你们走，否则……"

　　所有佣兵的脸色都沉了下来。

　　十万金币？他们接这个任务的酬劳总共才六万金币，如果送十万金币给这些强盗，他们还要倒贴四万金币。按照佣兵圈的规矩，一旦接下任务，即使要花钱打发一些强盗，那些钱也是由佣兵团队支付。

　　"独眼蛇，你别太过分了。我们愿意给你五千金币，你该满足了。"马隆抓着巨斧，"否则，就看谁的实力比较强了。"

　　马隆还是有自信的，他和麦金利交过手，实力相当。他相信，麦金利此次没偷袭成功，应该不敢不顾一切强攻。

　　"哼！兄弟们，动手。"麦金利陡然高呼一声。

　　顿时，一群强盗手持武器，怒吼着冲了上来。

　　看到这一幕，马隆无比吃惊。

　　"嗖——"

　　双方的弓箭手都毫不留情地射箭，只是在这种群体大战中，少量弓箭手的作用并不大。

　　"马隆，去死吧！"麦金利手持一柄锋利的长刀，脚一点，整个人跃出十几米远，而后携带着万钧之力狠狠地朝马隆劈过来。

　　马隆手持巨斧，不甘示弱地回劈过去。

　　"嗡——"那长刀表面的暗黑色光芒大盛。

　　"砰！"马隆双手一颤，竟然不由自主地连退数步。

　　"你？"他惊讶地看着麦金利。

　　他很清楚麦金利的实力。正面攻击的话，自己的重武器占优势，可现在对方竟然占优势，这……

　　"你想得没错，我已经踏入八级战士的境界了。"麦金利脸上满是自傲。

　　"怪不得你毫不犹豫地就发起强攻了。"马隆这时候终于明白了。

"老大，这里有个美女。"

忽然，一道声音响起。

麦金利立即转头看去，看到了惊慌失措的詹尼。

此刻，詹尼惊恐地护着自己的弟弟，那楚楚可怜的模样，的确动人。

"哈哈，那女的归我了。"麦金利立即兴奋起来。

佣兵们和强盗们激烈地厮杀。

"后退，后退！"马隆大吼着飞退。

那些佣兵且战且退。

"雷大人，拜托你救救我们佣兵团！"马隆恭敬地对林雷恳求道。

此刻，佣兵们围成了一个圈，而那些商人和搭车的人都在圈中，林雷和马隆则在圈外。

林雷面对马隆的恳求，点了点头。

"我只为你解决那个强盗头子。"林雷说道。

马隆顿时眼睛发亮。

如果麦金利死了，还用得着怕那些小强盗？

篝火燃起，詹尼紧张地抱着自己的弟弟。

"姐姐，那个佣兵首领好像在求那位雷大人帮忙呢。"

基恩看到这一幕，双眼放光。

詹尼也看向林雷。

林雷站在大道中央，淡然地看着那些强盗。

"滚开！"麦金利手持长刀疾速冲了过来，同时身体不断地左右晃着，变出了两道身影，让人无法分辨出哪个是真身，哪个是幻影。

幻影一刀！

这是麦金利的招牌招式！

"可笑！"

已经达到势层次的林雷根本不把这种极具技巧的攻击招式放在眼里。

"去死吧！"麦金利的独眼中露出了可怖的凶光。

林雷背上的黑钰重剑出鞘了，刹那间就迸发出了惊人的气势，似乎将周围的空间瞬间停滞了。

黑钰重剑直接劈向麦金利。

麦金利想要闪躲，却惊恐地发现周围的空间被停滞了，就连外界的声音都被隔绝了。

他无处可躲，甚至看不到其他事物，只能看到那越来越大的黑钰重剑。

他想要提刀抵挡，此刻却仿佛身陷无尽泥沼中，而刀似有万斤重一般，提刀的速度太慢了。

"噗！"林雷手持黑钰重剑劈在麦金利的身上。

麦金利当场身亡。

无论是强盗们，还是佣兵们，抑或是詹尼、基恩这姐弟俩，看到这一幕都惊呆了。

"其他人就交给你解决了。"林雷插剑入鞘，平静地对马隆说道。

第 179 章

詹尼的手

在篝火的照耀下，所有人的面目时暗时亮，血腥气仍旧弥漫着。

刚才还在激烈对战的两方人马愣愣地看看麦金利的尸体，又看了看背着黑钰重剑的林雷。

麦金利可是一位八级强者啊，竟然被林雷一剑杀了。

这……简直难以置信！

"兄弟们，上，杀了这些强盗！"马隆第一个反应过来，立即兴奋地高声喊道，"杀了这些浑蛋，为死去的兄弟们报仇！"

那些强盗听到马隆的叫喊声，一个个都清醒过来。他们的首领独眼蛇麦金利被人一剑击毙，别说那些佣兵，就是那个背着重剑的男子一人就足以解决他们了。

"报仇！报仇！"佣兵们气势高涨，手持武器便冲了过去。

"快逃啊！"强盗们大喊着，都想不顾一切地逃离这里。

佣兵阵营中的弓箭手冷漠地看着那些逃离的强盗，一道道箭矢疾速射出。

"扑哧——"六个强盗被箭矢射中，当即倒地身亡。

剩余的七十几个强盗眨眼的工夫就消失在夜幕中。

佣兵们追逐了百米距离就退回来了，毕竟他们的首要任务是保护商队。

"呼——"那些商人和顺路搭车的人都松了一口气。

而佣兵们的脸色并不好看，开始为死去的十几个佣兵收拾尸体。

"大家继续休息。"马隆朗声说道。

此时，有不少佣兵都受伤了，必须好好治疗一下。

商队的数百人都安静了下来，回到各自休息的地方。长期在外面跑的人经常遇到这种事情，自然不会大惊小怪。

一堆堆篝火重新点燃了，十几个佣兵的尸体被其他人安葬在道路旁边的荒凉地里。在刀口上讨生活的佣兵随时可能丧命，一旦丧命，尸体都是就地掩埋，其他佣兵最多将他们的一些遗物带回去给他们的家人。

林雷背着黑钰重剑，倚靠着路旁的一棵大树，静静地看着佣兵们。

"雷大人。"商队中的不少商人都跑过来向林雷表示感激之情，甚至有人赠送金币给林雷表示感谢，林雷都谢绝了。

"兄弟们，走好！"马隆大吼一声。

佣兵们站在那些坟前，统一躬身行了一个大礼。在佣兵的圈子中，死亡是非常正常的。

而后，一个个各回各位。

马隆带着朗兹和路德朝林雷走了过来，感激地说道："雷大人，谢谢你，这次如果不是你，我们这佣兵团队恐怕……"

说到这里，他摇了摇头。

"雷哥，这次是你救了我们佣兵团。"路德也感激说道。

无论是之前的提醒，还是最后出手相助，林雷都算是他们佣兵团的恩人。

"不用客气。"林雷淡笑着说道。

"雷大人，这是一万金币。"马隆从怀中取出一张魔晶卡，"这魔晶卡是不记名的，里面存有一万金币。雷大人，你必须收下。这次如果不是你，我们佣兵团别说完成任务，恐怕活下去都不可能。"

林雷笑着摇摇头。

"雷哥，你收下吧。"朗兹立即劝说道。

干佣兵这一行的，大多都非常豪气，这些整天行走在生死边缘的佣兵对义气、恩德看得格外重。

"你看我像缺钱的人吗？"林雷看向眼前的三人。

他的空间戒指中有二十二张魔晶卡，每张魔晶卡中都有一亿金币。

二十二亿金币啊！这可是一笔大财富，就算是道森商会，也不是轻易拿得出来的。

四大帝国中的一些家族确实厉害，捞钱也很厉害，可也比不上一个王国，毕竟一些大家族还要上缴大量金钱给皇帝。

相较于那些大家族，芬莱王国的自主权大得多，数千年来积累的财富达到了惊人的地步。

马隆听林雷这么说，怔了怔，不再坚持，他可不敢和林雷这个强者执拗下去。而且，他们佣兵赚钱确实不容易。

"马隆，你去照顾你的那些佣兵吧，我看不少人受伤不轻。"林雷说道。

"好的！那雷大人好好休息，我先离开了。"马隆恭敬地说道。

强者无论在哪里都是受到尊敬的。

商队中的大多数人都睡不着，一个个围着篝火在谈论刚才的战斗，时而有不少人将目光投向林雷，显然议论的对象就是林雷。

林雷盘膝坐着，平静地感受着宽广的大地，感受着天地间的风。

经过魔兽山脉中的三年修炼，他对于修炼一道的了解更深了。无论是战士修炼，还是魔法师修炼，最终必须感悟自然。

就好像刚才，那个麦金利其实也是八级战士，可是在境界上，麦金利还处于发挥简单的攻击技巧阶段，而林雷已经达到第三层次，能够以势压人了。

这个势乃是天地之势，一剑出击，就能够影响周围的空间。

两人的实力差距太大了，麦金利被林雷一剑击杀，自然不足为怪。

"如果我没有在魔兽山脉苦修三年，即便是在赫斯城那种地方苦练，恐怕也难以让境界提升。"林雷心中暗道。

众人低声议论林雷，林雷却像没事人一样安静地修炼。

"雷、雷大人？"一个略显胆怯的声音在旁边响起。

林雷听到声音，掉头一看，正是那个贵族少年基恩。

林雷的脸上露出一丝笑容："基恩，有什么事情吗？"

基恩听到林雷唤他的名字，很是开心，低声说道："雷大人，我有一个请求。"

"坐下说。"

林雷友善的态度使得基恩放松了一点儿，他在林雷旁边坐了下来，崇拜地看着林雷，说道："雷大人，刚才你那一剑好厉害。我从小就被人欺负，我也想成为厉害的战士，你能教导我吗？"

林雷一怔。

战士修炼，可不是一天两天就能炼成的。长年累月的苦修、好的天赋、耐心的教导，这三者相加才会造就一个强者。

"这有点儿难度，而且我也没有足够的时间教你。"林雷笑着说道。

基恩急忙摆手，说道："不，雷大人，我不需要学太多，也不需要有多厉害，只要学会你那一剑就行了，就刚才那一剑。"

说完，他还手舞足蹈地演示了林雷刚才那一剑。

"只要学会那一剑？"林雷哭笑不得。

刚才那一剑看起来简单，却是林雷十几年苦修，外加心灵体悟，最终领悟出来的势。别说八级战士，就是一般的九级战士，恐怕也很难领悟出势。

按照巴鲁克家族的书籍记载，那位使用重锤的先辈在达到圣域境界的时候，也只是领悟出举重若轻，达到圣域境界数十年后，才领悟出势。

魔法师天生比战士更加容易感受自然，战士领悟出势的难度可比魔法师兼战士的林雷要大得多。

"很、很难吗？我不怕。"基恩连忙说道。

"基恩。"一道轻柔的声音响起。

身穿一袭淡蓝色衣裳的詹尼跑了过来，她的手中抱着衣袍，关切地对基恩说道："夜里凉，穿上。"

基恩却撇了撇嘴，扭过头去："不！"

詹尼眉头一蹙，却拿基恩没办法。

基恩接着说道："姐姐，你看，雷大人就穿了一件那么薄的汗衫，我都穿这么多了，你还让我穿。"

林雷哑然失笑。

基恩竟然拿自己和他比。即便是在寒冬，他也不怕寒冷，更别说现在了。

"基恩，穿上吧。"林雷柔声说道。

林雷的话比詹尼的话有用。

"哦。"基恩接过詹尼手中的衣服穿在了身上。

詹尼感激地看向林雷："多谢雷大人。"

林雷笑着点点头。

詹尼只是和林雷对视一眼，脸就有些红了。

林雷无意中注意到了詹尼的双手，心中大惊。根据他的观察，詹尼无论气质，还是穿着，显然是一个贵族小姐。可一般贵族小姐的手是很娇嫩的，她的手却比较粗糙。

"基恩，不要打扰雷大人太久，雷大人也需要休息。"詹尼对林雷歉然一笑，而后便独自回自己的马车里了。

林雷看向基恩。

"基恩，你姐姐在家需要干活？"

基恩点点头，说道："对啊，雷大人，你别看我穿成这样，其实我自己都觉得别扭呢，我已经很久没有穿得这么正式了。"

说着，他拉了拉领口，又说道："其实，我和我姐姐都生活在普通小镇上，身边只有兰伯特爷爷照顾我们，姐姐平常还要操持家务。"

"哦？"林雷更加疑惑了，"可看你姐姐的言谈举止，她不像是普通的乡下姑娘啊。"

"这很正常，我们的父亲是奥布莱恩帝国一个郡城的城主，地位高得很。我们小时候就住在城主府，可我六岁那年，母亲、姐姐，还有我，都被大娘给赶出来了。我母亲就带我们回到了她的老家。姐姐小时候接受过贵族教育，离开家的时候都十岁了，那种贵族的优雅和生活习惯自然都保持着。可我年纪小，母亲身体又差，兰伯特爷爷一个人又照顾不来我们，所以姐姐从小就做家务，什么家务都会做。我记得，大冬天的，姐姐的手都冻裂了，可还要为我们做饭。我要帮忙，姐姐都不让。"基恩抿着嘴，眼睛红了，"这次，我回去继承城主之位后，一定不让姐姐再做家务了，我还要让一大群人来服侍姐姐。"

林雷听了，有些佩服詹尼这个看起来柔弱又羞涩的女子。

"你要继承城主之位？你不是被你大娘赶出来了吗？"林雷问道。

基恩毫不隐瞒："我大娘当初想方设法将我们赶出来，就是为了让她的儿子继承城主之位。可惜，她的儿子成天花天酒地。前不久我父亲死后，她那个儿子更加肆无忌惮。听说前一段日子，他死在女人手上了。他死了，自然轮到我继承城主之位了。"

基恩期待地看着林雷："雷大人，你就教教我吧，等我当了城主，一定安排你当大官。"

第180章
黑石城

　　基恩从六岁起就一直待在乡下，的确很单纯。别说基恩了，林雷觉得詹尼也单纯得很。

　　三言两语，林雷就糊弄住了基恩这个小家伙。同时，他大概了解了基恩和他姐姐詹尼的事情。

　　"继任郡城城主之位，应该没那么简单吧。"

　　林雷可比这单纯的姐弟俩考虑得深入得多。

　　在奥布莱恩帝国中，最高级别的城池自然是帝都，然后便是七大行省的省城。省城之下，便是郡城，而后就是普通的小城，再之下便是乡下小镇。

　　郡城城主地位很高，岂会轻易就让一个乡下来的单纯少年坐上城主之位？

　　林雷修炼一夜，再睁开眼睛时，已然天亮。

　　"雷大人，今天傍晚时分应该就到奥布莱恩帝国的边城了。"朗兹笑呵呵地说道，"雷大人，一起吃早餐吧。"

　　"好。"

　　林雷带着贝贝走了过去，至于黑鲁，那些食物根本不够它吃的。昨天深夜，它就去了魔兽山脉一趟，饱餐了一顿。

　　在离林雷不远的马车上——

"姐姐，我先下去了。"基恩欢快地跳下马车。

兰伯特看着基恩毫无烦恼的模样，暗自摇头，而后看向詹尼。他心里很清楚，詹尼很善良，同时也很单纯。

"小姐，别忙着下去。"兰伯特挤出一丝笑容。

"兰伯特爷爷，有什么事情吗？"詹尼睁大眼睛，疑惑地看着兰伯特。

兰伯特说道："小姐，你也看到了，这一路上我们遇到了强盗，等我们到达边城，就要和这支商队分开了，到时候我一个老头儿带着你和少爷，路上如果再遇到强盗，我可不一定敌得过啊。"

詹尼也回忆起了昨夜强盗杀来的那一幕。

"对，那该怎么办呢？"詹尼有些紧张。

兰伯特笑道："小姐，你没有注意到那位雷大人吗？连那个强盗首领都被雷大人一剑给击毙了。只要雷大人保护你们，你们肯定不会有危险。"

詹尼毕竟十八岁了，不像基恩那么不懂事。

"兰伯特爷爷，雷大人是那样厉害的强者，我邀请人家保护我们，人家会答应吗？"詹尼看着兰伯特。

兰伯特笑着鼓励道："放心，你就说，你和基恩是赤尔郡城城主的儿女，这次回去，基恩是要继承城主之位的，只要他护送你们回去，等回到赤尔郡城，你一定会重重感谢他。记住，其他事情不要多说，不要告诉他你过去住在乡下小镇。这么说就行了。"

兰伯特很清楚，如果将底细都告诉对方，对方恐怕就不会答应了。

"哦。"詹尼却没有意识到兰伯特说的几句话和事实存在差异。

"去吧！记住，诚恳一点儿。"兰伯特叮嘱道。

"嗯！"詹尼点了点头，深吸一口气，鼓足勇气，下了马车。

看着詹尼下了马车，兰伯特暗叹一口气："夫人啊，你到死都咽不下那口气，非要让基恩少爷回去继承城主之位。虽然威德伯爵已经死了，但是大夫人恐怕不会轻易让基恩少爷继承城主之位啊！不过，如果有一个九级强者相助，那就很有把握了。"

兰伯特昨晚听到别人说麦金利达到了八级境界，而林雷一剑轻松地杀了麦金利。在他看来，林雷应该是九级强者。

风儿吹拂着，林雷吃饱后，便舒服地休息了一会儿，等一会儿就要启程了。

"奥布莱恩帝国，啊，今晚就可以到奥布莱恩帝国了。"

林雷躺在平板马车上，惬意地等待出发。

这时，他眼角的余光注意到一道倩影走了过来。

"詹尼？"林雷感到疑惑。

詹尼拘谨地走了过来，看到林雷坐直身体，朝自己看过来了，连忙挤出一丝笑容："雷大人，你好！"

"詹尼小姐，你好！"

林雷有些疑惑，这詹尼小姐来干什么呢？

詹尼站在原地，踌躇了一会儿，不知道该如何开口。

"詹尼小姐，有什么事情吗？"林雷问道。

詹尼脸有些红，显得有些紧张："雷大人，是这样的，我跟我弟弟这次要去父亲的郡城，弟弟要继承城主之位，可我担心路上还会有危险，所以想请雷大人你……你，护送我们回去。"

说到这里，詹尼开始结巴起来。

林雷对奥布莱恩帝国的大概地形还是有所了解的，他弟弟沃顿现在就在奥布莱恩帝国最南边的一个行省——奥布莱恩行省。

他现在即将到达的应该是奥布莱恩帝国的西北行省。

一般人从西北行省到最南边的奥布莱恩行省，恐怕需要一年半载的时间。当然，如果林雷骑着黑纹云豹赶路，一天就可以行千里路，十天之内就可以到达。

只是，他并不急。

沃顿在奥布莱恩学院学习，他急着去干什么？现在最重要的就是修炼，尽量提升自己的实力。

"需要护送你们多久？"林雷笑着问道。

"不会很久。"詹尼连忙说道，"赤尔郡城就在西北行省，从这里到那里，估计十天，最多半个月就到了。到时候，我们一定会好好感谢你的。"

"感谢？"林雷心中暗叹。

以他的见识，自然看得出来，一个重要郡城的城主之位岂会轻易被没有靠山的基恩弄到手？

"我们到时会给你很多金币。"詹尼期待地看着林雷。

林雷开玩笑说道："多少金币啊？"

詹尼一咬牙，说道："一万金币，怎么样？"

她自十岁起就生活在乡下小镇，生活拮据，比较节省，平常一两个金币都要用很久。但她也知道城主很有钱，她认为一万金币算是一笔大财富了，应该可以满足林雷。

"一万金币？"

昨夜，马隆为了感谢林雷，就想送给林雷一万金币。其实，别说林雷空间戒指中的金币不少，单单他那石雕大师的身份，一件作品就价值十几万金币。

"不够吗？"詹尼忐忑地说道。

林雷看着詹尼，说道："詹尼小姐，你和基恩在乡下小镇生活，一年花费多少金币？"

"乡下小镇？"詹尼一怔。

兰伯特爷爷刚才叮嘱她不能说出过去住在乡下小镇的事，可是，林雷明显已经知道了。

詹尼如实回答："一年也就花费几十个金币吧，毕竟还要给母亲治病。嗯，雷大人，我现在确实没有那么多金币，可是以后会有的。"

林雷不得不承认，她真是一个单纯的女子。

"嗯，那……其实奥布莱恩帝国内部应该很安全，兰伯特爷爷可能想多了。

那我先走了。"詹尼有些尴尬,语无伦次起来。

"不,我想问问,你现在能拿出多少金币?"林雷问道。

刚才听詹尼提到赤尔郡城在西北行省,林雷便决定顺带帮她一把了,反正他要从西北行省前往奥布莱恩行省。

"我现在身上只有十个金币。"詹尼从口袋中取出小袋子,"还有一些金币在兰伯特爷爷那里。"

林雷接过小袋子,从中取出一个金币。

"好了。"他将这个金币放入自己的口袋中,"从现在起,你们受到我的保护。当然,这一个金币只是定金,等你弟弟当了城主,我还要收取剩下的九千九百九十九个金币。"

詹尼听了,喜不自胜。

"谢谢,谢谢!"她兴奋得小脸红通通的。

商队再次前进,黑鲁奔跑在平板马车旁边,疑惑地对贝贝吼道:"贝贝,区区一万金币,主人就接受雇用了?"

邀请林雷这种级别的高手护送,十万金币也不够。

林雷击毙一只八级魔兽,单单那八级魔兽的魔晶核便价值五十万金币。一般的八级战士是很难击毙八级魔兽的,九级强者才有十足把握击毙八级魔兽。

"黑鲁,你懂什么,老大这叫善良,明白吗?"贝贝也对黑鲁吼叫。

两只魔兽就这么用魔兽语言交谈着。

林雷见它们俩交谈,便笑了笑,静静地躺在平板马车上。

"嘎吱嘎吱——"马车的车轮有节奏地响着,不断地前进着。

当太阳下山,傍晚时分,这支商队终于来到了奥布莱恩帝国边城外。

林雷坐在马车上,遥看前方的城池。

城墙通体黑色,足有三十米高,非强者难以攀爬上去。

"黑石城是奥布莱恩帝国西北方的屏障。"

林雷早就听说过黑石城的大名。

历史上，发生在黑石城的大型战役很多。即使很多年过去了，靠近黑石城的时候，还是可以看到城墙上一块块黝黑的巨石表面呈现出的些微暗红色，那是被鲜血长年累月染红的颜色。

"大家就在这里分开吧。"马隆在城外就大喊起来。

按照任务规定，他们佣兵团只要将商队护送到这里就算完成任务了。

顿时，一个个商人，还有顺路搭车的人，三五成群，各自带着包裹，坐着马车，朝城门口而去。

"雷大哥。"马车上的基恩大喊起来。

在半途的时候，基恩知道林雷答应护送他们，立即跟林雷亲近起来。

林雷让基恩称呼他大哥就行了，毕竟他只比基恩大几岁。

"我们一起走吧。"

林雷带着两只魔兽直接朝城门口走去。

原本有些懒散的城门守卫看到林雷旁边的黑豹，一个个吓得立即后退几米。

豹类魔兽、狮类魔兽、虎类魔兽都是高等魔兽，即使是最弱的豹类魔兽、狮类魔兽，恐怕都达到了七级。

现在不是战争时期，城门处的检查很松，那些城门守卫甚至没有检查，直接放林雷进去了。

"老天，那黑豹是什么级别的魔兽？它只是看了我一眼，就吓得我的心跳仿佛要停止一样。"其中一个城门守卫惊呼起来。

旁边一个年纪大一点儿的城门守卫压低声音，说道："小声一点儿！据我所知，豹类魔兽中等级最低的是金纹豹，是七级魔兽，这黑豹起码是八级魔兽。"

"啊，这黑石城好繁华。"基恩看着周围，双眼放光。

大街上，林雷、基恩、詹尼三人并肩而走。詹尼的头上戴着鸭舌帽，帽檐压得很低，帽檐上还有面纱，遮住了她的大半张脸。毕竟她容貌姣好，容易招惹麻烦。

"这也叫繁华？"贝贝在林雷的肩膀上嘀咕着。

黑石城是一座战争之城，虽然贸易相对比较发达，但也无法跟当年神圣同盟的圣都芬莱城相比，就连和一个王国的王都赫斯城相比都有不小的差距。

"小心！"林雷化为幻影，一个闪身，到了基恩和詹尼的前方。

"嗖！嗖！"林雷右手一挥，就抓住了两支箭矢。

"想走？"他翻手一挥，这两支箭矢就朝刚才射出的方向射了回去，射中了远处准备逃跑的两名男子。

"啊！啊！"那两名男子惊呼出声，而后便倒地身亡了。

"啊！啊！啊！"原本安静祥和的大街上顿时响起了一阵尖叫声，不少人都慌乱地跑了起来。

"走！"林雷对发愣的基恩和詹尼说道。

第 181 章
劝说

"快走！"老仆人兰伯特的反应也很快，立即催促起来。

詹尼和基恩这姐弟俩懵懵懂懂的，就这么被林雷和兰伯特拉着离开了这里。毕竟在大街上杀了人，城卫军肯定会很快赶来。

林雷倒是不怕城卫军，可是带着詹尼、基恩，面对城卫军是非常麻烦的。

不单单林雷等人离开了，周围慌乱的行人一个个也快速地躲得远远的。

傍晚时分原本是黑石城这条主干道最繁华的时候，可仅仅一会儿，慌乱的人群跑光了，在那两具尸体周围百米内一个人都没有。

"队长，怎么办？"

街道旁边的酒楼包间窗口，两名男子正透过窗户朝下面望。

其中一人有着赤红色的长发，脸庞如刀削般棱角分明。此刻，他的神色很是阴沉，旁边的下属正低声询问他。

"没想到，那对乡下姐弟的身边竟有这么强的高手。"红发男子冷冷地说道。

"队长，那高手旁边还有一只黑豹，豹类魔兽可是高等魔兽。就凭我们这些人，要对付那个高手，很难啊！"旁边虎背熊腰的男子低声说道。

红发男子心中有些烦躁。他和他的同伴接了大夫人的命令，来杀这对乡下姐弟。据情报，这姐弟俩旁边就一个老仆人有点武力，可也只是六级战士。在强者众多的奥布莱恩帝国，六级战士根本算不了什么。

在乡下小镇，六级战士可能算厉害的，可是赤尔郡城城主的大夫人派出的这支小队队长便是七级战士。

"黑豹？这种豹类魔兽我怎么从来没见过？"红发男子眉头紧锁。

身为七级强者，他对于魔兽的了解较深，对于豹类魔兽中的金纹豹、黑线豹等都有所了解。可这只身上有着密集黑色花纹的豹子他从来没见过。

"那棕发男子明显是黑豹的主人，他起码是八级强者。"红发男子回忆起林雷瞬间抓住两支箭矢的场景，心中发颤。

箭矢的速度是非常快的。要反应过来，再瞬间移到詹尼、基恩的面前，然后抓住两支箭矢，一般的八级强者都做不到。

"队长？"旁边的壮汉低声问道。

红发男子掉头看向他，冷声说道："哼，那棕发男子的实力很强，此次任务不宜硬拼。这样吧，你安排人手给我暗中探察。我就不信，那棕发男子不用吃饭、睡觉，他总不会时刻刻都跟着那对姐弟吧。"

"只要等到棕发男子和那对姐弟分开，便派人直接将他们射死。"红发男子下了命令。

"是，队长。"壮汉点点头，当即退出了包间。

红发男子转头，透过窗户继续看向下方。

那两具尸体依旧躺在街道边上，此刻，骑着骏马的城卫军们赶了过来。

黑石城，一家普通酒店的二楼包间中，林雷、詹尼、基恩、兰伯特都坐下了，就连贝贝也独占了一个位置。至于黑纹云豹黑鲁，则趴在地面上，惬意地眯眼休息了。

直到此刻，詹尼、基恩的脸色依旧苍白。

"刚、刚才快吓死我了。"基恩的眼中还有着惊恐之色。

他从小生活在乡下小镇，平常见过最惨烈的场面也就只是一些少年好勇斗狠，哪里亲身经历过这种场面啊？一路上，虽然他经历过被强盗劫杀，但是佣兵们奋力驱逐强盗，那些强盗也没有伤到他。而这次，对方却是要他和他姐姐的命。

詹尼此刻眼中也还有着一丝惊惧。

"詹尼、基恩，别怕。"林雷笑着安慰。

这种小场面对于林雷而言根本不算什么，甚至都不能引起他的心情波动。在魔兽山脉中，随时可能有潜伏的魔兽猛然扑出来偷袭他。

在魔兽山脉中，他都能做到心如止水，更不用说面对这种小打小闹。

"少爷，小姐。"兰伯特安慰道，"现在没事了，别担心。这次幸亏有雷大人在，否则可就糟了。少爷、小姐，你们应该好好感谢雷大人。"

詹尼和基恩这才从慌乱中反应过来。

"雷大哥，这次真的太谢谢你了。"基恩激动地说道，而后眼睛发亮，"雷大哥，你刚才的动作好帅，手一挥，就抓住了两支利箭，再一挥，就解决了那两名男子。"

基恩毕竟还小，一下子就忘了刚才的恐惧。

詹尼也感激地看着林雷："谢谢雷大哥。"

对于林雷，詹尼是发自心底的感激。第一次看到林雷时，她觉得林雷是一个神秘的强者，还是个拥有强大魔兽的了不起的人物。

在跟林雷交谈的时候，她发现林雷很亲切。特别是她请林雷护送他们的时候，林雷竟然只收了一个金币。虽然林雷说以后等基恩当了城主，再收取剩下的九千九百九十九个金币，但是如今已经十八岁的詹尼还是懂一些人情世故的。

"谢什么，我答应护送你们，这是我的职责。对了……"林雷眉头一皱，"怎么回事？你们刚刚进入黑石城，竟然就有人要射杀你们，你们到底得罪了什么人？"

基恩一脸茫然。

詹尼也很疑惑："我、我们没有得罪什么人啊？"

"那谁跟你们有仇？"林雷继续问道。

詹尼沉思片刻，说道："嗯，和我们有仇的，恐怕只有我们的大娘了。"

这时，旁边的兰伯特立即打断他们的谈话，笑着对林雷说道："没什么仇人，他们的大娘和他们也只是家庭小矛盾而已。雷大人，这种烦心事不要想了，想了也没用，我们还是吃饭吧。"

林雷看了兰伯特一眼，笑着点了点头："那大家一起吃吧。"

其实，自从听基恩讲述他们姐弟俩的事情后，林雷就猜到了事情大概。这一次有人要杀他们，很明显是那大夫人不想让基恩继任城主之位。不过，林雷没有明说。

当天，詹尼姐弟、兰伯特和林雷在这家酒店的一座独立宅院住了下来。

夜幕降临。

房间内一片漆黑，林雷盘膝坐在床上，感应着大地的脉动和风的律动。

在林雷有所领悟的时候，他还会起床，随意地挥舞一下黑钰重剑。

穿着睡衣，披散着长发的詹尼走向兰伯特的房间，问道："兰伯特爷爷，你睡了吗？"

"嘎吱！"房门很快打开了。

"小姐，快进来。"等詹尼进去后，兰伯特关上了房门。

"小姐，有什么事情吗？"兰伯特问道。

詹尼瞪向兰伯特："兰伯特爷爷，你告诉我，为什么会有人来杀我跟弟弟，幕后指使者是不是大娘？"

"你怎么会这么想？"兰伯特心一颤。

詹尼倔强地说道："兰伯特爷爷，你别再将我当成小孩子了。我和弟弟从小镇离开的时候，还以为这次是快快乐乐地去接任城主之位。可是，我现在知道了，大娘是不会让我弟弟接任城主之位的，这次来杀我们的人肯定是她安排的。除了她，我想不到还有谁会这么做。"

兰伯特看着詹尼，低叹一口气。

"好了，小姐。我承认，你的猜想是对的。"兰伯特很是无奈。

詹尼一怔。

"果然是这样……"她看着兰伯特，"兰伯特爷爷，你为什么一开始不告诉我和弟弟？"

"唉！"兰伯特摇摇头，"告诉你们又有什么用？你母亲临死前都咽不下最后一口气，硬是要让你弟弟去继任城主之位。我知道，以你的性子，恐怕不会违逆你母亲的遗愿。"

"嗯，就算是死，我也要做到。"詹尼点点头。

"既然这样，还不如让你们一路上快快乐乐的。而且，我在想方设法为你们做准备。如果不是遇到雷大人，我也会在黑石城中为你们想其他办法，让你们尽量安全抵达赤尔郡城。"兰伯特如实说道。

在那个乡下小镇，詹尼和基恩生活得根本不快乐。有些贵族垂涎詹尼的美色，而基恩经常被人欺负。所以即使他们知道此次路途会有危险，他们也会搏一搏吧。

毕竟一旦基恩当上了城主，他们的命运会就此改变。

"兰伯特爷爷，这一路上很危险吗？"詹尼的表情很是复杂。

兰伯特低叹一口气："原先我以为不会太危险，可现在看来，你们的那位大娘心狠手辣。在黑石城就动手了，那前往赤尔郡城的一路上恐怕更危险。"

"兰伯特爷爷，那你当初为什么不跟雷大哥明说？"

"不能明说。"兰伯特摇摇头，"你的父亲死后，你大娘几乎掌管了赤尔郡城，她手下的高手不少。你要让雷大人和一个郡城的掌权者斗？恐怕他不会为了你们姐弟俩去拼命，毕竟会很危险。"

一个郡城的实质掌权者手下的强者是很多的。他们的大娘手下估计也有八级强者。当然，九级强者是不太可能有的，即使有，一个就很了不得了。毕竟九级强者一般是为行省的掌权家族服务，或者为皇帝服务，为一个郡城的城主夫人服务不太可能。

可是，要解决他们姐弟，不单单可以用刀剑，用毒、设置陷阱等手段都可以做到。

　　"很危险？"詹尼斟酌了一下，"兰伯特爷爷，你早点休息吧。"

　　说完，她就离开了兰伯特的房间。

　　詹尼离开兰伯特的房间后，并没有回自己的房间，而是走向了林雷的房间。

　　"咚！咚！咚！"连续三道敲门声。

　　"进来。"林雷的声音响起，同时房间中的蜡烛点亮了。

　　詹尼推门进去。

　　林雷下了床，坐到椅子上，笑道："这么晚了，你找我有什么事情吗？"

　　"雷大哥，"詹尼坐下来，深吸一口气，鼓足勇气看着林雷，说道，"我必须告诉你一个事实。"

　　"什么事实？"林雷看着詹尼。

　　詹尼心中满是歉意，说道："其实我和基恩一直生活在乡下小镇，我们很久没去过我父亲那里了。我们对赤尔郡城一点儿都不熟悉，这一次我弟弟去继任城主之位，不一定会成功。"

　　詹尼是一个非常善良的女孩，她现在知道前路凶险，所以不想让林雷和他们一同冒险。

　　"哦。"林雷只是应了一声。

　　他心中却暗叹：这詹尼果真是个纯朴的小姑娘。

　　詹尼见林雷这种反应，以为林雷没有听明白她的话，连忙解释："雷大哥，这次我弟弟去继任城主之位，一开始我也觉得没什么，成功最好，失败了我们回去就是。可是，事情没有这么简单。这次有人追杀我们，那些杀手很可能是大娘派来的。以后她恐怕还会用更厉害的手段对付我们，你在我们身边会很危险。"

第182章
接连行刺

"很危险？"林雷笑了起来，"有多危险？"

詹尼看到林雷这样，不由得有些着急，说道："非常危险！大娘她现在管理着赤尔郡城，那可是相当于拥有了城主的权力呢。"

詹尼有些惭愧，又说道："雷大哥，真的很对不起，我之前没有告诉你这些。你往后不必再为我们冒险，不值得。"

"哈哈……"林雷笑着说道，"不值得？其实我暂时没有其他事情要做，我既然答应护送你们，自然会做到。至于是否危险，我可比你更清楚。好了，詹尼，早点回去睡觉。"

"雷大哥。"詹尼愣愣地看着林雷。

"回去吧。"林雷笑着说道。

詹尼感激地看了林雷一眼，郑重地说道："谢谢你，雷大哥。不过，我真的不想你再为我们冒险。"

"回去，睡觉！"林雷脸一板，故意喝道。

林雷过去对待詹尼都很亲切，此刻这么一板脸，还真的把詹尼给吓住了。

"哦。"詹尼乖巧地点了点头，而后转头便朝门外走去。

其实，此刻她心中是有些欢喜的。她已经十八岁了，遇到这样一个对她好又优秀的青年，心中难免生出好感，她其实也不想和林雷就这么分开。

詹尼走到门口，忽然掉过头去，展颜一笑，说道："雷大哥，你板着脸时，真的很冷酷。"

说完，她飞快地逃出了林雷的房间。

林雷看到这一幕，哭笑不得。

他深吸一口气，平复心情，回到床上，盘膝坐下，开始灵魂方面的修炼。

无论何时何地，他都不会放弃修炼。

他无法忘记父母的仇，无法忘记德林爷爷的死，无法忘记心中的目标——将光明圣廷连根拔起！

"总有一天……"林雷心中无比坚定。

此刻的他不求拥有多么高的地位，多么大的权势，只求能够静心修炼。

另外一座独立宅院中，其中一个房间中的蜡烛一直燃烧着。

那红发男子冷漠地坐在房间中，其他六个人都站立着。

"此次行动若是成功，大家都好过，一旦失败……你们可是知道威德夫人的手段的。"红发男子淡然说道。

那六人心中都有些恐惧。

威德夫人心狠手辣。威德伯爵在世的时候，几乎整个赤尔郡城的人都知道，名义上威德伯爵是城主，实质掌权者却是威德夫人。

就连威德夫人的亲儿子，在威德夫人面前也是噤若寒蝉。

可惜，她的儿子死了。

按照惯例，应该由威德伯爵另外的儿子继任城主之位。

可威德夫人怎么会容许那对乡下姐弟夺权？

"队长请放心，这一次我们绝对不会失手。那个强者的实力的确很强，可是，他总不能时刻保护那姐弟俩吧。"六人中的一人铿锵有力地说道。

其他人都点点头。

"那好，我已经派人买通了这家酒店的老板。三楼有两个房间，刚好分别对着那姐弟俩所住的房间。到时候，你们中的四人分别去那两个房间，其他两人跟着我。记住，一有机会就下手，还有，我们的第一目标是基恩。"红发男子提醒道。

毕竟基恩拥有第一继承权，而詹尼是女子，她继任城主之位的难度很大。

"等基恩出现，再动手杀了基恩，有机会的话，再杀了詹尼。"红发男子冷冷地说道，"好了，你们现在就去那里候着吧。说不定，基恩晚上会出来上厕所，那我们完成任务就更轻松了。"

"是，队长。"

在红发男子的安排下，其中四人立即悄然离开，直接前往酒店的主楼，进入了红发男子早就安排好的两个房间。

弯月高悬，朦胧的月光照耀天地。

这次红发男子带来的弓箭手都是赤尔郡城的精英，射杀五六十米外宅院中没有什么实力的基恩，那是有十足把握的。

"队长，我们干什么？"另外两个人站在红发男子身边，问道。

红发男子淡然地说道："一旦他们无法射杀基恩，你们就扮作酒店的侍者，送早餐过去，靠近基恩时，直接一招将其击杀。"

"队长！"这两人顿时急了。

他们扮成侍者去刺杀少年？这可是很危险的。

要知道，那个拥有黑豹的强者就在旁边，他们即使成功完成了任务，还有命逃走吗？

"哼！"红发男子转头冷冷地看着他们，"你们别无选择！此次，你们八个人跟着我过来，你们的亲人早就被威德夫人控制了。一旦你们任务失败，不但你们倒霉，你们的亲人都会没命。而如果你们成功了，即使你们死了，你们的亲人也会被厚待。"

这两人的脸色有些发白。

"你们应该知道威德夫人的手段，应该也知道我的手段。"红发男子冷冷地说道。

红发男子虽然名义上是他们的队长，但实际上是威德夫人手下一条忠诚的狗，对别人是毫不留情的。

"当然，如果他们成功了，你们就不必冒险了。"红发男子淡然道，"你们现在就祈祷吧，祈祷武神保佑你们。"

那两人都沉默了。

他们是赤尔郡城军队中所谓的精英战士，可是，他们这种小人物如何跟威德夫人斗呢？而且，还有红发男子盯着他们。

此刻，待在酒店主楼三楼那两个房间中的四名弓箭手都是轮流休息的。其中一人休息，另外一人则警戒。

负责警戒的人要保持最佳状态，一旦基恩出现，他们可以喊醒旁边的人。

夜，渐渐过去。

这一夜，基恩没有走出房间一步。

天渐渐亮了，早晨清新的空气令他们清醒了许多。

"嘎吱！"房门打开了。

"出来了！"那警戒的两名弓箭手连忙喊醒身旁的伙伴。

四名弓箭手的心都悬了起来，透过窗沿朝詹尼和基恩所在的庭院看去。

"是那个女的！别急，等一下。"弓箭手们都静静地等待着。

推开房门，詹尼脸上满是笑容。自从得知林雷决定不走，并继续护送他们之后，她虽然知道前路有危险，但还是很高兴。

"啊，空气好好。"詹尼闭着眼睛，深吸一口气。

而后，她便朝旁边的房间走去。不一会儿，她那清脆的声音响起："基恩，起床了，别睡懒觉了。"

说完，她敲了敲基恩的房门。

听到詹尼的声音，正在修炼的林雷睁开了眼睛，至于在他的床下趴着的黑纹云豹，根本懒得睁开眼睛。

基恩套上睡衣，拉开了房门，揉着惺忪的睡眼，嘟囔道："姐姐，这么早起来干什么？我还没睡醒呢！很久没睡个好觉了。"

此刻，主楼三楼那两个房间中的弓箭手们眼睛都亮了。

"目标出现。"

四名弓箭手几乎同时取出了弓箭，准备射击。

"小姐、少爷，你们起得挺早啊！"兰伯特也打开了房门。

"兰伯特爷爷早。"詹尼热情地打招呼。

基恩鼓着嘴巴，耷拉着眼皮，说道："兰伯特爷爷，不是我起得早，是姐姐喊我起来的。"

就在这时——

"放！"一名弓箭手低声说道。

顿时，四名弓箭手同时直起身体，将弓箭完全露出窗口。

"嗖！嗖！"

两支利箭几乎同时从窗口射了出去，而另外一个房间中的两名弓箭手也同时射出了箭。

"嗖！嗖！"

前后各有两支箭矢眨眼的工夫就到了基恩和詹尼的面前。

这四支箭矢，其中两支射向基恩，另外两支射向詹尼。

此刻，林雷还待在自己房间中，兰伯特距离詹尼姐弟二人有近十米的距离。以兰伯特的速度，根本来不及拦截那四支箭矢。

"小姐！"兰伯特只来得及惊呼一声。

詹尼和基恩都感觉到了危险，掉头看去。

那四支箭矢的金属箭头刺破空气，发出刺耳的尖啸声。

"啪！啪！啪！啪！"

连续四道响声。

詹尼、基恩姐弟二人愣愣地站在原地，一动不动。

旁边的兰伯特完全吓呆了。

此刻只听得"嘎吱"一声，林雷的房门打开了，他走出了房间。

"贝贝，交给你了。"

贝贝站在詹尼和基恩面前，刚才那一瞬间，它轻易地抵挡住了四支箭矢。

昨天历经刺杀后，林雷就预感那群人不会善罢甘休，所以让贝贝夜里在外面睡觉，小心地提防着。

贝贝个头儿小，它蜷缩在庭院的杂草中，谁都没有发现。

"老大，看我的。"贝贝兴奋地舔一下嘴唇。

"嗖！"只见一道黑色残影疾速划过长空。

那近十米高的墙壁对贝贝来说根本没有丝毫难度，它直接跃进窗口。

而眼看行动失败的四名弓箭手再次看到小影鼠，心中一惊，当即要逃离。

可还没等他们走出房门，贝贝就进入了其中一个房间。

两道爪影闪过，两名弓箭手就直接倒在地上了。

贝贝狠狠地撞击墙壁，撞出一个大窟窿，直接蹿进了另外一个房间。

另外两名弓箭手正开门欲逃出去，回头一看，他们只看到一道疾速而来的黑影，甚至来不及喊叫，就当场没命了。

贝贝满不在乎地瞥了瞥地面上的两具尸体，当即回过头，蹿出窗户，回到了庭院中。这一来一去，只耗费不到半分钟的时间。

"贝贝，真不错！"林雷笑着夸赞。

贝贝得意地扬起小脑袋。

此刻，旁边的黑鲁不满地对贝贝吼了一声："哼！若是我去的话，速度比你还要快。"

　　贝贝立即不满地对黑鲁吼起来。

　　林雷倒是懒得劝架，而是走向詹尼和基恩。

　　这姐弟二人还处于懵懂状态。

　　这两天，他们相继经历了两次生死危机。过去虽然常被人欺负，但是没有经历过如此危机。

　　"没事了，没事了。"

　　林雷轻轻地拍了拍詹尼和基恩的肩膀。

　　基恩当即"哇"的一声哭了，直接抱住了林雷。

　　而旁边的詹尼也抽泣着，埋在林雷的怀里哭了。

　　林雷只能安慰这姐弟二人，待得他们平静下来，才对旁边的兰伯特问道："兰伯特，今天的早餐你预定了吧？"

　　"预定了，估计再过一会儿，酒店就会派人送早餐过来。"兰伯特说着，感激地看着林雷。

第183章
药师

詹尼、基恩姐弟俩又一次经历了刺杀，才真正意识到这一次前往赤尔郡城的路途中满是艰险，他们时刻有可能没命，不自觉地想要依靠林雷。

"雷大哥，你说我们以后该怎么办？"詹尼看着林雷，担忧地问道。

此刻，无论是詹尼，还是基恩，都感到未来仿佛被笼罩在迷雾中。他们看不到未来的路，不知道接下来又会发生什么。

看着这纯朴的姐弟俩，林雷安慰道："放心，区区一个郡城的代理城主，我还是有信心对付的。"

如今的林雷达到了八级，龙化后就是九级巅峰，而黑鲁是九级巅峰魔兽，贝贝的实力也不亚于黑鲁或他。这一人两魔兽联合起来，实力极强。

只要不是圣域级强者出现，就是出现再多的人马，恐怕也对付不了林雷。

詹尼、基恩姐弟俩听到林雷这话，不禁有些崇拜林雷。

即使到现在，他们也无法判断林雷真正的实力。在他们的眼中，林雷依旧是一个神秘的强者。

而一旁的兰伯特看到这一幕，心中宽慰得很。只要詹尼和基恩能够过上平静安宁的生活，他这个老仆人就是死也心甘了。林雷这个强者能够不计较其他，帮助詹尼、基恩，单单这种行为，就足以令他打心底感激林雷了。

"咚咚！"外面响起敲门声。

"我去开门。"兰伯特笑呵呵地道，"可能是送早餐的侍者到了。"

"我们准备吃早餐吧。"林雷笑笑，带着詹尼和基恩走向客厅。

兰伯特此刻打开了院门，两名推着餐车的侍者走了进来。

"将这些送到客厅。"兰伯特嘱咐道。

"是，先生。"两名侍者的态度都很恭敬，分别推着餐车前行。

只是，在行进过程中，两人对视一眼，眼中闪过一丝决绝。

此次他们前来刺杀基恩和詹尼，无论成功与否，有林雷在，他们都不可能活着回去。

他们事先就知道林雷这个强者的存在，无论是林雷，还是林雷身边的黑豹，都能够轻易地杀了他们。

客厅中，林雷在主座坐下，基恩和詹尼分别坐在两边的椅子上。

两名侍者面带微笑，推着餐车进入了客厅。

"先生、小姐，这烤全羊是……"其中一名侍者掀开了铁盖子。

"放到这边。"林雷指向旁边的石板地面。

黑鲁趴在地上，仰头看着那头烤全羊。以它的食量，吃下一头烤全羊根本不算什么。

"是，先生。"侍者恭敬地捧着特制的大底盘，直接将烤全羊放在地面上。

贝贝跃了过去，利爪一划，就弄下了烤全羊的一只腿。

黑鲁瞪了贝贝一眼，而后走过去，大口地吃起来。

"先生，请。"那侍者将餐盘放在林雷的面前，而后将另外一个餐盘放到基恩的面前。

而另外一名侍者也端着菜肴放到桌上。

此刻——

两名侍者都在基恩旁边，基恩却没有发现任何异常，兴奋地拿起刀叉，准备享用大餐。

两名侍者对视一眼，几乎同时袭向基恩。

他们的双手呈利爪状，分别袭向基恩的胸膛、脑袋、喉咙等要害。

四只手同时发起攻击！

一般而言，五级、六级的战士一掌便能够轻易地拍碎巨石，就连四级战士也可以直接戳破厚实的木板。

基恩只是一个实力很弱的普通少年，恐怕无法抵挡他们的攻击。

那两名侍者和基恩离得很近，那么近的距离，就算是八级战士，恐怕刚刚反应过来，就已经死了。

林雷冷哼一声。

一道紫色光芒瞬间闪耀，而后消失，只听得刺耳的惨叫声响起，那两名侍者都受了重伤。

"啊！"詹尼吓得直接跳起来。

"少爷！"旁边的兰伯特这才反应过来，愤怒地将那两名侍者踹飞。

那两名侍者撞到墙壁上，而后摔落在地，低声呻吟，彼此对视，眼中都有一丝绝望。

"你、你怎么？"其中一名侍者震惊地看向林雷。

当时，他们距离基恩只有半米。他们虽然只是四级战士，但是那么近的距离，估计连眨眼的工夫都不需要，就足以杀了基恩。

这点时间，就是强者也来不及反应。可是，林雷不但反应过来了，还重伤了他们。

"好奇我为什么会反应过来？"林雷淡然地看着他们，"普通侍者的双手会是你们这样？"

两名侍者当即看向自己的手。

此次，那红发男子带领的手下都是优秀的弓箭手，而作为一名优秀的弓箭手，长年累月地苦修，手上的老茧是很清楚的。

两名侍者四目相对，更加绝望了。他们身上的伤口正不断地渗血，这么下去，过一会儿，他们肯定会因失血过多而亡，但他们心里清楚，任务失败了，就算林雷放过他们，他们的队长，还有威德夫人，也不会放过他们。

"不要管他们了，我们马上出发。"林雷站起来说道。

詹尼和基恩经历过两次刺杀，这第三次已经不像前两次那么慌乱了。

基恩低声问道："雷大哥，我们可以把早餐打包，在赶路时吃吗？"

"不！"林雷摇摇头，"以后吃的东西也要注意，我怀疑，这里面下了毒。"

"下毒？"基恩看向盘中的美食，吓了一跳。

"吱吱——"旁边的贝贝这个时候却对林雷叫了起来。

林雷看向贝贝，不由得笑了起来。

"是，你不怕毒，行了吧。"林雷无奈地说道。

魔兽的生理构造和人有很大的区别，许多魔兽本身就带有毒性。越是厉害的魔兽，天生抗毒能力越强。人类惧怕的毒，它们可不一定会怕。而且，魔兽一般生活在原始森林等地方，从小就会接触到一些带有剧毒的植物或动物。一代代下来，魔兽的抗毒能力自然一代比一代强。

林雷一行人大清早就离开了酒店，而那红发男子遥看林雷一行人离去，脸色难看极了。

"雷？"红发男子喃喃地说道，"从什么地方冒出来这么一个高手？此人偏偏跟那对乡下姐弟搞在一起。"

红发男子心里不忿。

此次刺杀基恩和詹尼的任务原本很轻松。虽然兰伯特这个老仆人有点儿本事，但是不难对付。现在，不知道从哪里突然冒出来一个神秘高手来保护那对姐弟，这就很棘手了。

"没办法，只能禀报夫人了。"红发男子知道林雷很厉害，他根本不敢冒险。

奥布莱恩帝国是玉兰大陆的第一军事强国，有非常完善的传信系统，这是由五级魔兽青风雕为主的传信系统。

在奥布莱恩帝国，每一个郡城中都有数只青风雕，还有专门的人控制这些青风雕。青风雕也有较高的智慧，很会识路，在主人的命令下，完全可以将信件送到目的地。

只是，一般只有皇家才有资格使用青风雕传信，平民乃至于贵族都没有资格使用。此外，军队中有独立的传信系统，也是使用青风雕传信。

红发男子写好了给赤尔郡城城主夫人的信件，让黑石城派出一只青风雕将信送往赤尔郡城。

青风雕在空中直线飞行的速度远远超过人类在地面上奔跑的速度，林雷一行人离开黑石城不久，青风雕就带着信件赶到了赤尔郡城。

赤尔郡城是一座庞大的城市，在西北行省的大城市中排名前十。

此刻，城主的城堡内部气氛很是压抑。

这座城堡现在的主人是威德夫人，一个以冷酷、高傲出名的贵妇。

"妹妹，妹妹。"两个中年男子快步跑进了后花园，而此刻雍容华贵的威德夫人在侍女的服侍下，正享受着阳光的沐浴。

"怎么了，我的两位哥哥？"威德夫人抬头看向那两个中年男子。

"妹妹，这是传信处送来的信件，这一次的任务失败了。"其中一位身材略胖的中年男子说道。

"失败？科德怎么这么没用！"威德夫人接过信，打开一看，眉头皱了起来，她疑惑地问道，"一名拥有黑豹的神秘强者？"

科德在信中写到，那黑豹至少是八级魔兽，而那神秘男子很可能是八级强者，甚至是九级强者。

威德夫人顿时感觉这封信沉甸甸的。

"妹妹，我们该怎么办？"威德夫人的大哥，也就是那个身材略胖的中年男子，当即问道。

而威德夫人的二哥期待地看着她。

威德夫人皱眉，思考了一下。

"两位哥哥，你们去请霍尔墨药师。"威德夫人平静地说道。

"你要我们去请霍尔墨那个老怪物？"她的二哥立即惊叫起来。

威德夫人冷然说道："据科德探察，那名叫雷的神秘男子很可能是八级强者，甚至是九级强者。我可没有实力正面击杀一个九级强者，还是让霍尔墨药师去对付那人比较好，毕竟霍尔墨药师击败过九级强者。"

"可是，霍尔墨他……"威德夫人的大哥有些迟疑。

"哼，你们两个再这样下去，永远成不了大事。即使我杀了基恩，就你们这德行，还想当城主？"威德夫人冷哼一声。

"好的，妹妹，我们这就去请霍尔墨药师。"威德夫人的两位哥哥屈服了。

"药师"这个称号是霍尔墨自封的。有人认为霍尔墨是杀手，霍尔墨却认为自己只是个药师。

的确，霍尔墨救人的本领很强。他今年三百多岁了。通常来说，一个六级战士能够活到三百多岁几乎不可能，可是他做到了，而且看起来，气色还很好。就是因为他常年服用一些古怪的药草，三百多岁的他身体竟然如青年一般强健。

"威德夫人真是够大方的，这一次的生意可以做，可以做。"霍尔墨抚着花白的胡须，自得地笑了起来。

威德夫人的两位哥哥在霍尔墨面前还是有些拘谨的。

"霍尔墨药师，您老还是早点儿出发吧。"威德夫人的大哥催促道，"我们的人会带您见到此次要解决的目标人物。"

"哈哈，你们先付一半定金，我就马上出发。"霍尔墨朗声笑道。

"定金？"这兄弟二人瞪大了眼睛。

在赤尔郡城，他们从没这么憋屈过。可他们听说过霍尔墨的事迹，所以不敢惹恼这个自称药师的老头儿。这老头儿若发起飙来，谁也不知道会有什么后果。

第 184 章

玉兰河

玉兰大陆中最长的内陆河无疑是玉兰河。玉兰河从北海入境，主干河流贯通了奥布莱恩帝国、玉兰帝国、罗奥帝国、莱茵帝国，一些支流更是密布玉兰大陆四大帝国的各个区域。可以说，玉兰河养育了玉兰大陆上的大半人类。

"好宽广的河。"林雷坐在一艘大型楼船的甲板上，看着河水奔腾，心中很是震撼。

这艘楼船是他租的，花费了一万金币，可以直接到达离赤尔郡城最近的一个河岸口，那河岸口距离赤尔郡城不到百里。

用林雷的话说，如果还是按照正常的路线前进，途中不知道要经历多少次刺杀，还不如直接租一艘楼船，沿着玉兰河顺水南下。

楼船是林雷随意租的，他可不认为这楼船的人也会是威德夫人的人马，毕竟威德夫人的权势还影响不到黑石城周围的区域。

"雷大哥。"詹尼从船舱内走了出来。

河道中间的风很大，吹动着詹尼的长裙和长发。

詹尼笑着看向林雷，而后走到林雷身旁，也坐在甲板上："雷大哥，我当时还说花一万金币请你护送我们……"

她说出这话后，都有些不好意思了。

在詹尼、基恩看来，一万金币算得上是一笔巨款。没承想，林雷竟然花费一万金币租了一艘楼船，这种大型楼船的租赁价格可是非常高的。从黑石城到赤尔郡城就这么一段距离，竟然需要一万金币。这还是对方看到林雷身旁的黑豹，为了表达对林雷这个强者的尊敬，才给出的一个非常低的折扣价格。

林雷受雇于詹尼，佣金是一万金币，如今才得到一个金币。可是，他现在花费了一万金币，难怪詹尼会不好意思。詹尼姐弟俩也想付钱，可他们现在没钱。

"詹尼，你不觉得这里的风景很好吗？"林雷起身走到甲板的顶端，甲板的边缘都是有铁链锁着的。

他用手摸了摸铁链，环顾四周。

玉兰河有数万里长，河床最宽处有数里，河床最窄处也有数百米。

这可是整个玉兰大陆的母亲河啊，不知道养育了多少人！玉兰大陆可以追溯的历史已有数十万年。

"这玉兰河存在数十万年了吧！"

看着玉兰河，林雷不由得遥想数十万年前的场景。

观赏着浩瀚的玉兰河，他的心胸开阔了许多。

"数十万年前的人或者国家早就不复存在了。和历史更迭、国家兴衰相比，个人的仇怨显得那么渺小。"

面对茫茫河水，林雷心里有了特殊的感触。

"如今的玉兰大陆上有六大势力，分别是四大帝国、光明圣廷、黑暗圣廷。"林雷心中暗道。

从小，他的目标是实现父亲的愿望，还有就是登上修炼的巅峰。父亲死后，他整个人陷入黑暗中，一路复仇，又失去了德林爷爷。在魔兽山脉中苦修三年，自然洗涤了他的心灵，让他心如止水，完全蜕变了。

"只有登上修炼的巅峰，才能实现目标。光明圣廷势力庞大，面对魔兽山脉的王者帝林的时候，不一样也得选择退却？"

林雷有着十足的信心。

"总有一天，我也会登上修炼的巅峰。"林雷看着滔滔河水，雄心万丈。

这楼船掌舵的船长非常轻松，虽然玉兰河水流湍急，但是楼船在其中航行比在海洋中要安全得多，他甚至惬意地和一旁的水手们聊起天来。

"嘿，看到那黑豹了吗？"船长得意地说道，"那可是魔兽。你们看着，过不了多久，我儿子也会收服一只魔兽。"

"船长，那可是豹类魔兽。你儿子能收服吗？"旁边的水手笑了起来。

船长和水手的地位其实相差不大，都是一群在水上讨生活的男人。

船长感叹道："也是，那可是高等魔兽啊！我就特佩服那些强者。记得去年，我去了帝都，看到武神门招收记名弟子。你们是不知道啊，那么多强者或是骑着巨型魔兽，或是驾驭着飞行魔兽，纷纷赶了过去，争夺唯一的名额。战斗时，高手们移动起来，我只看到一阵幻影，实在是太快了。"

而后，水手们不甘示弱，都吹嘘起他们见过的那些高手。

在奥布莱恩帝国，几乎所有人从小就想成为强者，入武神门就是他们最大的目标。

林雷盘膝坐在甲板上，黑钰重剑放在双膝之上。他闭着眼睛，任凭劲风吹刮，静静地感受着玉兰河的澎湃。

"势，是苍天之势，是大地之势，是无尽河海之势。"他的灵魂完全融入风中，甚至能够感应到玉兰河广阔的河床，感应到玉兰河周围无边无际的大地，自然也能感应到那湍急的水流。

楼船顺流直下，途中曾短暂停泊，方便大家进餐等等。而林雷一直盘膝坐在甲板上，一餐都没有吃。

转眼，六天过去了。

"姐姐，雷大哥他不吃不喝，真的没事吗？"基恩指着盘膝坐在甲板上的林雷，担忧地问道。

詹尼也有些担忧，她摇摇头，无奈地说道："我也不知道，贝贝不准我们靠近雷大哥。"

"放心吧。"船长走过来，笑呵呵地说道，"强者和我们这些普通人可不一样，即便他们面前是万丈悬崖，也阻拦不了他们的步伐，就是百万大军也休想阻拦他们。我听说，到了他们那个层次，有些可以不吃不喝静修数个月。"

船长说话时，眼中有着一丝羡慕之色。

詹尼和基恩听船长这么说，心中很是惊讶。

"难道是这样？"忽然，一道声音响起。

詹尼、基恩、船长都转头看去，这一看，他们都吓了一跳。

只见林雷手持黑钰重剑，竟然直接朝河里跃去。

"雷大哥。"詹尼惊呼一声。

他们立即朝甲板跑去，跑到锁链旁的时候，却看到林雷手持黑钰重剑站在水面上，随着河水微微起伏，却丝毫没有下沉。

这一幕令他们目瞪口呆。

凌空飞行，是必须达到圣域境界的强者才能做到的。

"地、火、水、风……"林雷喃喃自语，手中的黑钰重剑猛然朝上方刺出。

随着黑钰重剑朝上方刺出，响起了可怕的尖啸声，仿佛将天空刺破了一个洞。同时，林雷周围的河水竟然朝上方喷发而去。

"哈哈！"众人只听到林雷的大笑声，而后他的身影在河面不断地移动，而河水随着他的身影和黑钰重剑不断地起伏。

然后，林雷周围百米的水域仿佛发狂一般，河水时而冲天数十米，时而形成一个大旋涡，时而如同利箭朝四周飞去，时而绕着林雷旋绕起来……

"锵！"只听到一道清脆的重剑入鞘声。

那仿佛发狂的水域猛地平息下来。

转眼的工夫，玉兰河恢复了平静，只剩河水微微起伏。

林雷脚踏起伏的河水，依旧没有下沉。这一次，他没有使用风系魔法，而是靠着对势的领悟和运用，来抵消黑钰重剑的重力。

"这势是天地的势，也是地、火、水、风的势。"林雷的脸上露出一丝笑容，脚一点，直接跃上了甲板。

对于势的领悟，他一直是从地、风这两方面入手的。而这六天的静修，使得他感悟出了水的波动，回忆起了修炼火系魔法和火系元素时的激情。

地、火、水、风这四种元素融合在一起，一剑出，便可以引起天地动荡，这才是真正的势，过去林雷领悟的势只是初入门槛而已。

"雷大哥，你刚才、刚才在……"基恩有些激动，都不知道自己在说什么了。

詹尼则崇拜地看着林雷。

林雷刚才的举动让他们目瞪口呆。

就连长期在外面跑船的船长也没见过这么惊人的场景。

"那只是在修炼。"林雷笑着说道。

虽然家族的书籍中记载，使用重武器的最高境界是第三层的势，但是林雷有种感觉，势这一层并不是尽头。

达到势这一层后，特别是自己的灵魂和自然契合后，他总有种感觉，其上还有更高的境界。

他有种模糊的感觉，可就是无法领悟。

"斗气、力量只是基础，而攻击力能够发挥出来多少，这个境界是很重要的一环。"林雷此刻心中有了这种领悟。

假设拥有能够举起百万斤重物的力量，可是你攻击的时候太过笨拙，只能发挥出一成威力。经过苦修，你或许能发挥出三成威力。至于高手，能够发挥出七成威力。而林雷要做的是发挥出十成威力，乃至借助天地之势发挥出比自己的力量更强的攻击力。

"詹尼、基恩，到河岸还要多久？"林雷问道。

"还要一天时间吧。"不远处的船长抢先回道。

林雷点了点头，直接吩咐道："这样，我们的楼船不用在最靠近赤尔郡城的河岸口停靠，随意在赤尔郡城的一个河岸口停靠就行。"

"是，雷大人。"船长虽然不明白原因，但依旧应道。

林雷选择走水路，这使得威德夫人的人马一下子乱了套。

科德最终查出林雷一行人租赁楼船通过水路前行。

霍尔墨药师再厉害，总不能跨过数百米乃至更宽的河床直接上林雷的船吧。就算上了林雷的船，估计也会引起林雷的怀疑，所以他们只能在河岸口等待。

可是，根据推算，林雷租赁的楼船应该抵达河岸口了。

"怎么回事，昨天他们就应该到了吧？"霍尔墨药师在河岸口旁边小镇的一所民居中，有些着急。

"霍尔墨大师，请再等等。"威德夫人的手下也着急得很。

忽然，民居的大门被猛地推开，威德夫人的一名手下急匆匆地跑了进来，不忿地说道："霍尔墨大师，那群人的船没有停靠在这个河岸口，而是停靠在上一个河岸口，他们现在已经到了离赤尔郡城很近的红沙城，估计今晚他们就能抵达赤尔郡城。"

"今晚就抵达赤尔郡城？"霍尔墨药师一怔。

"快，我们立即出发。"霍尔墨药师立即下令。

这一群人立即慌慌忙忙地朝赤尔郡城的方向赶了过去。

第 185 章

毒气飘荡

红沙城是一座小城，总共也就数万人。

林雷一行人离开楼船，原本打算直接前往赤尔郡城，当进入红沙城后，便停了下来，准备吃个午餐。

酒店二楼的包厢中，詹尼和基恩的脸上都有着兴奋的笑容。

"哈哈，今天傍晚我们就能抵达赤尔郡城了，以后的麻烦估计会少一些。"基恩乐呵呵地说道。

詹尼点点头，也说道："我们到了赤尔郡城后，大娘她总不敢明目张胆地对我们下手吧。"

"詹尼、基恩，事情没有你们想得那么简单。"林雷苦笑着说道，"到了赤尔郡城后，反而有可能更危险。你们所说的大娘可没你们想象得那么胆小怕事。"

在魔兽山脉中修炼的那三年，林雷遇到过各种各样阴险狠辣的人，自然不像詹尼、基恩姐弟俩这么单纯。詹尼、基恩姐弟俩的大娘完全可以派人在赤尔郡城中杀了他们，而且还不连累到自己。

"真的？"基恩有些害怕，毕竟他才十四岁。

林雷笑着说道："别想那么多了。我改主意了，今天下午，我们不急着去赤尔郡城，先在红沙城中好好休息，等到了明天早晨，我们再出发。"

"明天早晨再出发？"詹尼和基恩都疑惑地看向林雷。

"如果我预料得没错，你们大娘安排在河岸口的人马应该查到了我们的船在上游的一个河岸口停靠了，他们应该计算得出我们今天傍晚会到赤尔郡城，所以他们十有八九会在那里等着我们。"

这个很简单，林雷轻易就能判断出来，前提是从对方的角度去思考问题。

"我们养精蓄锐，明天一早再出发。"林雷朗声笑道，"现在就不要着急了，好好地享受午餐吧。"

詹尼和基恩的脸上也露出了一丝笑容。

不出林雷所料，霍尔墨药师等人的确直接赶到了赤尔郡城，赤尔郡城中的威德夫人也早先得到了消息。

城楼上。

威德夫人扶着城墙，眺望城外。她的身后站着她的两个哥哥，还有霍尔墨药师。至于郡城守卫，都远远地走开了。

"霍尔墨先生，今晚就麻烦你在这里多等一会儿。"威德夫人转头看向霍尔墨药师，笑着说道。

霍尔墨药师还是有自知之明的。他本人的实力并不强，只是擅长用毒，他自然不想得罪眼前这位以狠辣出名的赤尔郡城实际上的城主。

"威德夫人请放心，那姐弟俩绝对不可能活着踏入赤尔郡城。"霍尔墨药师自信地说道，"就算他们有九级强者保护，哼，只要那人没达到圣域境界，我就有把握对付他。当然，前提是他不认识我。"

那名九级强者如果认识他，知道他惯用的手段，只需在体表形成斗气护罩，很容易就能屏蔽他释放的毒气。

"霍尔墨先生，这些年来，你一直待在我们赤尔郡城中，从不抛头露面，认识你的人又能有多少呢？而且，我听说，你还有改变容貌的能力？"威德夫人含笑看着霍尔墨药师。

霍尔墨药师自得一笑，抚须说道："哈哈，威德夫人，哪有你说得那么夸张，我只是能用一些药物改变一下面色和发色，稍加点缀。即使是熟人，只要不仔细看，也是认不出的。"

威德夫人笑着点点头："那一切就看霍尔墨先生你的了，我今晚在那边的酒店内静候霍尔墨先生的好消息。"

霍尔墨自信地笑了起来。

随着时间流逝，在最靠近城门的酒店中等候的威德夫人疑惑了，因为再过一会儿，城门就要关闭了。

赤尔郡城有规矩，晚上十点准时关闭城门。

可是，林雷一行人还没有到达赤尔郡城。据威德夫人得到的消息，中午林雷一行人就抵达红沙城了，就是再慢，也应该到这里了。

晚上十点。

那巨大的城门在众多城卫的合力操控下缓缓地关闭，一直小心戒备的霍尔墨药师满腹愤懑之气，他走下城门楼，而威德夫人也走出了酒店。

"威德夫人，这是怎么回事？"霍尔墨药师恼了。

今天得到消息后，他就从河岸口一口气赶了百里路，到了赤尔郡城。这一路的颠簸，对于三百多岁的他而言简直是受罪。

而后，他又在城门楼上吹冷风吹了好几个小时。

现在城门关闭了，对方却还没来。

"那一群人不知道怎么回事，怕是在红沙城停下来了。霍尔墨先生，你今天就在这酒店好好休息，等明天再说吧。"威德夫人的心情也不怎么好。

"也只能这样了。"霍尔墨药师心中尽是不平之气。

第二天清晨，城门刚开，霍尔墨药师就静静地等着了。等到上午九点，他再次怒了，直接冲下城墙，进入了酒店二楼。

"威德夫人，他们再不过来，我就过去了。"霍尔墨直接说道，"你派几个人给我，必须是能够认出那姐弟二人的人。"

威德夫人赞同这个主意："那好，那就麻烦先生跑一趟。"

"这次一定要让他们尝尝我的厉害。"霍尔墨低声说道，眼中迸发杀气。

林雷一行人在红沙城中购买了一辆马车，兰伯特驾驭着马车，詹尼、基恩姐弟俩坐在马车内。至于林雷，则骑着黑纹云豹。

黑纹云豹可是足有两米高，身体也够宽，毛发也够柔软。

林雷骑着黑纹云豹，根本感觉不到震动，比骑马或者乘坐马车要舒服得多。而且，黑纹云豹就算是在山上奔跑，估计也不会让他有震动感。

"雷大哥，现在几点了？"基恩从马车中探出头，问道。

林雷转头看了他一眼，说道："别急，现在才十点，估计我们十一点就到赤尔郡城了。"

黑纹云豹的确很骇人。一路上，其他行人看到林雷一行人，早早就避到一旁，给他们让路了。

"驾，驾。"

从远方传来马蹄声，不一会儿，三名骑士出现了。不过，当这三名骑士看到林雷胯下的黑纹云豹时，却被吓得停住了。

"好彪悍的豹子！"其中一名骑士赞叹道。

"别看了，我们走。"另外一名骑士催促道。

这时，从后方过来一匹骏马，马背上坐着一个头发花白的驼背老者。

驼背老者骑马的速度很是缓慢。

"哈哈，你看这老头儿，还骑马呢。"其中一名骑士大笑道。

"走吧，我们还有要事呢。"

三名骑士谈笑间继续出发了，而驼背老者抬头看了林雷等人一眼。

这驼背老者正是霍尔墨药师。

按照事先的约定，如果发现詹尼、基恩姐弟二人，威德夫人派给霍尔墨药师的手下会给出信号，信号就是说出"哈哈，你看这老头儿，还骑马呢"这句话。而且，霍尔墨药师早就知道他们中的神秘强者拥有一只黑豹。

"那三名骑士真没有一点儿骑士美德。"从车窗看到这一幕的基恩，在三名骑士离开后，不满地说道。

林雷却皱眉看着前方的驼背老者。

那驼背老者骑马的确让人担忧，看其模样，明显年纪很大了，那匹马的速度虽然不快，但是驼背老者坐在马背上晃悠着，双腿夹得也不紧，似乎随时有可能掉下去。

这时候，驼背老者的后方出现了一支车队。

"滚开，老家伙！"一名骑士大声喝骂。

驼背老者立即拉了拉马缰，那匹马朝路边走去。

"哎哟。"

当那匹马走到距离林雷一群人只有十几米远的时候，驼背老者的身子一歪，直接从马背上摔了下去。

"老爷爷摔下去了。"基恩见状，立即拉开马车车帘。

可是，随着驼背老者摔下马背，一道淡青色气流从驼背老者的身上弥散开来。那淡青色气流极淡，不注意观察的话，根本难以察觉。

刚好此刻东风直接将淡青色气流吹向林雷一群人，而率先吸入淡青色气流的是刚才从后方行来的车队里的人。

下一刻，一名又一名骑士从马背上摔下去，口鼻中都渗出了黑色的血。

"嗯？"林雷感觉到体内不对劲，脑袋一阵眩晕。

"不好，有毒！"他感应着周围的风系元素，明显有一股淡青色毒气飘了过来，并且他已经吸了两口。

他体内的龙血战士血脉激荡起来，竟然直接把那股毒气吸收了，丝毫没有伤到他。

这是霍尔墨药师根据人体结构特地炼制出的一种毒气，可是他怎么也想不到，林雷和普通人有很大区别，其体内蕴含龙血战士血脉，这是一种比魔兽血脉高贵得多的血脉。当初，连棘背铁甲龙的魔晶核也被这龙血战士血脉炼化了。

四大终极战士的身体十分特殊，常人根本无法想象。

这种毒气根本伤害不了龙血战士。

"风！"

林雷凭借风系魔法师对于风的掌控，立即控制周围的风朝反方向吹过去，毒气朝东方吹了过去。

夹在林雷一方和霍尔墨药师中间的车队成员遭到毒气的侵袭，眨眼的工夫就都丧命了。

毒气飘向霍尔墨药师，霍尔墨药师却没有躲避，他早就不怕这毒气了，现在倒是很怕林雷。

"驾，驾。"霍尔墨药师身法灵活，一个翻身直接上马，而后火速朝东方飞奔过去。

"黑鲁。"林雷冷声唤道。

"嗖——"

黑纹云豹的速度可是非常快的，比一般的骏马不知道快了多少。

眨眼的工夫，它就冲过数百米距离，冲到了霍尔墨药师的前方。

霍尔墨药师看到骑着黑纹云豹的林雷突然出现在他的前方，顿时慌了。

"这位兄弟，我也是拿人钱财，替人办事。只要你放我一马，你要多少金币，尽管说。"

霍尔墨药师虽然已经三百多岁了，但是他还不想死。

林雷想起刚才那一幕，有些后怕。

幸亏他反应快，抢在毒气飘进己方马车车厢之前，控制周围的风，把毒气朝反方向吹了过去。

"毒气？你是亡灵魔法师？"林雷看着霍尔墨问道。

"亡灵魔法师？"霍尔墨一怔，摇了摇头，"不，我只是一位药师。这位兄弟，我有不少钱财，你要一万金币，还是两万金币，抑或是十万金币？"

到了这个时候，霍尔墨药师还想着尽量节省钱财。

林雷却懒得理会这人。

"黑鲁，解决他。"

林雷从黑纹云豹的背上跳了下去，转身朝马车走去。

至于黑纹云豹，则露出了犬齿，然后直接一个飞扑，冲向霍尔墨药师。

"啊！我给你一百万金币，一千……"

霍尔墨药师的话还没说完，就死在黑纹云豹的爪子下了。

第186章
赤尔郡城

荒凉的野外。

那车队的数十人倒在地上，看到这一幕的詹尼和基恩都震惊了。

"雷大哥。"基恩惊呼起来。

詹尼脸色煞白。

林雷刚要出声，马车上的老仆人兰伯特震惊地看着死去的霍尔墨药师，大叫道："是他！他是赤尔郡城中最危险的杀手霍尔墨，自封药师的老怪物。"

"霍尔墨？兰伯特爷爷，你说的是谁？"基恩看向兰伯特。

兰伯特深吸一口气，解释道："少爷、小姐，霍尔墨是赤尔郡城中一个非常危险的人物，当年我和你们的母亲二夫人在赤尔郡城的时候，就见过霍尔墨。当时，威德伯爵大人还和二夫人提起过霍尔墨。霍尔墨是一个非常善于用毒的老怪物，虽然只有六级战士的实力，但是击败过一名九级强者。"

詹尼和基恩顿时心中了然。

旁边的林雷听了，点了点头。

"霍尔墨非常看重钱财，这一次他出手，应该是大夫人重金请的。"兰伯特脸色凝重，"看来大夫人真的对你们动了杀心。"

"有雷大哥在，怕什么！"基恩很有信心。

詹尼则崇拜地看着林雷。

"好了，我们立即出发，争取早些抵达赤尔郡城。"林雷直接说道。

当即，林雷一行人加速朝赤尔郡城赶去。

赤尔郡城。

这是一座有着二三十万人的城池，暗红色的城墙绵延到远处。从构造上看，赤尔郡城趋于华美。

基恩掀开马车的帘子，看着眼前华美雄伟的城池，眼睛都亮了起来："从今以后，我将是这座郡城的主人。"

城门处。

"黑豹?!"守卫头领看到林雷的坐骑，老远就瞪大了眼睛，立即吩咐旁边的守卫，"你快去禀报城主夫人，她说的人来了。"

"是。"

守卫立即朝离城门很近的酒店跑了过去，直接冲上二楼。

此刻，二楼楼梯口有战士守着，那战士见来人是城门守卫，便放行了。

"城主夫人。"守卫隔得老远就恭敬地单膝跪下。

坐在椅子上的威德夫人转头看向他："什么事?"

"城主夫人，您说的那个骑着黑豹的强者出现了，他的身后还有一辆马车。"

"什么?!"威德夫人还没反应过来，她的两个哥哥率先惊呼起来。

威德夫人眉头一皱："你先下去。"

"是。"守卫恭敬地退下。

此时，威德夫人的两位哥哥都惊慌起来。

她的大哥连忙说道："妹妹，他们竟然活着到了赤尔郡城，难道霍尔墨那个老家伙行动失败了?"

"难说……"威德夫人眉头紧蹙，"或许，那对乡下姐弟和那强者并不是从红沙城主道来到这里的，可能是故意绕道来这里的，令霍尔墨等人扑了个空。"

她的两位哥哥听了，不由得点点头。

的确很有可能，对方狡猾地绕道赶到赤尔郡城。

"那我们现在怎么办？"两位哥哥看着威德夫人。

"下去，迎接。"威德夫人的脸上露出一抹笑容，"我的两个可怜孩子受了这么多年的苦，终于回来了，我这个做大娘的，怎能不亲自去迎接呢？"

说完，威德夫人便朝楼下走去。

刚刚走出酒店的大门，她就看到一个骑着黑豹、背着重剑的魁梧男子，还看到了她熟悉的兰伯特。

"哦，兰伯特，好久不见！"威德夫人立即高声喊了起来。

林雷、詹尼、基恩和兰伯特都转头看过去。

兰伯特一怔，而后恭敬地说道："见过大夫人。"

威德夫人亲切地笑着："这两个孩子应该就是詹尼和基恩吧！詹尼更漂亮了，长得也更像她娘了，基恩也不是当初那个小孩子了，更加帅气了。"

詹尼和基恩还是认得威德夫人的。虽然八年过去了，但是威德夫人的容貌变化并不大，只是眼角多了一丝鱼尾纹。

"见过大娘。"詹尼和基恩行礼。

"好，好，不必拘礼。"威德夫人笑道，而后看向林雷，"这位是？"

"那是雷大哥。"基恩抢先回道。

"雷？"威德夫人眉毛一挑，朗声笑道，"哦，是雷先生啊！想必是雷先生一路护送你到赤尔郡城的吧，我一定会代替你们姐弟俩好好感谢雷先生。走，大家先回城堡，今天晚上，我要为我这两个可怜的孩子举行盛大的宴会。"

城堡守卫森严。

"真是一个没用的老家伙！"威德夫人将那传信的骑士呵斥下去后，心中更加愤怒。

霍尔墨药师是她极为看重的一招棋。可现在霍尔墨药师行动失败了，她的心中一阵烦乱。

"有那个雷先生在，我要杀基恩很难。"威德夫人苦恼得很，"用毒？一般的用毒高手根本躲避不了检测的手段。请杀手？可是，有几个杀手能对付得了那个雷先生呢？"

"看来，只有用那个办法了。"

想到这里，威德夫人眼中的愁意尽消，有的只是自信、冷酷。

客厅中，巨大的吊顶玻璃灯在烛光的照耀下反射出迷人的光。

此刻，赤尔郡城的贵族们齐聚于此。

"听说威德伯爵的小儿子回来了，不知道这次威德夫人会如何应付。"

"谁知道呢？但可以肯定的是，威德夫人不会放弃她手中的权势。"

"威德夫人的手段太狠了，活该她倒霉，她那宝贝儿子竟然早死了，她只能靠自己了。"

角落中一些贵族在低声议论。

谁不知道威德夫人是一个霸道专横的女强人？只是，生活在赤尔郡城，他们最多暗地里议论，却不敢明面上得罪威德夫人。

"威德夫人来了。"

顿时，贵族们都停止了议论，转头看向从楼梯上走下来的威德夫人。

威德夫人衣着依旧那么华贵，姿态依旧那么高傲。

她很享受众人的注视，微微昂着头，走下了楼梯。

"各位，"威德夫人笑着说道，"今天是一个大喜的日子，我那两个可怜的孩子吃了八年苦，今天终于回来了。"

这时，楼梯上忽然出现了两个人，一个是穿着笔挺的黑色绅士装的少年，一个是穿着白色连衣裙的金发女子。

不少贵族都眼睛一亮。

虽然詹尼穿得简单朴素，但是她的容貌和身材突出，加上温柔清纯的气质，足以让所有人心动。不少年轻的贵族男子都决定待会儿要好好询问一下她的信息。

"詹尼、基恩，过来。"威德夫人招招手。

詹尼和基恩也走下楼梯，站在威德夫人的身旁。

威德夫人热情地介绍道："这位就是詹尼。你们看，这是一位多么美丽的姑娘，而这位帅气的少年就是基恩。"

"詹尼和基恩终于度过了那段苦难的日子，可是她们的母亲，我那位好妹妹却……"威德夫人说着，眼睛都红了，似乎快哭了。

"大夫人，二夫人如果知道你这么关心她，一定很感动。"一个苍老的声音骤然响起。

兰伯特和林雷从旁边走了出来。

威德夫人看了兰伯特一眼。

兰伯特是二夫人最忠实的仆人，即使当初二夫人落难，他也依旧追随二夫人，无怨无悔。

詹尼和基恩心中却很是不平。

他们都知道，母亲的死，还有他们这八年承受的所有苦难，都是眼前的大娘造成的。

詹尼性子稳重，懂得隐忍，年仅十四岁的基恩却忍不住了，不忿地说道："大娘，这八年，您怎么从来没去看过我们呢？我们一直很想您。"

威德夫人脸色不变，感叹道："这些年，我一直在操劳赤尔郡城的各项事务，没有时间去看你们。每次想到此事，我都觉得对你们姐弟俩亏欠太多了。"

林雷却笑着说道："威德夫人，威德伯爵大人及其大儿子都去世了，基恩是第一继承人。这一次，基恩赶回来，就是为了继任城主之位。威德夫人，你准备什么时候让基恩继任城主之位呢？"

此话一出，客厅中的人顿时都安静下来。

在场所有人都明白，重头戏到了。

同时，他们都疑惑地看向林雷，他们不知道从哪里冒出这么个愣头青，竟然敢直接质问威德夫人。

"雷先生，"威德夫人脸色一沉，冷然地说道，"你一路护送基恩和詹尼回到赤尔郡城，我身为他们的大娘，自然很感激你。可是，基恩继任城主之位是我们家族内部的事，你一个外人不好插手吧？"

基恩立即反驳道："谁说雷大哥是外人？"

"不是外人是什么？"威德夫人冷冷地说道。

基恩一怔，看了看林雷，说道："雷大哥可是……可是我姐姐的未婚夫，怎么会是外人呢？"

"未婚夫？"威德夫人蒙了。

詹尼蒙了。

林雷也蒙了。

林雷立即看向基恩，基恩却对林雷眨了眨眼，林雷一下子明白了基恩的意思。

而这时，詹尼的脸红了。

"怎么样？"基恩骄傲地昂起头，"我未来的姐夫有资格说这事吧？大娘，父亲死了，大哥也死了，我如今可是唯一的继承人。"

威德夫人沉默了。

其他人都看着威德夫人。

基恩继任城主之位是理所当然的，是受帝国法律保护的。他们很想知道威德夫人会怎么做。

"哈哈，基恩，你急什么。"威德夫人笑呵呵地说道，"你父亲死了，如今你是你父亲唯一的儿子，自然是第一继承人。城主之位肯定是你的，没人跟你抢。"

林雷疑惑地看向威德夫人。

不单单林雷，其他人心中都满是疑惑。

威德夫人就这么放弃了？

"那就多谢大娘了。"基恩笑着说道，"我什么时候继任城主之位呢？"

威德夫人笑道："不急不急，如今你还没有成年。这样吧，再过两年，等你举行成人礼之后，再继任城主之位。"

"两年之后？"基恩瞪大了眼睛。

威德夫人点点头，笑眯眯地说道："基恩，乖孩子，你还没成年，还没有足够的能力管理赤尔郡城。你放心，两年之后，你一定会成为赤尔郡城的新城主。"

第 187 章

抄家

两年之后才继任城主之位？两年的时间，任何事情都有可能发生，基恩又怎么甘心在威德夫人的掌控之下隐忍两年之久？

"我认为我现在就有能力管理赤尔郡城。"基恩坚定地说道。

威德夫人脸色一变，说道："基恩，冷静一点儿，你现在还只是一个孩子。赤尔郡城的城主可是要管理数百万帝国子民，这重任你现在还担负不起。"

这时，基恩旁边的詹尼出声了："大娘，帝国法律可没有规定，必须成年后才能继任城主之位。"

威德夫人看向詹尼，而詹尼丝毫不惧，两个不同年纪的女人就这么对视着。

"对。"威德夫人笑着说道，"帝国法律的确没有明文规定，必须成年后才能继任城主之位，不过……"

威德夫人有些哀伤，又说道："前段时间，你们的父亲过世，宗族得知消息后，原本是让你们的大哥继任城主之位的，可是，我那可怜的孩子英年早逝……当得知基恩才十四岁时，宗族下了命令，基恩必须成年后才能继任城主之位，毕竟赤尔郡城乃是西北行省最重要的郡城之一，而且紧邻省城巴兹尔，赤尔郡城的管理是非常重要的。"

基恩和詹尼闻言，都一怔。

听到这是宗族的命令，姐弟俩都蒙了。

身为贾克斯一族的成员，他们深知宗族命令的含义。

"大娘，宗族果真下了这样的命令？"詹尼盯着威德夫人。

威德夫人眉头一皱，看着詹尼："詹尼，难道你认为我会假传宗族的命令？嗯，在基恩继任城主之位之前，赤尔郡城的一切事务暂且由我来处理。"

"我是未来的城主，我有权力决定谁来当代理城主。"基恩不满地喊道。

威德夫人目光冷厉，瞪着基恩。

而旁边一直沉默的林雷终于出声了："威德夫人，宗族应该没有下令让你当代理城主吧？"

威德夫人一愣。

她再胆大，也不敢胡乱编造宗族的命令。

詹尼和基恩都属于贾克斯家族，而贾克斯家族是奥布莱恩帝国中的几大强盛家族之一。

西北行省是奥布莱恩帝国的七大行省之一，是由贾克斯家族掌控的，而詹尼和基恩的父亲威德·贾克斯只是贾克斯家族的旁系子弟。如果不是因为贾克斯家族，威德这个懦弱的家伙怎么可能担任赤尔郡城的城主？

如今，威德死了。在贾克斯家族的人看来，赤尔郡城自然依旧要由贾克斯家族的人来管理。威德夫人虽然嫁给了威德，但是她毕竟没有贾克斯家族的血脉，贾克斯家族不可能将代理城主的位置让给威德夫人来坐。

"哼，如果不是宗族的那些老古董……"威德夫人心里暗恨。

她再厉害，也无法和贾克斯家族抗衡。人家只需一句话，恐怕她这个高贵的大夫人明天就要上街乞讨了。

"我没有成年，可我姐姐成年了，我会派人前往省城巴兹尔，我相信宗族的长辈们会答应让我姐姐当代理城主，而不是你！"基恩昂首说道。

詹尼、基恩姐弟俩和威德夫人的矛盾根本无法掩饰，双方仅仅说了几句话，矛盾就在宴会上完全暴露了出来。毕竟詹尼、基恩姐弟俩的母亲实际上是被威德夫人迫害而死的，他们又一路遭到了威德夫人派去的人的刺杀。

"好，好，有本事，你就奏请宗族吧！我倒想看看，宗族是否会将代理城主的重任交给一个十八岁的女子。"威德夫人扬起下巴，傲然说道。

基恩的脸上露出倔强的神色。

十四岁，正是最叛逆的年纪。威德夫人越是高傲，基恩就越是要反抗。他相信，宗族的长辈们会站在他这边，毕竟他才是贾克斯家族的子弟。

宴会过后。

林雷、詹尼、基恩、兰伯特四人待在一起，林雷经过询问后才明白贾克斯家族是多么强大。

詹尼、基恩姐弟俩的父亲威德·贾克斯只是旁系子弟，真正的宗族嫡系的权力可是骇人得很。整个西北行省完全由贾克斯家族掌控，而且是世袭制的。

贾克斯家族掌控西北行省已然有上千年了。

"奥布莱恩帝国的皇族果然很自信，竟然敢将一个行省交给一个家族管理上千年。"林雷心中感叹。

一个行省的领域范围比芬莱王国的国土面积还要大。让一个家族长久管理一个行省，很容易让这个家族拥有惊人的势力，这也是一些势力造反的一个因素。

可是，奥布莱恩帝国的皇族很自信，因为他们有武神这种强大的存在，还拥有武神门的大批强者。而且，奥布莱恩帝国最重要的两大行省中央行省和奥布莱恩行省是由皇族掌控的。

"有武神在，没有一个家族敢反叛。别说武神，就是武神门数千年来培养的弟子们，都算是一股恐怖的力量。"

林雷明白，在绝世强者面前，所谓的军队都只是笑话。军队只对普通战士有威慑力，而圣域级强者才是决定一个国家命运的关键。

"掌管西北行省上千年的贾克斯家族势力很惊人吧！"林雷心中暗道。

"哼，那个狠毒的女人，我不信宗族会支持她。"基恩说道。

兰伯特笑呵呵地说道："少爷，你就放心吧。宗族如果支持她，今天她恐怕就是另外一番模样了。"

的确如此。

此刻的威德夫人恼怒得很："那从乡下来的姐弟俩竟然这么狂傲，真是……早些年，我就应该直接派人将他们杀了，现在就没有这么麻烦了。"

当初，威德夫人认定自己的儿子会继任城主之位，所以并没有把詹尼、基恩姐弟俩放在眼里，可没想到，她的宝贝儿子竟然那么早就死了。

"霍尔墨那个蠢东西，三百多年白活了。"威德夫人目光冷厉，"三百多年，霍尔墨恐怕积累了不少财富吧！"

深夜，赤尔郡城很是宁静。

霍尔墨府邸在东城，占地面积极广，侍从极多。

忽然，密集的马蹄声响起。

霍尔墨府邸的两名护卫疑惑地从大门旁边的洞口伸头朝外面一看，顿时脸色煞白。此刻，大量身穿铠甲的城卫聚集在门外。

"开门！"一名骑着骏马，身穿白色铠甲的骑士大声地喝道。

而骑着骏马的威德夫人和她的两位哥哥在一旁，边谈笑边看着这一幕。霍尔墨药师的家族中没有什么高手，霍尔墨药师一死，这家族无异于待宰的羔羊。

大门缓缓开启。

"各位大人，深夜到我们这里，所为何事？"一名中年人衣着不整地跑了出来，他是刚刚从床上起来的。

"威德夫人。"中年人看到威德夫人，心中一惊。

威德夫人冷然道："据查实，霍尔墨涉嫌刺杀城主继承人基恩，凡是霍尔墨家族的人全部关押，财产一律查抄。"

听到这话，中年人双腿一软，不由得跪了下来。

"不，威德夫人。"中年人连忙说道，"我爷爷可是你的两位哥哥邀请前去办事……"

"污蔑贵族，罪加一等！"威德夫人脸色一沉。

为首的骑士手中的长枪猛然一转，如同一条出洞的大蟒蛇，只听得"哧哧"的声音，那中年人就被击毙了。

威德夫人的大哥狐假虎威地大声喊道："动作都快点！"

城卫们立即如狼似虎地朝府邸冲了过去，他们最喜欢查抄别人的家，因为可以偷偷地给自己弄些好处。当然，他们也不敢弄多了，毕竟周围还有其他人。

"你们干什么？"一群男男女女冲了出来，大声地喊道。

府邸中的护卫们拿起了武器，不过他们根本不敢动手，因为他们看出眼前的是城卫军。他们这些私人护卫怎么敢跟城卫军斗呢？

"霍尔墨涉嫌刺杀基恩少爷。把霍尔墨家族的所有人都抓回去！反抗者，死！"为首的骑士冷然说道。

府中的人听到这个命令，一个个都傻了。

在凶悍的城卫军面前，一些人根本没有反抗之力，很快就被抓住了。不过，有不少人不想束手就擒，立即飞速地逃离开去。

城卫军们当即追了过去。

"威德夫人那个女人……"一个头发花白的老头儿愤愤地说道，"请爷爷出马的是她，爷爷死了，她竟然带人来抄我们家，真是狠毒。"

老头儿从密室中走了出去，怀中塞着三张魔晶卡。

霍尔墨药师三百多岁，原本有众多儿子，如今只有两个儿子还活着，岁数都很大了，毕竟年纪大的孙子都有二百多岁了，年纪小的也有三十几岁。

"站住！"忽然，一名城卫发现了老头儿。

老头儿挥手，撒了一把粉。

"啊！"那名城卫的脸色瞬间变成酱紫色，捂住喉咙，发出痛苦的呻吟声，而后就倒地身亡了。

老头儿冷笑一声，灵活地沿着小道奔逃。

"站住！"远方传来一声大喝。

老头儿根本不理睬，反而速度更快。

"嗖！"一支箭矢以惊人的速度划破长空，随着尖啸声，射入老头儿的后背。

一名金发骑士放下手中的弓箭，冷笑一声："还想逃，真是做梦！你们去搜一下，看看他的身上有没有魔晶卡。"

"是，大人。"

不单单府邸内部到处是城卫军，连府邸外面都有几圈人。

霍尔墨家族中没有一个人能够逃走，虽然这个家族中也有一些人懂得用毒，但是比起霍尔墨还差得远。

内厅中。

威德夫人和她的两位哥哥看着面前的不少珍宝和一些魔晶卡露出了笑容。

"这老家伙的敛财能力可真强啊！"威德夫人的大哥兴奋地说道。

此刻，夜空中。

林雷的后背有着透明的羽翼，他正凌空飞行，俯瞰抄家的混乱场景。

"威德夫人真够心狠手辣的，那霍尔墨也真是倒霉。"

第 188 章

夏天里的一把火

宁静的夜里，霍尔墨府邸中的喊杀声、惨叫声显得愈加清晰。那些声音传得老远，连住在城堡中的詹尼和基恩都听到了。

"怎么了？"基恩穿着睡袍就跑了出去。

詹尼长发披散着，也跑了出去。

姐弟俩对视一眼，直接朝城堡外面走去。

而极为警觉的兰伯特早就到了城堡门口。

"夫人有令，夜间不得离开城堡。"两名侍卫手中的长枪交叉，对兰伯特冷然说道。

"怎么回事？你们两个快让开！"基恩呵斥道。

两名侍卫见詹尼和基恩过来了，彼此对视一眼。

城堡中的人都知道，基恩是城主的继承人，可是大家也明白，威德夫人不会轻易放权的。

"基恩少爷、詹尼小姐，对不起，夫人有令，夜间不得离开城堡，你们还是回去休息吧！"其中一名高个侍卫说道。

基恩脸色一沉："让开！"

高个侍卫依旧不让，同时恳求道："基恩少爷，您就别为难我们了。您这么逼迫我们，无异于让我们去死啊，我们真的不能违抗夫人的命令。"

基恩心中恼怒。

旁边的詹尼劝说道："好了，基恩，别让他们为难了，他们也挺可怜的。"

"谢谢詹尼小姐，谢谢詹尼小姐！"两名侍卫连忙道谢，打心底感激詹尼。

詹尼长得如圣洁的天使一般，而心地也一样善良。

她温和地问道："请问外面到底发生什么事情了？我都听到了惨叫声，好像是从东边传来的。"

高个侍卫低声说道："詹尼小姐，几个小时前，夫人离开了城堡，还有不少城卫军路过城堡门口呢。"

"大娘？城卫军？"詹尼和基恩都疑惑起来。

大半夜，威德夫人带着大批城卫军出去干什么。

"小姐、少爷，先到这边休息一会儿吧。"兰伯特指着旁边的石椅说道。

詹尼和基恩点点头，走了过去，三人坐了下来。

詹尼、基恩、兰伯特都很烦恼。

威德夫人就如同卡在喉咙里的鱼刺一般，让他们痛苦得很。

"那个臭女人，以我还没有成年为由，硬是要让我再等两年才继任城主之位。哼！不用等到两年后，我恐怕早就被她给害死了。"基恩低声骂道。

詹尼点点头。

姐弟俩心里很清楚，不能任凭威德夫人这么作威作福下去。

"小姐、少爷，大夫人管理赤尔郡城很久了。无论是城卫军，还是城堡中的护卫，都很听大夫人的话，大夫人的威望很高。如果少爷不继任城主之位，我们真的很难和她斗，毕竟这里支持我们的人太少了。"兰伯特无奈地说道。

詹尼和基恩闻言，沉默了。

在赤尔郡城，支持他们的人非常少。恐怕即使有些人想要支持他们，也没有那个胆量。在这里，威德夫人的地位和城主不相上下。

"呼——"一道风声响起。

"谁？"两名侍卫都警惕地抬头看去。

只见一名穿着黑色战士劲装的男子飘然落地，他背着一柄青黑色重剑。

"是我。"林雷回头看了两名侍卫一眼。

两名侍卫顿时不敢吭声了。

林雷的实力他们听说过，以他们的实力，连阻拦林雷都做不到。

"雷大哥。"詹尼和基恩站了起来。

林雷转头看去，如今正值初夏，晚上的温度还是比较高，基恩和詹尼都只穿着简单的睡袍，头发都有些凌乱。

"雷大哥，外面到底发生了什么事？怎么会有惨叫声？"基恩第一个问道。

林雷回道："威德夫人带领城卫军将霍尔墨家族抄家了。"

"抄家?!"詹尼和基恩大惊。

"霍尔墨家族被抄家了？"旁边的兰伯特也大吃一惊。

林雷坐到长椅的一端，笑道："你们就在这里歇息，等着听好消息吧。"

"好消息？难不成那狠毒的女人会把抄家所得的钱财给我？"基恩冷哼一声。

"轰！"

这时候，东边传出一道爆炸声，爆炸声极其响亮，好像数十道雷电轰鸣一样，几乎将整个赤尔郡城大半的人都惊醒了。

"怎么了？"詹尼、基恩、兰伯特吓得跳了起来。

周围的侍卫，还有一些侍者、侍女，都震惊地眺望东方，只见东方有着冲天的火焰。

"怎么有这么大的火焰，还有这么响亮的爆炸声？"林雷也疑惑地看向东方。

城堡中的其他人都很是疑惑，大家都在静静地等待，等待城卫军归来，等待威德夫人归来，这样他们就知道是怎么回事了。

过了一会儿，整齐的马蹄声在城堡外响起，接着呼喝声接连响起，随即便是急促的敲门声。

"快开门，快开门！"外面传来焦急的怒吼声。

那两名侍卫不敢拖延，立即开启城堡大门。

林雷、基恩、詹尼、兰伯特都朝门外看去，只见城堡外面的一片空地上聚集了大量骑士，还有英勇的战士，为首的正是那手持长枪的金发男子。

"滚开！"金发男子将两名侍卫呵斥开来。

当他看到詹尼和基恩的时候，微微一愣，而后立即恭敬地说道："城卫军副队长李特见过詹尼小姐，见过基恩少爷。"

李特在城卫军中算是二把手，仅次于大队长。不久前，他也参加了宴会，自然认识詹尼和基恩。

"李特先生，发生什么事情了，你这么急躁？"基恩问道。

李特立即单膝跪下，说道："基恩少爷，属下保护不力，威德夫人和她的两位哥哥在刚才的爆炸中丧生了。"

"啊！"基恩一下子瞪大了眼睛。

詹尼和兰伯特也大吃一惊，连周围的侍卫都震惊了。

威德夫人死了！

在詹尼和基恩烦恼不已的时候，威德夫人和她的两位哥哥突然死了！

詹尼和基恩对视一眼，眼中露出了狂喜之色。

"到底怎么回事，你给我详细说来。"基恩此刻说话有了身居上位的气势。

李特立即禀报："此次属下奉威德夫人的命令，带着部分城卫军去抄霍尔墨的家。抄家完毕后，威德夫人将所得的财宝等集中在霍尔墨府邸的内厅中，当时威德夫人将我们都赶了出去，只有她跟她的两位哥哥待在那里。"

基恩听到这里，低声咒骂起来："这个狠毒的女人真是够贪婪的。"

李特继续说道："我们在外面控制了霍尔墨家族的人，可是谁都没想到，忽然霍尔墨的府邸起火了，大家立即赶去救威德夫人。可我们还没来得及进去，就听到了恐怖的爆炸声，霍尔墨府邸中超过一半的建筑都被炸毁了。当我们找到威德夫人和她两位哥哥的尸体时，已经面目全非了。"

"嗯！你派人将我大娘和她两位哥哥的尸体送进来，你先回去休息吧。"

基恩激动地吩咐道。

"是!"李特恭敬地应道。

大家都明白，威德夫人一死，赤尔郡城的权势就落入这个年仅十四岁的孩子手里了。

直到李特的手下将三具尸体送了过来，他们这才确定自己不是在做梦。可恶的威德夫人和她的两个哥哥真的死了。从今天起，他们没有后顾之忧了。

"雷大哥，"詹尼忽然明白过来，看向林雷，"谢谢。"

兰伯特也反应过来，看向林雷，感激地说道："雷先生，你刚刚说有一个好消息，这的确是个好消息啊！"

"你们这是？"基恩愣住了，"什么好消息？啊！"

下一刻，他也反应过来了。

"雷大哥，刚才你是从外面进来的？"基恩低声问道。

"对。"林雷点点头。

"那你……"基恩说着，脸上露出了笑容。

林雷也笑了起来："我见你们这么烦躁不安，就顺便帮你们解决了这个烦恼。好了，回去后好好睡一觉，等着继任城主之位吧。"

说完，他便转头朝自己的住处走去。

詹尼、基恩、兰伯特三人都有些错愕、惊喜，他们想要大声欢呼，可威德夫人三兄妹的尸体还在旁边，现在欢呼有点儿不合适。

"老大，解决了？"贝贝趴在地上，眼皮耷拉着。

林雷笑笑："是的，解决了。"

对于林雷而言，威德夫人这种层次的人根本不配当他的对手。至于威德夫人的一些小计谋，在他看来简直就是笑话。

"怎么有爆炸声？"贝贝疑惑地问道。

"我怎么知道。"林雷摇摇头，"我出手将威德夫人跟她的两个哥哥击毙了，而后施展了一个火系魔法，点燃了房子。之后，我就独自一人赶回来了。可谁想，刚刚回到城堡，就听到了爆炸声。"

林雷并不知道，那府邸的夹层中有霍尔墨药师的实验密室，许多稀奇古怪的材料都在实验密室中。他放火点燃了房子，火烧到实验密室时，点燃了一些特殊的材料，这才引起了剧烈的爆炸。

"不知道？"贝贝一怔，"哦，那就睡觉吧。"

"嗯，睡吧。"林雷当即躺到床上休息了。

威德夫人兄妹三人就这么死了，此事轰动了赤尔郡城。

而对于詹尼和基恩来说，这的确是一件大喜事，他们兴奋得一夜没睡。

可对于林雷而言，这只是一件小事。

此刻，霍尔墨府邸的大火依旧熊熊燃烧着，不少城卫军在辛苦地灭火。

第189章

礼物

赤尔郡城管辖着十几座城池和众多乡下小镇，其领地的居民更是有数百万之多。可以这么说，一个赤尔郡城足以比得上一个公国，而赤尔郡城城主的地位相当于公国的大公。

"年仅十四岁，却即将成为一个郡城的城主，真是令人羡慕啊！"

酒馆中，不少人议论起来。

威德夫人三兄妹突然在一场大火中丧生，使得赤尔郡城原本有些复杂的争权形势一下子明朗起来。毫无疑问，拥有贾克斯家族血脉的基恩会继任城主之位。

"威德夫人深夜带人去抄家，却没想到自己丢了小命，真是讽刺啊！"一个红胡子老头端着盛满麦酒的大杯，笑着说道。

"听说是被火烧死的。"旁边有人说道。

"怎么可能是被火烧死的，周围还有那么多城卫？就算起了火，威德夫人他们怎么会逃不出来呢？"一个瘦子突然压低声音说道，"我告诉你们一个秘密，威德夫人三兄妹是被人击毙，而后一把火烧死的。"

周围的人顿时看向他。

"这可是真的。"瘦子笃定地说道。

"一个个都在胡说。"一个大汉冷笑着说道，"我就是城卫军的一员，当天夜里我就在那里，到底是你知道得多，还是我知道得多？"

瘦子立即讪笑起来："这位大哥，我只是说着玩玩嘛。"

"威德夫人三兄妹不是被火烧死的，应该是被炸死的。"大汉缓缓地说道，"火烧致死？他们难道不会呼救？可是，我们那个中队的兄弟们从头到尾都没听到呼救声，肯定是突然爆炸，将他们炸死了，令他们没有丝毫呼救的机会。"

其他人都点了点头。

那个瘦子也点点头。

显然，这个解释很符合逻辑。

"别管威德夫人了，现在我们赤尔郡城做主的可是那对姐弟。"大汉喝了一口酒，大声说道。

他说得没错，如今赤尔郡城掌权的可不就是原本不被看好的詹尼和基恩。

城主的城堡中。

"怎么这么多？"基恩翻看着手中的礼单，又看了看几乎摆满了整个屋子的礼物，目瞪口呆。

威德夫人一死，贵族们立即来跟他套近乎，送礼物，送美女，甚至送一些厉害的护卫。

贵族们心里都清楚，以基恩的年纪，恐怕今后百年，他们的家族都要受到基恩这个未来城主的制约，自然要和基恩搞好关系。

"不多。"旁边的兰伯特却摇摇头。

詹尼和基恩都惊讶地看向兰伯特，林雷则坐在一边悠闲地喝茶。

"兰伯特爷爷，这还不多？"詹尼惊呼。

兰伯特说道："小姐、少爷，这些礼物加起来也就价值数十万金币，你们知道大夫人的财产有多少吗？据我估计，应该有上千万金币！"

"上千万金币！"詹尼和基恩大吃一惊。

他们自小生活在乡下，什么时候见过如此巨大的财富啊？而兰伯特一直追随他们的母亲，当年也住在城主的城堡中，对许多事情都很了解。

"很正常，管理数百万人这么多年，以大夫人的贪婪，没有一千万金币才怪。只可惜，我们一直找不到大夫人的魔晶卡，就算找到，恐怕那些魔晶卡上面也有大夫人的指纹，我们根本取不出金币。"兰伯特无奈地说道。

四国金行的规定完全是对四国金行本身有利的。魔晶卡录下指纹后，只能供录指纹的人使用。外人就算夺了去，也一点儿用处都没有。

当然，拥有魔晶卡的人可以前往四国金行，将自己的财产转给别人。可是，拥有魔晶卡的人如果暴毙，没有进行财产转让，那这份财产将被四国金行吞没。

但四国金行这么干也是没办法的事。在外发行的魔晶卡中的金币数额加起来，超过了四国金行本身储藏的金币的十倍。

不过，许多巨富家里起码有一亿金币，谁会去金行取出一亿金币？即便取出来，恐怕运输都很困难。这也是四国金行敢发行这么多魔晶卡的原因之一。

当然，四国金行不敢滥发魔晶卡，因为这是四国统一管理的，而且背后有武神奥布莱恩和那位寿命最长的人类强者大圣司掌控，没人敢乱来。

"一千万金币啊，就这么没了！"基恩痛苦地说道。

他真的很心疼这笔巨款。

"少爷，当城主可不是单单搜刮财富，还需要支付城卫军薪酬，还有改造城池等都是要花钱的。"兰伯特又说道。

基恩闻言一怔。

"啊，当城主还要花钱啊？"

他可不知道这么多。

"所以我说这几十万金币算不了什么，还好，赤尔郡城中有个固定的库藏，库藏中应该有不少钱财。"兰伯特说道。

基恩捂着脑袋："啊！当城主好像很复杂啊！"

"姐姐，"基恩求助地看着詹尼，"你可一定要帮我啊！"

詹尼点点头："基恩，你放心，我一定会帮你的。"

此刻，基恩、詹尼、兰伯特都不知道，他们在为金钱烦恼时，旁边坐着喝茶的林雷拥有一个王族数千年来积累的财富。林雷拥有如此惊人的财富，恐怕管理西北行省上千年的贾克斯家族也难以企及，毕竟贾克斯家族再怎么会捞钱，也不及王国的王族捞钱厉害。

"詹尼，基恩。"林雷忽然开口了，"你们继续待在这里，我先去修炼了。"

詹尼和基恩都看向林雷。

基恩笑呵呵地说道："雷大哥，今晚可别修炼过头了，一定要记得回来吃晚餐，今天……我姐姐可要亲自下厨呢。"

詹尼立即脸红了。

自从上次在宴会上基恩公开说林雷是詹尼的未婚夫后，赤尔郡城的众多贵族真的信了，连不少仆人都信了。之后每次见到林雷，詹尼都忍不住害羞。

"对了……"

林雷笑着一挥手，只见大厅的地面上突然出现了四个大木箱，大木箱是打开的，里面存放着各种艺术品、珍贵的魔晶核以及一些罕见的珍贵物品。

"这是什么？"詹尼和基恩都蒙了。

"这是霍尔墨家族的财产，这四个大木箱中的物品的价值我不清楚，估计价值上百万吧。还有这些……"林雷说着，取出了八张魔晶卡，"这是霍尔墨家族的不记名魔晶卡，一共八张，每张应该都有一百万金币的固定额度。"

林雷当初听到威德夫人三兄妹所说，才知道这些魔晶卡的额度。

"这、这……"詹尼等人都惊讶地看着林雷。

"这些加起来价值近千万金币了吧。有了这些，你们管理赤尔郡城就不用紧巴巴了。好了，我修炼去了。"

他随手将八张魔晶卡扔到木箱内，转头便离开了。

詹尼、基恩、兰伯特看了看四个大木箱，还有那八张花纹繁复的魔晶卡，一时间都不知道该说什么好。

"姐姐。"基恩看向詹尼。

詹尼一怔，而后说道："当初，我请雷大哥保护我们，还说给他一万金币当酬劳的。这……"

这姐弟俩不知该如何是好了，花费一万金币请雷大哥保护他们，可雷大哥只收了一个金币，现在竟然还将价值近千万金币的物品随手送给了他们。

这是一笔多么可观的财富啊！

当年，芬莱王国的德布斯家族极为鼎盛，家产也就近亿金币，经过走私事件后，家产衰减到只有千万金币。即使如此，依旧是芬莱王国中的一个大家族。

"小姐、少爷，这位雷先生真的很不一般啊！"兰伯特郑重地说道。

詹尼和基恩都点了点头。

雷大哥随手就能送出价值近千万金币的物品，怎么可能是一般人？

"刚才雷先生挥手间，四个大木箱便出现了。如果我预料得没错，雷先生拥有一枚传说中的空间戒指。"

"空间戒指？"詹尼和基恩这是第一次听说。

兰伯特点点头，说道："是的，空间戒指是无价之宝，在玉兰大陆上可是地位和实力的象征。单单一枚空间戒指，传说就有人报价数亿金币，可是还没听说过谁卖掉了空间戒指。"

"数亿金币？"詹尼和基恩完全傻眼了。

数亿金币如果堆积在眼前，那是什么情景？如此巨大的财富，这姐弟俩想都不敢想。

"整个西北行省，只有贾克斯家族的那位传奇族长拥有一枚空间戒指。"

兰伯特在赤尔郡城待了很多年，对于贾克斯家族的一些事情有所了解。

"你说的是……麦克肯希祖爷爷？"基恩立即问道。

贾克斯家族最引以为傲的就是第一代族长贾克斯和传奇族长麦克肯希·贾克斯。

当年，贾克斯还只是一个普通的平民，他参军后，一路高升，并且为奥布莱恩帝国立下过大功，最终建立了奥布莱恩帝国的一个新军团——贾克斯军团。

军团以贾克斯的名字命名，而后更是有了贾克斯家族，当代皇帝更是让贾克斯来管理西北行省，其恩宠由此可知。

不过，第一代族长出名在于带兵方面，至于其个人实力，临死前，也只是八级战士。

而麦克肯希·贾克斯是家族的骄傲，五十多年前，麦克肯希终于在两百岁之前达到了圣域境界，成为圣域级强者！

一个家族中出现一名圣域级强者极为难得，只要这名圣域级强者不死，而且这个家族不造反，那么这个家族的地位将不会衰退。

"麦克肯希祖爷爷有一枚空间戒指！"基恩惊讶地说道。

"是的，还是当年皇帝陛下赏赐给他的。"兰伯特感慨道，"贾克斯家族一直引以为傲，要知道，就连玉兰大陆一些王国的国王也没几个拥有空间戒指。"

基恩和詹尼这下子明白空间戒指是多么珍贵了。

"可是我没想到，雷先生竟然也拥有一枚空间戒指。怪不得，怪不得他不将价值近千万金币的物品放在眼里。"

"是啊！我即将继任城主之位，还以为自己的地位很高了，到时可以给雷大哥一个大官当当。现在看来，雷大哥他根本不会放在眼里……"基恩说道。

对于普通的百姓而言，一个郡城的城主地位已经算是天一般高了，可是对于林雷这种强者而言，这根本算不了什么。

第 190 章

大地

　　一个月后，贾克斯家族族长的命令传了过来——基恩即刻继任赤尔郡城城主之位，在基恩未成年期间，他的姐姐詹尼辅佐其处理赤尔郡城的事务。

　　"雷大哥，你要走？"

　　詹尼、基恩、兰伯特三人都惊讶地看着林雷。

　　基恩继任了城主之位，詹尼负责辅佐，如今正是这对姐弟最开心的时刻，他们正想好好报答林雷呢，没承想，林雷竟然说要离开赤尔郡城。

　　"雷大哥。"詹尼的眼睛都红了。

　　林雷背着黑钰重剑，肩膀上站着贝贝，旁边便是黑纹云豹，他淡笑着道："在赤尔郡城这种繁杂的环境中，我的修炼受到了一定的影响。我并不是要远离这里，只是去城外的一座幽静的山谷中安静修炼一段时间。"

　　对于林雷而言，最重要的事情是修炼，特别是如今他处于不断进步的状态，还没有遇到瓶颈，就应该更加努力地修炼。

　　巴鲁克家族中的龙血战士便有苦修数十年达到圣域境界之后，再名扬天下的事迹。

　　高手必须耐得住寂寞。

　　"哦！"詹尼和基恩暗松一口气。

"好了，有时间的话，我或许会回来看看你们。我能够帮助你们的也就这么多了，以后就要靠你们自己了。"林雷笑着说道。

　　看到詹尼和基恩这对姐弟，林雷有时候会想到自己和沃顿，如今他们都没有了父母。

　　"也不知道沃顿现在怎么样了，等领悟了势上面的一层，我便出发去奥布莱恩行省找他。"林雷心中暗道。

　　林雷很清楚，沃顿在奥布莱恩学院学习，这个时候自己最好不要去打搅他，而且，人只有靠自己的时候成长的速度才会更快。

　　如果他到了沃顿身边，反而会妨碍沃顿的成长，但是他实在是想念沃顿，很想去见沃顿一面。

　　赤尔郡城东方有一座青色山脉，在青色山脉中一个不起眼的山谷里，林雷搭建了一座木屋，开始修炼。

　　山谷里有青绿色的草坪，草坪前还有一汪湖水。

　　夜晚，林雷盘膝坐在湖岸的草坪上，闭着眼睛，静静地感悟自然，他的旁边有篝火燃烧着，火光映得他的脸明暗不定。

　　林雷能感受到大地的厚重，感受到风的飘逸，感受到水的流动，感受到火的激烈……

　　身为一名地系、风系元素亲和力都超等的魔法师，林雷在感悟自然方面有着超乎一般战士的极大优势。

　　这也是巴鲁克家族那位使用重锤的先辈达到了圣域境界，却只是达到举重若轻境界的原因，战士比魔法师更难融入自然。

　　"举重若轻中奔雷这一招爆发力量时，就如同火山爆发一般，而所谓的势，便是天地和地、火、水、风的势，不过……"

　　静心许久后，林雷忽然明白了。

　　"势，仅仅是势，借助的是周围天地的力量，而超越势的层次包罗万象，应该是我现在最适合追求的那条道路。"

林雷陡然睁开了眼睛，眼睛犹如天空中的星辰一般璀璨。

"不同的武器，走的道路不一样。重剑势大力沉，而我的重剑自然不是靠锋利取胜，而是靠厚重以及无可匹敌的攻击力取胜。"

林雷模糊地感悟到，黑钰重剑的使用方法和大地法则有着共通之处。

"大地的厚重，大地的无边，大地的沉稳……"林雷手持黑钰重剑，心却完全跟大地的脉动契合了。

大地有其独特的脉动，那种震撼心灵的独特的脉动节奏，一般只有对大地的感悟达到极高程度的人才能感应到。

他站了起来，开始挥舞黑钰重剑，整个人无论是步伐还是使剑的动作，都进入了一种独特的节奏。那是一种让人心悸的节奏。

"呼！"

林雷挥舞着黑钰重剑，给人的感觉宛如和大地融合为一了，甚至单单看他练剑，就能够感受到一种来自大地的厚重感。

"砰！砰！砰！"

林雷的黑钰重剑突然刺向天空，只听得数道气爆声连续响起。

单单对着空间直刺，竟然产生了数道气爆声，这简直不可思议。毕竟武器的速度再快，引起一道气爆声就不错了，引起几道气爆声，几乎是不可能的事情。

"嗯？"林雷顿时眼睛一亮。

可是，他一分心，便立即从刚才那种美妙的感觉中脱离了出来。

"刚才是怎么回事？我并没有使用斗气，可是，这股力量为什么可以分成有节奏的数次，而后接连攻击出去。"

林雷思考起来。

修炼的时候，可能在某个时刻会突然进入一种特殊的状态中，产生极为惊人的效果。可是，如果不完全领悟，那也不可能将其信手拈来。

他要做的就是不断地思考，不断地修炼，将一切都完美地掌握。

天空一片蔚蓝，清澈得无一丝杂质，几朵白云飘荡在空中，林雷居住的山谷十分幽静。

风吹，湖水动。

林雷这时候没有在修炼，而是在山谷前的湖边垂钓。人不能一直在修炼，如果总是那样，效果反而会不好。

想钓鱼就钓鱼，想睡觉就睡觉，心契合天地、完全附和自然，这样一来，再次修炼的时候，效率将会更高。

"雷大哥。"山谷外传来欢快的声音。

林雷转头看去，只见詹尼骑着骏马，她的身后跟着两名侍女。那两名侍女明显也有不错的身手，骑马的矫健动作绝对比得上正规的骑士。

"詹尼。"林雷放下鱼竿，站起来。

此时，贝贝和黑鲁都不在，这两只魔兽已经进入深山，去猎野兽了。林雷所在的这座山脉中大多是普通的野兽，魔兽极少。

"雷大哥，这是我为你准备的一些饭菜。"詹尼从马背上取下一个包裹，包裹系得严严实实的，"你在这荒凉的山谷里，肯定吃得不怎么好。来，雷大哥，好好尝尝。"

詹尼将包裹一层层解开，里面是铁质的盒子，铁盒子里装着各式各样的菜肴，还有米饭。

林雷嗅了一下。

"嗯，真的很香。"他笑着说道。

詹尼又脸红了。

林雷看着詹尼，心中暗叹："詹尼，你的心思我怎么会看不出来？你无论样貌还是性格，都是绝顶。可是经历了那么多事情，我已经很难向别人敞开心扉了。我现在根本不想考虑感情的事，只想好好修炼。"

这个时候，他的脑海中闪过一个场景——他的父亲死后，众多贵族齐聚乌山镇。那天深夜，迪莉娅跑来见他，告诉他，她要回玉兰帝国了。离别前一刻，她吻了他。

　　除了艾丽斯，林雷只对这位在恩斯特魔法学院一年级时就认识的女孩有点感情，特别是迪莉娅几次对他真诚地告白。虽然他一直没有承认，但是迪莉娅的影子已经印入他的脑海中。

　　"雷大哥，快吃啊！"旁边的詹尼期待地看着他。

　　"嗯，我得和詹尼说清楚，不能让她浪费自己的青春。"林雷想着，当即大口吃了起来，边吃边夸赞，"果然不错，味道很好。"

　　听到林雷的夸赞，詹尼心里美滋滋的。

　　"詹尼，以后你就不用过来了，我修炼的时候，不喜欢别人打扰我。"林雷对詹尼说道。

　　詹尼一怔。

　　"哦！"她应了一声，而后挤出一抹笑容，"那雷大哥以后有时间的话，可以回城堡看看我们。"

　　"嗯。"林雷只能应道。

　　修炼的日子过得很快，转眼，林雷在山谷中待了近一个月，在领悟黑钰重剑方面也渐渐摸清了套路。

　　只要坚持下去，估计只需花费几年时间，林雷就可以达到一个超越势的新层次。

　　赤尔郡城，一个幽静的酒馆中。

　　酒馆内灯光幽暗，装修的主色调也偏暗，餐桌的摆放很有规律，彼此之间用屏风隔着。

　　这里很宁静，也很有格调，林雷来过一次就喜欢上了这里。

　　不过，这里的消费比较高。

　　在修炼之余，一般过个七八天，林雷就会到这个幽静的酒馆中喝喝酒，听听音乐，时而还能听到一些来自天南地北的客人的闲聊。

"快七月了，沃顿这学期应该结束了。"林雷暗自想着。

此时，酒馆中还是有不少客人的，客人们聊天时自觉地降低了音量。不过，林雷仔细听的话，每一个客人的聊天内容都能听得一清二楚。

忽然，一则对话引起了林雷的注意。

"你们听说了吗？帝都中冒出了一个超级天才，名唤沃顿，年纪尚轻。"

林雷侧边的餐桌旁坐着三个中年人，他们正谈论着奥布莱恩帝国的超级天才——沃顿。

"沃顿？"

林雷的注意力立即集中了。

进入奥布莱恩帝国这么久，他还没有听说过有关沃顿的信息。

"你说的是今年奥布莱恩学院年级赛中脱颖而出的那个超级天才？"旁边的秃头男子眼睛一亮，"这我也听说过，奥布莱恩学院七年级的年级赛非常受关注，甚至有达到八级战士的学员参加。"

奥布莱恩学院作为玉兰大陆第一战士学院，更是添设了七年级。达到七级战士，才能入七年级。而七级战士实际上能够毕业了，不过，不少七级战士还是留在学院中，甚至有极个别达到八级战士的学员都不急着毕业。

"秃鹰，你也知道这个消息啊！那个沃顿真是厉害啊！啧啧。"一开始说话的碧发中年人感叹道，"他年仅轻轻，过去从来没有参加过年级赛，这一次参加七年级的年级赛，他竟然击败了八级战士，成为七年级年级赛第一名。"

"什么？他击败了八级战士，真的假的？"一直旁听的肥胖男子震惊了。

秃头男子瞪了他一眼，说道："当然是真的，我可是亲眼观看了那场年级赛。你是不知道，那个沃顿身高两米二，极为强壮，单单他的身体就给人一种恐怖的压迫感。他的武器是一柄巨型战刀，他手持巨型战刀，竟然越级击败了八级战士，成为年级赛第一名。

"听别人说，沃顿现在就击败了八级战士，估计用不了多久就能达到八级战士的境界。当年，天才剑圣奥利维亚三十岁时就达到了九级境界，论天赋，沃顿竟然和奥利维亚差不多。"

碧发男子赞叹道："帝都很久没出现过像奥利维亚这样的天才了。沃顿甚至被公认是奥布莱恩学院第一天才，还被皇帝陛下赐予了伯爵爵位呢！"

第191章
红衣大主廷

　　肥胖男子疑惑地说道："照你们俩的说法，这个沃顿可是很了不得的，这样的人物应该早就出名了才对，为什么之前从来没听人提起过他？"

　　秃头男子点点头，说道："这个问题我当初也疑惑得很，而后找人询问了一番，原来沃顿这么多年都在奥布莱恩学院学习，没有参加过任何比赛，也不跟高手对战，所以一点儿名气也没有。"

　　"他有很强的实力，竟然不展示。"碧发男子和肥胖男子都感叹起来。

　　"别提过去了。"秃头男子笑着说道，"他在这一次奥布莱恩学院举办的七年级年级赛中脱颖而出，以后肯定会更加耀眼的。"

　　林雷品着美酒，脸上浮现出了笑容。

　　"沃顿身高两米二了，那可是比我还高了。"

　　沃顿离开乌山镇的时候还很小，那时候的小沃顿还有虎牙，极为可爱。转眼，十几年过去了。

　　"沃顿！"林雷心中升腾起温暖的感觉。

　　"沃顿体内的龙血战士血脉浓度比我还要高，战士天赋也比我强，他年纪轻轻就击败了八级战士，估计他在两三年前就达到七级战士的境界了。"

　　林雷猜测得一点儿也没错。

当年，年纪很小的沃顿跟着管家希里一路跋涉，终于到了奥布莱恩学院，以沃顿的天赋，自然轻易地进入了奥布莱恩学院。

不过，管家希里知道巴鲁克家族位于神圣同盟管辖范围内，所以他一直让沃顿隐藏实力。如果沃顿锋芒毕露，恐怕以后就算毕业了，奥布莱恩学院也不会轻易放他回家。

沃顿一直谨遵管家希里的嘱咐，小时候不小心暴露了一点儿实力，可年纪尚小，没有受到别人的关注，当他懂事后，自然就懂得收敛了。常年苦修，特别是在第一战士强国的奥布莱恩学院中，他的修炼效率极高。

沃顿十几岁的时候，希尔曼受林雷之托赶去奥布莱恩学院。而当他抵达帝都时，毁灭之日早就来临了。皇族等上等贵族通过帝国的特殊传信系统早就得知了这个消息，奥布莱恩学院可是帝国的精英学院，自然也很早就得知了这个消息。

希尔曼抵达帝都的时候，沃顿已经知晓毁灭之日的事了。

希尔曼将霍格死去的消息，还有林雷决定复仇的消息，告诉了沃顿。

沃顿一下子蒙了，他完全不知道该怎么办。

有希尔曼、希里在身边，加上林雷让希尔曼带来了战刀屠戮，沃顿决定担负起家族的重任。只是他很担心哥哥林雷的安危，不知道林雷到底怎么样了。

神圣同盟和奥布莱恩帝国离得太远了，路上就要花费一年时间。幸亏后来道森商会的人找到了沃顿，送了密信给沃顿。

那封密信正是耶鲁所写，信中详细讲述了林雷和光明圣廷以及克莱德的恩怨，还告诉沃顿，林雷没事，只是独自开始了苦修之旅。

沃顿得知这个消息后，松了一口气。

他为自己的大哥骄傲，同时决心更加努力，以后和大哥一同携手前行。过去的他就很努力了，而后面的三年他更加刻苦。

十五岁那年，他就达到了七级战士的境界。几年后，他使用战刀屠戮时发现自己的刀法境界有所成，决定参加年级赛。就是这一次年级赛，他一鸣惊人，一时间成了帝都最耀眼的新星。皇帝陛下还赐予了他伯爵爵位。

林雷坐在酒馆的旮旯里，心情前所未有的愉悦。

"老大，沃顿就是你弟弟吧？"贝贝蜷缩在椅子上，乌溜溜的眼睛看着林雷。

林雷笑着点了点头。

"那个小屁孩都能够打败八级战士了。"贝贝惊叹起来，"老大，你弟弟也能够变成龙血战士吧？"

"那是当然。"林雷很是自豪，"贝贝，我是通过喝棘背铁甲龙的血引动体内的龙血战士血脉的。而我弟弟体内的龙血战士血脉浓度比我高得多，他可以直接成为龙血战士，不过他的龙化和我是不同的。"

林雷还记得家族书籍中关于龙血战士的记载。龙血战士体内的血脉浓度足够高，修炼《龙血秘典》上的绝学后，能直接龙化成龙血战士，正常的形态是身上有着青色龙鳞、青色龙尾，额头有着龙角，而林雷龙化后的形态是全身有着黑色龙鳞，额头、背部、肘部、膝盖等处都有黑色尖刺，龙尾也是黑色的。

"给每人来一瓶翡翠绿。"一道林雷熟悉的声音在酒馆中响起。

"这是？"林雷如遭雷电劈中，身体僵硬片刻，而后立即灵魂传音给贝贝，"贝贝，你快到我这边来，不要冒出头来。"

林雷将贝贝放在自己内侧的椅子上。

这酒馆环境很是昏暗，而且每个桌子都用屏风隔离开来，林雷几乎被屏风给挡住了，那个熟人根本看不到他。

林雷转过头去，眯着眼睛，看了过去。

来人有着胖胖的身躯，笑起来，眼睛都快眯成一条线了。

"果然是他！"林雷立即转回头，"红衣大主廷兰普森！他怎么会出现在奥布莱恩帝国？还有，他旁边的几个人实力都不弱，其中一个正是当初在光明神殿最高层和海廷斯一同布阵的苦修者，那人也是九级强者。"

单单兰普森和那苦修者，就是两个九级强者了。

"其他人我都不认识，可是看那气息，他们应该比兰普森弱不了多少，说不定也是九级强者。"

想到这里，林雷心中大惊。

"赤尔郡城这个地方竟然出现了这么多光明圣廷的高手，难道、难道是……我的身份暴露了？"

林雷深知，像光明圣廷这种巨无霸的存在，在其他帝国中肯定有情报网，只是，他不清楚，情报网在这么一个小郡城中是否都很密集。

"老大，怎么回事？"贝贝被林雷命令躲在戒指里不准出来，很是疑惑。

林雷看向贝贝，嘴角有了一丝笑意，灵魂传音道："贝贝，光明圣廷的高手来了，应该有几个九级强者。"

"光明圣廷的高手？"贝贝大吃一惊。

"嗯。如果他们要动手，我就让他们都出不了赤尔郡城。"林雷冷冷地说道。

如今他的实力可比当初强得多，根本不用惧怕他们。

当他龙化的时候，完全达到九级巅峰，而且，他如今对于黑钰重剑的运用已经达到势的巅峰，也逐渐触及更高的层次。

林雷仔细聆听，显然光明圣廷的那几个人都没有发现他。

"为了这个家伙，我们都花费两年时间了。终于，再过十天，最多半个月，我们就可以回去了。"兰普森的声音很低沉。

他说话时也很小心，不透露任何可能泄露身份的内容。

"两年。"另外一个背对着林雷的黑袍男子摇头说道，"为了对付这个老家伙，我那几个好兄弟都丧命了。"

"只要抓住他，一切都值了。"兰普森说道。

听到这几个人的谈话，林雷眉头一皱。

"什么意思？"

他的确击毙过六名特级执事，可他不算是老家伙吧。

"不对，他们要对付的是一个老家伙，还说他们要回去了……"

林雷略一思忖就明白了，这些人来到这里，是为了对付另外一个人。

他很是好奇，到底是什么人值得光明圣廷的高手花费这么大的力气。

"老家伙，看什么看！"其中一个黑袍男子呵斥。

"嚣张什么？"一个苍老的声音响起，"如果不是你们以多欺少，还用那等手段，我会落到你们手上？真是做梦！"

林雷眉毛一挑。

看来，这个老者就是光明圣廷极为重视的人。

"就算是对付我，光明圣廷也没有专门派大量高手到其他国家追杀我，而对这个老者如此大动干戈，这个老者到底是什么人？"林雷心中暗想。

"不管怎么样，也不管这个老者是谁，我是肯定要救他的。"林雷冷笑一声，"破坏光明圣廷的重要计划，能够让我心里稍微舒服一点儿。"

要将光明圣廷连根拔起太难了，现在只能一步步来。

过了一个小时左右，兰普森等人终于带着老者离开了酒馆，从头到尾，兰普森一行人都没有看到屏风后面的林雷。

林雷从屏风后面走了出来。

"贝贝，我们走。"他随手扔了几个金币给老板，立即带着贝贝从酒馆中悄然出去，尾随兰普森一行人。

如今林雷对于势的领悟已经达到了巅峰。单单靠着对势的领悟，他就可以脚踏水面而不沉，这是一般的九级强者做不到的。

这是境界之间的差距，而不是仅仅靠斗气强、力量强就能够做到的。

走在路上，只要别人看不到林雷，绝对感觉不到后面其实是有人的。

跟在兰普森一行人的身后，林雷终于看清了对方的人。

"光明圣廷一方有六个人，外加一个被押解的神秘老者。"

林雷此刻有种感觉，光明圣廷一方的六个人都是九级强者。

六个九级强者押解一个老者，而且还是红衣大主廷兰普森亲自带队。

听他们的谈话内容，兰普森等人为了抓住老者，花费了两年的时间，而且过程中折损了不少人。

"这老者到底是什么来头？"林雷从后方略微注意到了老者的模样。

老者极为消瘦，白眉长得竟然垂到了胸前。最重要的是，老者的双手戴着一副镣铐，有一块布蒙在镣铐上，一般人不仔细看根本注意不到。林雷尾随了很久，偶然看到那块布被风吹起，才看到布下方的镣铐。

"嗯？那是……"林雷第一次看到这个传说中的工具，"禁魔手铐？"

书籍中记载，凡是被禁魔手铐拷着的人，体内的魔法力是无法使用的，所以再强的魔法师也会如普通人一样。禁魔手铐极为罕见，这是林雷第一次见到。

林雷混在街道上的人群中，时而躲避，时而前移，飘逸得很，兰普森等人都没有发现他。

过了一会儿，兰普森等人来到了一条巷子中，在一座两层小楼的宅院前停下来，其中一个黑袍男子敲了敲门。

"大人，"宅院的门打开，出来的中年人恭敬地说道，"一切都准备好了，诸位大人请进来歇息吧。"

兰普森等人点了点头。

"科萨特斯，你们两兄弟先看着这个老家伙，过会儿我们来换班。"兰普森说道。

林雷心中暗惊："这老者戴着禁魔手铐，还被看押得这么严密，看来这老者身份真的不一般啊！"

他更加想要破坏光明圣廷的计划了。

第 192 章
赛斯勒

天渐渐暗了下来，林雷一直躲藏在宅院院墙下，等到现在，他也没有想到什么办法可以悄然接近神秘老者。

"根据他们在酒馆中的谈话内容，光明圣廷为了抓这个老者费了很大的功夫，应该还有一些强者被杀了。"林雷皱眉思索着，"这个老者起码是九级强者，不过，他应该不是圣域级强者。要对付一个圣域级强者很难，即使是众多九级强者联手，最多令圣域级强者落荒而逃，不太可能抓住圣域级强者。"

虽然林雷不是很清楚这个神秘老者的实力，但是按此情形来看，这个神秘老者无疑拥有能够对付几个九级强者的实力。

"光明圣廷费了这么大的劲才抓住神秘老者，这老者肯定很重要，那我就破坏光明圣廷的计划。"林雷目光冷厉，"只是，要对付这六个九级强者，让他们都出不了赤尔郡城，很有难度。"

如今林雷生活在赤尔郡城，他不想让自己的行踪泄露。

一旦出手，他就要将六个九级强者全部击毙。

"我和贝贝、黑鲁联手，对付三个九级强者，我有十足的把握，可要对付六个，那就要费点儿脑筋了。不过，我们可以先将老者救出来，让他和我们一起出手，把握更大。"

213

林雷对于禁魔手铐还是有所了解的。禁魔手铐本身的材质只能算是比较好，其珍贵之处在于那繁复又奇特的禁魔法阵。虽然禁魔手铐蕴含奇特的魔法力，比较结实，但是林雷有十足的把握可以将其破坏。

他并不急着行动，当即命令城外山谷中的黑鲁赶过来。

人类和其收服的魔兽有着灵魂联系，主人和魔兽的精神力越强，就可以在越广的范围内进行灵魂传音。比如林雷和贝贝在数百里范围内可以进行灵魂传音，可若是范围再广一点儿，那就不行了。

而一些比较弱的普通贵族子弟，使用灵魂契约魔法阵，和二级、三级的魔兽缔结契约的话，灵魂传音恐怕只能传数百米。

林雷和黑鲁可以在数百里范围内进行交流，可如果距离太远，也就无法进行灵魂传音了，只能勉强感应到彼此大概的方向。

夜幕降临，此刻是晚上九点左右。

林雷穿着一身黑色战士劲装和贝贝、黑鲁待在院墙外，静静地等待机会。

"贝贝、黑鲁，你们就待在这里，我到时灵魂传音让你们动手，你们再动手。"林雷吩咐道。

贝贝和黑鲁都点点头。

林雷当即脱掉上身的黑色衣服，而后全身立即浮现出黑色鳞甲，额头长出了黑色尖刺，背部也长出一连串尖刺。

那条龙尾悄悄地刺破了长裤。

林雷的瞳孔变成了暗金色。

"记住，等我的命令。"林雷对贝贝和黑鲁再次叮嘱后，当即脚一点，如同幽灵一般飘入了院落中。

领悟了势之后，林雷移动时完全可以不引起一丝风声。

这座宅院内的主建筑是两层小楼，两层小楼的右边还有三间屋子，而那神秘老者明显被关押在中间的屋子内，因为那间屋子外面站着两个黑袍男子。

林雷蹲伏在假山后，一动不动，静候时机。

"我就不信，你们能够一刻都不松懈。"林雷有着十足的耐心。

而此刻，那两个黑袍男子正低声谈论着。

"大哥，这一次任务完成后，我们可要好好地休息一段时间。这两年，我都快累死了，一直提心吊胆，不敢有丝毫放松。"其中一个黑袍男子感叹道。

"嗯，这一次九级苦修者死了两个，九级特级执事死了三个。我们十一人一起出手，加上用毒药，竟然还死了五个人，这个老家伙可真厉害。"

他们一直追杀这个老者。一得到老者的消息，他们就被光明圣廷派了出来。他们穿过奥布莱恩帝国，经过混乱之岭的四十八个公国，进入极东大草原地带，和神秘老者厮杀了数月，最终在混乱之岭的一个公国中抓住了老者。

只要抓住了这个老者，牺牲再多也是值得的。

回来的路上，他们都非常小心，唯恐被奥布莱恩帝国的强者发现。不过，已经过了大半路程，之后的途中都是一些小郡城，没有什么强者，也就没什么危险了。

兰普森一行人这才放松了一些。

"大哥，我去一下厕所。你在这里看着，我过一会儿就回来。"其中一个黑袍男子说道。

另外一个黑袍男子笑道："你不说还好，你一说，我也有点儿想去厕所了。你先去吧，过会儿我再去。"

他们虽然都放松了一些，但还是都不敢离开岗位。若是这老头逃掉，他们的罪责可就大了。

躲在假山后面的林雷看到其中一个黑袍男子离开了，心中大喜："只剩下一个了，击毙一个九级强者，我倒是有十足把握，只是，不能让他出声。"

林雷眼睛眯起，同时默念一个魔法——辅助魔法极速。

科萨特斯这个时候正站在房门外，警惕地观察周围。在一个郡城中，科萨特斯这个九级强者还是有十足信心的。

忽然，他的余光瞥到一道闪烁的光。

"什么东西？"科萨特斯立即转头看去。

一柄青黑色巨剑瞬间出现在他的视线中，令他感到惊恐的是，这柄青黑色巨剑竟然携着周围的空间向他压迫过来。

整个空间完全被封锁，彻底被封锁了！

科萨特斯想要大声地呼喊，却无法发出声音。即使能够发出声音，声音也不可能透过被封锁的空间传播出去。

他的眼睛瞪得滚圆，充满光明斗气的手掌直接朝青黑色巨剑拍去。

"砰！"

青黑色巨剑刺中他的手掌，他感觉自己拍击到的好像是奔腾的洪水，根本无法压制。

下一刻，他的手掌和手臂化为飞灰。

而后，青黑色巨剑直接拍击在他的胸膛上。

他只感觉到胸膛一震，仿佛听到什么碎裂的声音，随后就什么都不知道了。

转瞬，他便倒地身亡了。

这也没办法，龙化后的林雷是九级巅峰强者，又拥有黑钰重剑如此厉害的武器，同时在境界上达到了势的巅峰，他们二者不是一个层次的。

"赶快。"林雷轻轻地推开房门，看到一个白色长发、白色长眉的瘦弱老者盘膝坐在床上。

感应到有人进来，老者睁开眼睛，同时嘴里念叨："你们来干……"

可看到林雷，老者的话顿时戛然而止。

看到林雷龙血战士的模样，老者瞪大了眼睛，盯着林雷，压低声音问道："你是来自哪个异位面的龙人？"

"龙人？"林雷一怔。

难道有异位面的龙人和自己长得很像？

"你来干什么？"老者又低声问道。

"救你。"林雷手持黑钰重剑，"把你的手伸出来，我来破掉禁魔手铐。"

老者虽然疑惑林雷的身份，但还是老实地伸出了手。

林雷看着漆黑的禁魔手铐，手中的黑钰重剑直接挥劈而出。

举重若轻——奔雷！

黑钰重剑如同落叶一般轻轻地飘落在禁魔手铐的中央位置。

"砰"的一声，禁魔手铐中央裂开了好几条清晰的裂痕，甚至有裂痕直接裂开到了边缘位置。

老者只是双手微微一动，早就裂开的禁魔手铐断成两半。

"我可没让你救我，所以，我不欠你什么。"脸色苍白的老者站起来，对林雷冷然说道。

林雷看了他一眼，那暗金色的瞳孔却根本无法让他畏惧。

"你是不是和光明圣廷有仇怨？"林雷低声问道。

两人说话时声音都非常轻，此刻在那两层小楼中休息的兰普森等人根本听不到。

"仇怨？我和他们不死不休！"老者傲然说道。

"这就行了。"林雷淡然地说道，"我虽然不知道你的身份，但是我必须告诉你，今天晚上，光明圣廷的这些人都不可能活着离开，我不想暴露我的身份。"

"你的身份？"老者疑惑地说道，"你是来自哪个异位面的龙人？难道你是来自至高异位面地狱中的龙人？"

林雷看了他一眼："不是！"

老者诡异一笑："我先告诉你，我叫赛斯勒，九级亡灵大魔导师。你呢？"

林雷震惊了。

身为魔法师，他很清楚，而且德林·柯沃特跟他讲过，无论是地、火、水、风、雷电、光明、黑暗这七系中的哪一系魔法，威力都不如三种魔法，这三种魔法分别是光明廷皇擅长的大预言术，还有传说中玉兰帝国最强者大圣司的生命魔法，至于最后一种魔法，便是极为罕见的亡灵魔法。

在玉兰大陆中，会这三种魔法的人非常少。

当初林雷发现霍尔墨药师偷袭自己，因为霍尔墨药师是用毒气，林雷才询问对方是否是亡灵魔法师。如果是的话，林雷恐怕就舍不得下手了。

毕竟四大至高位面其实是四大至高神创建的。

四大至高神分别是命运至高神、生命至高神、死亡至高神、毁灭至高神。

命运至高神流传下来了大预言术。

生命至高神流传下来了生命魔法。

而死亡至高神流传下来了亡灵魔法。

正因为传自三大至高神，所以这三种魔法的威力都非常惊人。而毁灭至高神并没有流传下来魔法，信仰毁灭至高神的人都信奉自身的武力。比如武神奥布莱恩，他就是信仰毁灭至高神的。

"你竟然是亡灵大魔导师?!"林雷惊讶地说道。

"你呢?"赛斯勒看着林雷。

"我为什么要告诉你? 我也没让你告诉我啊!"林雷淡漠地说道。

赛斯勒顿时怔住了，一时间说不出话来。

而这时，去厕所的那个黑袍男子回来了。

"大哥，你到哪儿去了? "那黑袍男子见房间外面竟然没人，脸色一变，隔得老远就恼怒得大喊起来。

看守赛斯勒的任务太重要了，他的大哥竟然擅离职守，他如何不恼怒?

黑袍男子离得老远就大喊起来，不但将林雷和赛斯勒吓了一跳，还惊动了两层小楼中的四个九级强者。

"怎么回事，科萨特斯怎么不在？"兰普森直接推开房门，在二楼走廊上怒斥道。

这时，其他三个九级强者从各自的房间里走了出来。

赛斯勒房间中。

他听到大喊声，脸色一变，立即对旁边的林雷吩咐道："你击毙了一个九级强者，还剩下五个。其中三个交给我对付，你对付另外两个。别告诉我，你对付不了。"

对付三个九级强者，赛斯勒有足够的信心。

"你只要击毙一个就够了。"林雷淡然地说道。

同时，林雷静静地等待那些九级强者聚集到门外。等他们聚集到门外，贝贝和黑鲁就可以从他们后方攻击，而他和赛斯勒从他们前方攻击，两面夹攻，对方就更没机会逃跑了。

赛斯勒听林雷这么说，不由得冷笑道："你真是什么都敢吹嘘！"

"大哥！"那黑袍男子这时终于看到了科萨特斯的尸体，立即悲呼一声，同时他注意到了里面的两个人。

只听到几道风声，住在楼上的四个九级强者都跳了下来。

兰普森等人看到赛斯勒，又看到林雷，脸色大变。

"大家好，上一次交手不过瘾，这一次我们继续。"赛斯勒笑眯眯地看着眼前的五个九级强者。

"禁魔手铐断裂了！"其中一个满头银发的老者惊呼道。

而兰普森紧紧地盯着林雷。

"红衣大主廷兰普森，好久不见。"林雷手持黑钰重剑，目光扫过这群人。

林雷龙化后的恐怖模样，光明圣廷中的大多数高手都是知道的。

"林雷！"兰普森声音压得很低，表情越发阴沉。

"你就是击毙了我们六个好兄弟的林雷？"科萨特斯的弟弟，那个黑袍男子惊讶地看着林雷，"怎么可能？"

赛斯勒也惊讶地看着林雷。

看这些光明圣廷高手的反应，救他的这个龙人好像很厉害。

"你叫林雷？好像你的名气比我还大？"

林雷却冷冷地说道："别废话，准备动手。"

"我的人已经到了，随时可以动手。"赛斯勒得意地一笑，而后两个金色骷髅弓箭手出现在他的身后。

林雷心中一惊。

他听说过亡灵魔法中有亡灵召唤，可这是他第一次见到，这两个金色骷髅弓箭手的气势竟然丝毫不输九级强者。

"林雷，你好像很厉害，我们比一比，看谁击毙的九级强者多。"赛斯勒笑着说道。

与此同时，门口竟然出现了三个足有三米高、极为强壮的金毛僵尸，三个金毛僵尸的眼睛都是碧绿色的。

两个金色骷髅弓箭手，三个金毛僵尸，每一个都有堪比九级强者的实力。

这加起来，可就是五个九级强者了。

兰普森看了看赛斯勒，又看了看林雷，而后一咬牙，大声喝道："撤退，我们快走！"

他其实不想下这个命令。为了抓住赛斯勒，他们付出太多了。而且，一旦从赛斯勒那里得到亡灵魔法的修炼方法，光明圣廷就可以暗中培养出一批亡灵魔法师。

"贝贝、黑鲁，动手！"林雷灵魂传音。

"动手！"赛斯勒冷酷地喝道，同时继续默念魔法咒语。

金色骷髅弓箭手和金毛僵尸虽然都有堪比九级强者的实力，但是只能算是九级初期的实力。

赛斯勒还有两只最引以为豪的召唤生物呢。当初，他在亡灵界为了收服这两只召唤生物，可是费了很大的精力。

赛斯勒嘴唇不停地动着，默念着召唤咒语。那两只亡灵生物的召唤难度要比刚才的五个大得多。

"快走，尸龙要出现了。"

两名特级执事、两名苦修者、一名红衣大主廷疾速朝庭院外面逃去。

可就在这时——

"嗖！嗖！"两支金色利箭射向两名苦修者。

同一时刻，两道黑影从庭院外面突然冒出来。

"兰普森，你们一个都别想逃掉。"林雷冷冰冰的声音响起，同时整个人如同闪电一般斜着冲天而起。

林雷的速度真的很快，他达到九级巅峰状态，不仅拥有了棘背铁甲龙的速度优势，还有辅助魔法极速加持，再借助天地之势，他的速度远超那两名特级执事的速度，自然也超过红衣大主廷和两名苦修者了。

"嗷——"黑鲁不顾一切朝其中一名特级执事咬了过去。

那名特级执事惊恐地用剑狠狠地劈向黑鲁。

"啊！"那名特级执事直接毙命了，而他那全力击出的一剑竟然没有伤到黑鲁分毫。

"哼！"黑鲁很是不屑。

当初林雷达到了九级巅峰状态，靠着黑钰重剑都奈何不了黑鲁，最终靠着重力术和风之翔翼这两大魔法，才逼迫黑鲁臣服自己。

论防御，黑鲁比林雷还要强，只比贝贝差一点儿。

"扑哧！扑哧！"

贝贝在另外一名特级执事措手不及的时候，直接两爪子破除了对方的防御，而后一爪子插入对方的胸膛。

转瞬，这两只魔兽就击毙了两个九级强者。

"嗷——"黑鲁转头攻向旁边的苦修者。

那名苦修者顿时蒙了。

贝贝则攻向另外一名苦修者。

两名苦修者和兰普森都惊呆了。

他们都擅长光明系魔法，可是施展魔法需要时间，而能瞬间发出的魔法根本不可能抵挡住这种魔兽的攻击。

"兰普森！"林雷一声大吼，手持黑钰重剑，如同魔神一般。

林雷手持黑钰重剑直接劈了下去，其威力甚至令空间都震荡起来。

兰普森惊恐地发现，上方的空间宛如被封住了一般。

"林雷——"

临死前，兰普森想起第一次见到林雷的场景，那是在石雕《梦醒》的拍卖会上。当时林雷是一个阳光的天才少年，没想到，几年之后，他变得如此强大，今天更是来要他的命了。

"噗！"在兰普森不甘的眼神中，黑钰重剑直接劈在兰普森的身上。

这时，林雷领悟出的关于大地法则和黑钰重剑的使用方法竟然碰巧使用出来了。

原本就恐怖的力量透过黑钰重剑竟然直接传递到兰普森的身体中。

兰普森的身体震颤了一下，而后就软软地倒地了。他的身体表面没有一丝伤痕，不过，口、鼻、耳朵中都渗出了鲜血。

与此同时，贝贝和黑鲁击毙了另外两名苦修者。

这一次战斗的过程太巧了，赛斯勒召唤出的亡灵生物，再加上林雷的威慑力，竟然令兰普森等人落荒而逃。当他们要跳出院墙时，竟然毫无防备地遇到了贝贝和黑鲁这两只恐怖的魔兽，结果完全可以想象得到。

贝贝、黑鲁、林雷轻易地击毙了五个九级强者。如果加上一开始击毙的那个，刚好六个。

"嗷——"

这时，宅院中央的空间翻滚起来，出现了一条次元通道，一条黑色巨龙的脑袋从那次元通道中冒了出来。

亡灵生物——尸龙！

"这、这……"赛斯勒看着林雷和其旁边的两只魔兽，完全愣住了。

刚才他还那么高傲，还说让林雷解决两个九级强者，他来解决另外三个。可是他的亡灵生物一个都还没出现，林雷和其两只魔兽就击毙了对方的所有强者。

"赛斯勒先生，你这尸龙就不必召唤出来了吧！难道你想让它和贝贝，或者黑鲁，较量较量？"林雷淡然地说道。

赛斯勒干瘦的脸抽搐了一下，随后便让尸龙回亡灵界了。

"林雷，你的这两只魔兽的确厉害，不过我的尸龙也不差，而且我可不单单有尸龙，我还有一个老尸妖。"赛斯勒冷笑道，"只要亡灵界不灭，亡灵魔法师的秘密武器是无穷无尽的。"

林雷被这话给吓到了。

其实赛斯勒心里明白，从亡灵界中收服亡灵生物并不是那么容易的，必须一个个收服。比如当初为了收服那条尸龙，他可是损失了不少亡灵生物。

"赶快收拾一下庭院，别让光明圣廷的人发现这里的事情。"林雷说道。

赛斯勒当即命令他的亡灵生物动手清理庭院。

那两个金色骷髅弓箭手和三个金毛僵尸乖乖地去收拾那些尸体了，其效率非常高，很快，庭院中的尸体都消失不见了。

"林雷，"赛斯勒饶有兴趣地看着林雷，"听兰普森所说，你好像很出名，你能跟我说说你的事情吗？"

林雷瞥了赛斯勒一眼："闭嘴！安静点！"

赛斯勒盯着林雷那毫无感情的暗金色瞳孔，却笑了起来："看来，你和光明圣廷之间有很深的仇怨，是吗？"

"是又怎么样？"林雷这次认真答话了。

"什么仇？"赛斯勒立即问道。

"不死不休！"林雷声音低沉，如亡灵界的阴风一样让人的灵魂都发颤。

赛斯勒眼睛顿时亮了起来，兴奋地说道："哈哈！林雷，我看你也有点儿实力，要不这样，你来帮我，我们一同对付光明圣廷的人，怎么样？"

"我帮你？以你为主吗？"林雷看向赛斯勒。

赛斯勒不得不承认，被林雷的暗金色瞳孔盯着，心中真是有点不爽。

"不分主次，我们俩联手就是。"

赛斯勒身为亡灵魔法师，近战的实力较弱，而亡灵生物是需要一定时间才能召唤出来的。

林雷盯着赛斯勒，沉默许久。

"好，我答应你。"林雷终于发话了。

他不得不承认，跟这个亡灵魔法师合作，的确可以让自己一方的实力更强。

赛斯勒顿时大喜："哈哈，那太好了，我们两个联手，还怕什么？海廷斯，总有一天我要杀了你。林雷，你想解决光明圣廷中的哪个人？"

赛斯勒认为，林雷肯定是和光明圣廷的某个人有深仇大恨，才如此仇恨光明圣廷。

林雷摇摇头，说道："我要将光明圣廷连根拔起。"

赛斯勒被他的话震住了，而后大笑起来："哈哈，痛快！到时候我们一起灭了光明圣廷。"

林雷却一脸冷漠。

"走吧！"他带着贝贝和黑鲁直接朝外面走去。

"去哪儿？"赛斯勒立即跟了上去。

"你有目的地吗？"林雷问道。

"没有。"赛斯勒摇头。

林雷说道："那么，从今天起，你只管跟着我就行了。"

说完，他便带着贝贝和黑鲁消失在黑暗中。

赛斯勒一怔，自言自语："跟着这个林雷，似乎以后的日子会很精彩啊！"

八百多岁的九级亡灵大魔导师赛斯勒就这么跟着林雷离开了。

第 194 章

坦诚相见

今天夜空中没有星星，也没有月亮。

林雷、赛斯勒、黑鲁以及贝贝穿行在幽暗的小巷中，林雷此时恢复了人类形态。

"哧——"

林雷那条破烂的裤子直接被火焰烧成了灰烬，而他的手一翻，出现了一条新裤子，还有一件贴身的黑色短衫，他立即穿上。

"咦，这个叫林雷的小子比我想得还不一般啊！"赛斯勒盯着林雷，心中暗道。

看到刚才那一幕，赛斯勒就看出林雷拥有一枚空间戒指。

他也有一枚空间戒指。四百多年前，他在魔兽山脉中进行亡灵奴役的时候，看到一个不知道死了多久的白骨尸体撕裂大地跑了出来，那个白骨尸体的手指上正有一枚空间戒指。

赛斯勒当时欣喜若狂。他对周围环境打量了一番，猜测那个白骨尸体很可能是数千年前和魔兽厮杀，最终重伤，跌入峡谷中而亡的。只是，数千年后，这里的地形发生变化，峡谷完全合拢起来了。

他这个八百多岁的九级亡灵大魔导师拥有空间戒指很正常，可眼前的林雷年纪明显不大，这小子的空间戒指又是从哪里得来的？

"快走！"林雷穿好衣服，便低声说道。

“林雷，我可是对你越来越好奇了。”赛斯勒的笑容是那般阴森。

林雷撇了撇头，看了他一眼：“赛斯勒，你记住，以后没有得到我的允许，不许叫我的真名，你称呼我‘雷’就行了。”

赛斯勒眉毛一挑：“我明白，你是担心暴露身份。”

其实林雷在其他帝国中也小有名气，在石雕圈子中更出名，喜好石雕的人对他都非常佩服。他年纪轻轻就雕刻出了堪比石雕宗师水准的作品，石雕爱好者怎么可能不佩服他？可惜，赛斯勒这个老顽固对于石雕没什么兴趣。

两人一路疾行。

“我们去哪里？”赛斯勒保持高速前进，同时低声询问林雷。

“城外。”林雷平静地说道。

“可是，这不是走向城门的路啊？”赛斯勒疑惑地问道。

“出城就一定要从城门走出去吗？”林雷瞥了赛斯勒一眼。

赛斯勒一下子就明白了林雷的意思。

“可现在还没到晚上十点，城门没有关闭，我们可以从城门出去。”赛斯勒立即说道。

“光明圣廷在赤尔郡城中的势力我不清楚，说不定城门口就有光明圣廷的人。如果你走那里，很可能被他们认出来。要知道，今天你住进那座宅院，除了那六个来自光明圣廷总部的高手，还有其他人见过你。”林雷淡漠地说道。

赛斯勒点了点头。

他被押解过去的时候，那座宅院中的确有一群人，那群人明显是光明圣廷安插在赤尔郡城的人马。

原本还有侍者要服侍兰普森等人的，而兰普森等人非常小心，担心有敌方的人马混进来，便让所有侍者都离开了。

　

林雷和赛斯勒很快就跑到了高高的城墙前。

看到二十多米高的城墙，赛斯勒怔住了。

"我可过不去。"赛斯勒直接说道。

他虽然是九级亡灵大魔导师，但是身体素质只达到三级战士的水平，要跃过二十多米高的城墙，那是不可能的。

"黑鲁。"林雷看向旁边的黑纹云豹。

"嗷——"黑鲁冷冷地盯着赛斯勒。

"上黑鲁的背。"林雷吩咐道。

赛斯勒不再犹豫，直接翻身，跃上了黑鲁的背。

而站在黑鲁背上的贝贝挑衅地看了赛斯勒一眼。

赛斯勒却不敢跟这两只魔兽争斗。

刚才的战斗情景他都看到了，以他的眼力，自然能看出黑豹和黑色影鼠都是九级魔兽。他若是不召唤出亡灵，可不敢招惹九级魔兽。

"走！"

林雷脚一蹬，整个人如同离弦之箭一般直接飞向高空，一下子便飞了三十米高，轻而易举地跃过城墙，而后落到城墙之外。

"嗖！"黑鲁化为一道黑色幻影，快速跃过了二十多米高的城墙。

城墙外的杂乱草地上。

"呼，这只黑豹的速度可真快！"赛斯勒捂住胸口惊呼道，说着就要下去。

"别下来。"林雷立即说道，"黑鲁，我们快点儿回去。"

林雷直接为自己加持了极速辅助魔法。只见他如同一阵疾风快速地朝山谷的方向赶去，黑鲁则始终跟在他的身旁。

片刻后，赛斯勒和林雷来到了那个山谷中。

"从今天起，你就在这里生活。如果要出去，最好改变一下自己的容貌。"林雷淡然地说道。

赛斯勒看了看周围的景色，满意地点点头，说道："我喜欢幽静的环境，这里很适合我修炼。"

当天晚上，林雷便为赛斯勒建了一座木屋。

深夜，林雷在草地上盘膝静修的时候，发现赛斯勒的木屋中传出浓重的死灵气息。怪不得赛斯勒喜欢幽静的地方，在人多的地方，赛斯勒可不敢如此放肆地修炼。

"亡灵魔法。"林雷想起书中关于亡灵魔法的介绍，心中惊惧。

亡灵魔法师一般年纪越大，精神力越强，实力就越可怕，因为他们有足够的时间可以收服大量的亡灵生物。

"这一次在那宅院中，赛斯勒召唤的都是九级亡灵，恐怕还能召唤出大量中、低级亡灵。"

林雷可是听说过，一个九级亡灵大魔导师相当于一支恐怖的军队。九级亡灵大魔导师可以召唤出数十万亡灵来作战。此外，在战场上只要将敌方的人击毙，九级亡灵大魔导师还可以施展亡灵奴役，控制敌方死去战士的尸体，让那些尸体听从其命令，转而和敌方战斗。九级亡灵大魔导师控制的亡灵是越战越多的。当然，前提是九级亡灵大魔导师拥有足够的精神力。

"而且，听说九级亡灵大魔导师不单单可以召唤亡灵、奴役亡灵，还有一些奇特又阴险的亡灵魔法。"

亡灵魔法师最出名的攻击方式就是制造瘟疫。

历史上，曾因为一个亡灵魔法师，数千万人死于一场规模庞大的瘟疫。这也是当初林雷发现霍尔墨药师使用毒雾，就怀疑霍尔墨药师是亡灵魔法师的原因。

清晨，天刚蒙蒙亮。

赛斯勒收回亡灵界附在自己灵魂上的精神力，睁开眼睛，脸上露出一丝笑容："昨天真是我的幸运日。我不但重获了自由，还在亡灵界中收服了一名黑骑士队长。虽然损失了一个金毛僵尸，但是也值得了。"

金毛僵尸虽然也算是九级亡灵，但是和那名黑骑士队长相比要弱得多。那名黑骑士队长的实力可是和尸龙相近的，算是达到了九级巅峰。

如今，赛斯勒手下实力达到九级巅峰的亡灵生物有尸龙、老尸妖、黑骑士队长，此外，还拥有两个金色骷髅弓箭手和两个金毛僵尸。

三个九级巅峰的亡灵生物，四个九级的普通亡灵生物，这是赛斯勒目前手下最强的力量，而他手下的七八级亡灵生物更多。毕竟在亡灵界，一个高等亡灵可以奴役大量低等亡灵。比如，两个金色骷髅弓箭手可以控制五十多万骷髅大军。

黑骑士队长的手下有一些八级黑骑士。

所以，一个八百多岁的九级亡灵大魔导师相当于一支军队，这不是假话。

"嗯？"走出木屋，赛斯勒的眼睛一下子瞪得滚圆。

他看到林雷闭着眼睛，踏在湖面上，整个人如同羽毛一样，竟然完全没有下沉。

"这是？"赛斯勒极为震惊。

他很清楚，林雷并不是圣域级强者，龙化后，也只是九级巅峰强者，正常的人类形态实力恐怕更弱，可是林雷现在竟然好像没有重量一般站在湖面上。

"赛斯勒先生。"

林雷忽然睁开眼睛，脸上难得地露出一抹笑容。他在湖面上行走，如同在平地上行走一般，直接走到了岸上。

"我们也算是结盟了，我想知道光明圣廷的一些事情。"林雷径直说道。

赛斯勒笑了笑，点头，说道："你不问我，我也会告诉你的。对了，在这之前，我们是不是应该坦诚相见。我对于你，可是知晓得不多。"

"林雷，全名林雷·巴鲁克，二十四岁，龙血战士家族的子弟。圣域级之下的强者，应该没人是我的对手。"林雷淡漠地说道，声音铿锵有力。

九级巅峰的龙血战士可以算是圣域级之下无敌了，再加上黑钰重剑已经达到势的巅峰，最重要的是，林雷还是一个八级双系魔导师。有魔法加持，实力提升可是非常大的。

"龙血战士，怪不得。"赛斯勒此时才知道林雷不是什么龙人，忽然他瞪大了眼睛，"你说什么？你才二十四岁？"

"怎么？"林雷看着赛斯勒。

林雷很清楚，九级亡灵大魔导师是非常高傲的，如果不能完全折服他，那以后合作起来恐怕麻烦会很多。

"怎么可能？"赛斯勒有些惊讶，而后便笑了起来，"哈哈，和你不同，亡灵魔法师是年纪越大，越占优势。今年，我已经八百六十六岁了。"

赛斯勒自豪地说出了自己的年龄。

"林雷，你说你在圣域级之下的强者中无敌，我可不怎么相信。"赛斯勒淡然地说道，"我的亡灵大军加起来近百万，九级巅峰的亡灵更是有三个。"

这个时候，两人都想要强行压制住对方，其实这也是在合作之前告诉对方自己的真正实力，这样才能更好地合作。

"赛斯勒，"林雷冷漠地看了他一眼，"我承认，如果让我和你的亡灵大军斗，我是斗不过的，可是，我有两只达到九级巅峰的魔兽。忘记告诉你了，我不单单是龙血战士，还是八级双系魔导师，你的人海战术对我没用。"

赛斯勒完全怔住了。

二十四岁，林雷因为有着龙血战士血脉，龙化后达到九级巅峰，这还算正常。可是，他竟然还是八级双系魔导师，这就太可怕了。

毕竟魔法师最难修炼的是精神力，那是丝毫讨巧不得的。林雷才二十四岁，就拥有这么可怕的精神力，赛斯勒根本无法想象。

"才二十四岁，就是八级双系魔导师？"赛斯勒喃喃地说道，"这是历史上第一魔法天才吗？"

林雷二十岁时，成为七级双系魔法师，是玉兰大陆历史上的第二魔法天才。他如今二十四岁，成为八级双系魔导师，算得上是历史上第一魔法天才了。

"我成为八级亡灵魔导师时，好像是四百多岁。"

赛斯勒想到自己的年纪，顿时无话可说了。

第 195 章

光明圣廷的秘密

赛斯勒很清楚，一个年仅二十四岁的青年，实力就达到了如此可怕的地步，以后无疑会将他远远地甩在后面。

"我们算是了解彼此的事情了，你不是想要知道光明圣廷的事情吗？"赛斯勒脸上有着一抹自信。

对于光明圣廷的秘密，他恐怕不比光明圣廷的高层人士知道得少。

"说。"林雷立即认真聆听起来。

赛斯勒点了点头，说道："简单来说，光明圣廷的武力庞大，最底层的要数传导士、殿司、地区主廷、白衣圣司、红衣大主廷等人。此外，还有八大王牌骑士团，还有诸多厉害的神殿骑士，这些应该算是第二层武力。另外还有裁判所的人马，还有大量苦修者。"

听到这里，林雷沉默了，这一切他都知晓。

"除了这些表面上的力量，还有两股暗中的力量。"

赛斯勒的这句话立即引起了林雷的注意。

苦修者、裁判所等竟然只算是表面的力量。

"那两股暗中的力量都非常可怕，超过光明圣廷其他任何一股力量。第一股力量便是狂信者！"赛斯勒皱眉道，"狂信者很可怕，他们拥有诡异的力量，那种力量不是光明力量，我也说不清。"

林雷第一次听说狂信者的存在。

"第二股力量呢？"林雷立即追问。

赛斯勒表情严肃，说道："第二股力量才是整个光明圣廷最可怕的力量，这股力量不到最后关头，他们是不会使用的，这便是……降临的天使！"

"天使？"林雷心中一颤。

当年在恩斯特魔法学院，他在书中看过大量关于天使的介绍。

天使给林雷的印象就是非常强大。

"降临的天使因为受凡人的身体束缚，所以实力降低了，可是最弱的天使都是九级强者，很多都是圣域级别的。降临的天使们才是光明圣廷最可怕的力量。"赛斯勒感叹道。

林雷心中一阵发怵。

"赛斯勒，我在书中看过关于天使的描述，其中有提到厉害的天使拥有神一般的力量。如果光明圣廷中有不少厉害的天使，应该不像现在这样吧？"林雷问道。

赛斯勒摇摇头，说道："不，降临什么等级的天使，跟光明圣廷提供的附身身体有关。"

"附身身体？"林雷疑惑地看着赛斯勒。

"对，天使是无法撕裂空间直接降临的，只能使用特殊的方法，降临到一个人类的身体中。这个人类身体的强弱，决定了天使所能发挥的实力。"赛斯勒解释道。

"林雷，这个世界上虽然有九级战士，还有圣域级战士，但是如果他们没有了斗气，单纯靠身体可就要弱得多。正常的人类，单纯的肉身最强可以达到六级。"

林雷心中赞同。

"而天使降临到六级的肉身后，恐怕只能发挥出九级的实力，所以，光明圣廷需要七级的肉身，乃至于更强大的肉身。"赛斯勒笃定地说道。

"更强大的肉身？"林雷眉头一皱。

"虽然正常人类肉身的极限是六级，但是还是有一些天才的。他们从小就力大无穷，或者说是天生强壮得可怕。这些拥有特殊天赋的人的肉身极限可以达到七级，而七级的肉身足以让天使发挥出圣域级的力量。"

林雷听了赛斯勒的话，陷入了沉思。

因为他的曾爷爷当年单单肉身就修炼到了七级，只是后来曾爷爷在战争中去世了。过去林雷没有怀疑，现在却怀疑……

"曾爷爷的身体会不会被光明圣廷给弄走了？"林雷心中猜测。

其实四大终极战士的天赋都很高，单单肉身就可以修炼到很可怕的地步。

赛斯勒继续说道："这就使得光明圣廷在玉兰大陆上四处寻找强壮的身体，身体愈强壮，附身的天使就愈可怕。不过，这也没用，如今玉兰大陆可是有四大神级强者，面对神级强者，圣域级强者根本就是送死。"

"四大神级强者？"林雷惊讶地看向赛斯勒，看来赛斯勒也知道魔兽山脉那位强者的存在了。

赛斯勒见林雷很是惊讶，笑道："四大神级强者分别是人类的武神、大圣司，以及魔兽一方的黑暗之森王者，还有在毁灭之日现身的魔兽山脉王者。"

"林雷，我在进行亡灵传承的时候，得知神级强者单单身体的强壮程度就达到圣域级了。"赛斯勒肯定地说道。

神级强者的身体其实就是神体。他们有神格、神之力，外加神体，圣域级强者根本无法伤害他们。

"想要发挥神一般的实力，单单肉身就要达到圣域级，所以光明圣廷恐怕根本无法让神级的天使降临。即使那种高等级的天使降临，受附身身体的束缚，也发挥不出神一般的实力。"赛斯勒自信地说道。

亡灵传承非常玄奥，加上赛斯勒有八百多岁了，他知道的的确很多。

"神级强者！"林雷心中一阵赞叹。

玉兰大陆有四个达到神级巅峰的强者，任何一个都足以震慑玉兰大陆。毁灭之日开始的时候，帝林现身，使得光明圣廷和黑暗圣廷这两大势力都只得躲避其锋芒。

光明圣廷有降临的天使，数年来，和其不相上下的黑暗圣廷又岂会差？

这两大势力联合起来，都不敢惹魔兽山脉王者帝林，神级强者的震慑力可见一斑。

"不知道我何时能达到那个级别。"林雷心中对神级力量充满了渴望。

赛斯勒继续跟林雷传递许多关于光明圣廷的信息。

"光明圣廷最看重两件事情，一是寻找强壮的肉身，二是寻找纯洁的灵魂。"赛斯勒说道。

林雷闻言，脸色一变。

纯洁的灵魂？

他的母亲就是因为这个才去世的。

"据说光明圣廷信奉的光明之主只需要两样东西，一个是信仰之力，一个便是纯洁的灵魂。光明圣廷献祭的灵魂越纯洁，光明之主赐予的奖励就越多。"

林雷对于光明圣廷这个组织大概了解了。光明圣廷寻找纯洁的灵魂，是要献祭给光明之主，而寻找强壮的身体，则是为了让天使降临。

"林雷，在玉兰大陆上，各地都有光明圣廷的潜藏势力，毕竟它的影响力很可怕。"赛斯勒感叹道，"不过，在四大帝国，光明圣廷的影响力要小一些。而在混乱之岭，它的影响力却比较大。"

"混乱之岭？"林雷的脑海中立即浮现出了玉兰大陆的地图。

在奥布莱恩帝国的东方，有一块比奥布莱恩帝国面积还要大一些的领土，这块领土中央有一个庞大的森林——黑暗之森。

黑暗之森有数千里长，数千里宽，如此广的范围，占了这块领土的一半面积。它的北方便是十八公国，相当于奥布莱恩帝国一个行省的面积，而南方便是混乱之岭四十八公国。

混乱之岭的面积差不多有奥布莱恩帝国领土面积的一半，它应该算是整个玉兰大陆上最混乱的地方，在那里，四十八公国常年征战。

"光明圣廷和黑暗圣廷是混乱之岭中最强大的两大势力。"赛斯勒说道。

在战争频繁的混乱之岭，在生死线上徘徊的人们的确需要信仰。

"好了，我说得口都干了，我们吃点儿早餐吧。"赛斯勒笑道。

林雷和赛斯勒都有空间戒指，空间戒指中都藏有美酒。两人喝着美酒，吃着采摘的一些水果，商量着如何对付光明圣廷。

"对了，我想起一件事。"赛斯勒忽然说道。

"什么事？"林雷看着赛斯勒。

赛斯勒笑道："这次我被押解的途中，遇到了光明圣廷的另外一路人马，那路人马也押解着人。"

"什么人？是你这样的高手吗？"林雷追问。他希望是高手，毕竟大家都和光明圣廷有仇，聚集在一起，力量才会更强大。

"不，是两个很可爱的女孩。"赛斯勒摇摇头，"当初兰普森带领的这路人马和那路人马会合的时候，我见过那两个女孩。不得不说，那两个女孩纯洁得宛如天使。以我对灵魂的熟悉程度，我很确定那两个女孩的灵魂极为纯洁。"

亡灵魔法师的确算是各系魔法师中对灵魂最有研究的。

"不过，显然在光明圣廷的人眼中，我的重要性远远超过那两个女孩。兰普森等人带着我快速前进，那两个女孩被另外一路人马押解着，行进速度要慢得多。"赛斯勒说道。

"你的意思是？"林雷疑惑地看着赛斯勒。

赛斯勒笑道："我的意思是，我们去解救那两个女孩。毕竟那一路人马中没有什么高手，就连八级战士都只有一个。"

在赛斯勒和林雷的眼中，八级战士的确不算什么。

"你可是九级亡灵大魔导师，怎么会这么好心去救那两个女孩？"林雷感到不解。

赛斯勒淡淡一笑说道："破坏光明圣廷的好事，这是我最乐意做的。更何况，那对姐妹的灵魂如此纯洁，她们说不定能接受亡灵传承。"

亡灵传承的要求极高，这也是整个玉兰大陆的亡灵魔法师稀少的原因。灵魂是一个人的根本，连光明之主都需要纯洁的灵魂，由此可知，纯洁的灵魂是多么重要，而亡灵传承也需要这种纯洁的灵魂。

"你应该知道他们的前进路线吧？"林雷又问道。

赛斯勒点点头："他们前进的路线和兰普森等人押解我前进的路线一样，除非兰普森等人死去的消息被那路人马知道了，否则不可能临时改变路线。"

"那我们走吧。"林雷直接站起身来。

趴在草地上的贝贝和黑鲁也站了起来。

这两只魔兽都有些兴奋。魔兽本性好战，它们最是热爱战斗。

"现在就走？要这么急吗？"赛斯勒愕然，"我们将兰普森等人毁尸灭迹了，光明圣廷的人即使发现那宅院中没人，估计只会认为兰普森等人离开了，没那么快发现兰普森等人已经死了。他们就算发现兰普森等人死了，也没那么快将消息传递给押解两个女孩的那路人马。"

"不要存有侥幸心理，我们现在就按照你之前被押解的路线逆向前进。"林雷直接说道。

赛斯勒对林雷这个行动派没有任何办法，只能摇头苦叹，立即跟了上去。

第196章
姐妹花

早晨，空气清新。

罗斯金带着两名手下快速朝昨天给兰普森等人安排的宅院走去。

"这一次可要服侍好兰普森大人，只要兰普森大人说一句好话，我估计就能升职了。"罗斯金心中也有烦恼，"可惜，兰普森大人他们太谨慎了，连一个侍者也不准进入宅院。"

他心中想着，转眼就走到了宅院门前。

"怎么回事，门怎么没关？"

罗斯金眉头一皱，他深知兰普森等人有很重要的事情，是绝对不会不关门的。

步入宅院中，他发现那里异常的安静。

"大人？"罗斯金开口了。

可是，他的声音回荡在宅院中，却没有任何人回应。

"你们两个在下面搜，我去楼上看看。"

罗斯金感到不妙，立即朝二楼走去，他记得自己安排兰普森等人分别住在二楼的几个房间中。

二楼房间的门都是敞开的，罗斯金步入兰普森居住的房间，眉头皱了起来。

床铺很是凌乱，明显没有整理，床头还挂着外袍。

"不对。"

罗斯金立即步入其他人的房间，果然每一个房间中的床铺都没有整理，而且还有包裹放在桌上。他这个时候若是还看不出有问题，那就是脑子有问题了。

"兰普森大人连外袍都没来得及穿，其他大人的包裹也都没有带，难道发生了什么重要的事情，他们急急忙忙出去了？"罗斯金眉头紧蹙。

"大人！"下面传来一道惊呼声。

罗斯金脸色一变，立即冲向走廊，而后直接一跃而下，落到庭院中。

"怎么了？"他看向两个手下。

"大人，这里有血迹。"两个手下都指向庭院的墙壁。

当时，赛斯勒命令亡灵生物清理痕迹。亡灵生物几乎将所有痕迹，包括地面上的血迹都清理掉了。可是，当初黑鲁的利爪击毙一名特级执事时，血溅的范围太广了。那些亡灵生物即使仔细清理了，也还是有所遗漏。

"有血迹，而且大人们都不见了！"罗斯金看着宁静的宅院，心头好像压着巨石一样沉甸甸的，"这里发生过激烈的打斗。至于大人们，难道都追出去了？"

罗斯金可是很清楚那六位大人的实力，他不相信对方可以杀害六位大人。

他当即对身旁的两个手下吩咐道："你们立马出发，前往省城巴兹尔，将这里发生的事情向上面汇报。"

"是！"

罗斯金派出的两个手下还没有抵达省城巴兹尔，林雷一行人已经在半路上遇到了押解两个女孩的那路人马。

"是他们？"林雷、赛斯勒、贝贝、黑鲁躲在路旁的杂草丛中。

赛斯勒看着远处的马车和马车周围的四名骑士，点点头，说道："对，就是他们，那两个女孩应该被困在马车中。"

"马车中？"林雷眉头一皱，而后看向贝贝，"贝贝，我估计那马车中不仅有两个女孩，还有看守两个女孩的人。贝贝，你个头儿小，你的任务就是快速蹿到马车内，直接解决马车内看守的人。"

赛斯勒也说道："这路人马也是六个人，而且都是男人，马车中应该还有两个男人。"

"贝贝，听到了吗？解决马车内的两个男人。"林雷说着，抚摸了一下贝贝的小脑袋。

贝贝跳到林雷的肩膀上，身体直立起来，昂起小脑袋，自信地对着林雷吱吱直叫："老大，我什么时候让你失望过？"

林雷宠溺地笑笑。

"出发吧！"林雷下令。

贝贝立即严肃起来，小眼睛盯着远方的马车，而后悄悄地在杂草丛中前进，不停地朝马车靠近……

马车内，有着碧色长发的双胞胎姐妹的眼睛都有些红肿，她们正仇视着面前的两个男人。

"你们这些浑蛋！"其中一个眼睛略大的女孩骂道。

那两个男人却对视一笑，丝毫不在意。

"丽贝卡，别骂了，骂他们这些浑蛋根本就是浪费力气。我们这么多年忠于光明圣廷，祈求光明圣廷庇护我们，没想到，他们这么阴狠！"旁边女孩的眼中同样充满了恨意。

"姐姐。"丽贝卡忧伤地拉着自己姐姐的手。

丽贝卡和丽娜来自混乱之岭四十八公国中的一个小公国，她们和她们父母一样忠于光明之主。没承想，光明圣廷的人竟然杀了她们的父母，将她们掳走了。

父母死了，她们没有了家。

而她们的未来更是一片灰暗，看不到任何希望。

"父亲，母亲！"丽贝卡和丽娜想到父母，心就痛了起来。

这么多年来，虽然混乱之岭处于战乱中，但是父母一直保护着她们。

但这一次……

"丽娜，带着妹妹快逃！"她们的父亲死死地抱着一名七级强者，在生命的最后时刻，父亲以仅仅五级战士的实力，竟然将对方硬生生地拖住好一会儿。

可惜，光明圣廷派出的人马太强了。

"老天爷，救救我们吧！"丽娜心中大声呐喊，"只要能救下我们，让我们能够有机会复仇，我愿意付出一切，哪怕是我的灵魂。"

眼睁睁地看着父母死去，她们都想复仇。

"扑哧！"一道怪异的声音骤然响起。

丽娜和丽贝卡都惊异地抬头看去，只看到一道黑色影子闪过。

一直看守她们的两个男人的脑袋顿时垂了下来，显然已经丧命了。

"是谁？"姐妹俩愣了一会儿便惊喜起来。

她们知道有人来救她们了，她们四处查看，却看不到前来救她们的人。

"吱吱，吱吱——"下方传来声音。

姐妹俩低头看去，只见一只很可爱的黑色小老鼠身体直立着，还得意地昂起小脑袋，用爪子人模人样地摸了摸那几根胡须。

"这是？"姐妹俩都疑惑起来。

贝贝立即怒了，跳了起来，同时猛地挥舞小爪子。

只见两道黑色残影闪过。

"是它救了我们！"丽贝卡和丽娜这才恍然大悟。

贝贝击毙那两个男人时发出的声音很小，加上马车一直在赶路，外面的四名骑士都没有发现。

"啊！"忽然，外面传来惨叫声。

"嗷——"紧接着，恐怖的兽吼声响起。

丽贝卡和丽娜对视一眼，立即掀开马车的帘子。

驾着马车的车夫已经倒下了。

当她们看向其他四名骑士时，只看到几道紫色光芒闪烁，四名还没来得及出手的骑士几乎同时倒地身亡。

穿着黑色战士劲装的林雷背着黑钰重剑飞到了马车的前面。

"你们好，你们被解救了。"林雷笑着说道。

看着眼前强大的青年，丽贝卡和丽娜都有些发蒙。在她们看来，那些骑士都很厉害，可是在眼前的青年面前，那些骑士一点儿反抗力都没有。

"丽贝卡、丽娜，你们好。"一道苍老的声音响起。

这时，赛斯勒才从旁边的草丛中走了出来。

丽贝卡和丽娜看到赛斯勒那消瘦的身体，以及那长长的白色眉毛，立即欢呼起来："赛斯勒爷爷！"

她们和赛斯勒曾经被关押在一个地方，彼此是认识的。

"赛斯勒爷爷，这位大人是？"丽贝卡和丽娜都好奇地看着林雷。

忽然，她们注意到一只高大的黑豹靠近，那冰冷的双眸令她们惊恐起来。

九级巅峰魔兽的气息是很可怕的。

"别怕！黑鲁，别吓她们！"林雷呵斥一声。

"嗷——"黑鲁对林雷发出讨好的声音，立即低垂脑袋，靠在一边，不再去吓这对双胞胎姐妹了。

"丽贝卡、丽娜，这位是雷，他的实力可不比我弱。"赛斯勒笑道。

"真的？"丽贝卡和丽娜都惊讶地看向林雷。

不是她们小看林雷，而是当初她们和赛斯勒被关押在一起时，光明圣廷对赛斯勒太看重了，押送的人中甚至有红衣大主廷。赛斯勒还跟她们吹嘘过，说自己一人就可以灭了百万大军，只是后来被十几个九级强者围攻，一不小心才被俘虏的。

赛斯勒都这么强了，这人还不比赛斯勒弱，简直不可思议。

"赛斯勒爷爷，是那只可爱的小老鼠救了我们。"聊着聊着，丽贝卡和丽娜才想到一开始救了她们的小老鼠，当即回头朝贝贝看去。只见贝贝站在马车顶上，对她们咧嘴一笑，而后就蹿到了林雷的肩膀上。

"你说贝贝？这是雷收服的魔兽。"赛斯勒笑着介绍，而后看向林雷，"雷，我给你介绍一下这两个女孩，眼睛略大的是妹妹丽贝卡，另外一个是姐姐丽娜。"

林雷笑着点点头。

"赛斯勒，这两个女孩救下来了，是让她们回去，还是？"

在林雷看来，这两个女孩帮不了他们什么，她们的灵魂纯洁，并不代表实力强。

"赛斯勒爷爷，我们没地方去了。"丽娜立即慌了，恳求道，"赛斯勒爷爷，你就带着我们吧！我知道你会对付光明圣廷，我们也想为父母报仇。"

"赛斯勒爷爷，求求你了！"丽贝卡也恳求道。

赛斯勒本来就计划带着这两个女孩，而且他想让这对双胞胎姐妹当亡灵魔法师呢。可是，他必须征得林雷的同意。

"雷，就带她们走吧！丽贝卡和丽娜都很会做菜，我们在山谷中总不能一直吃烤肉吧！"赛斯勒笑道。

丽贝卡、丽娜这姐妹俩一听，连忙说道："我们什么都会做，洗衣服、烧饭做菜……"

她们明白，在这个世界上如果没人依靠，她们的命运会很悲惨。

连赛斯勒都如此重视林雷的意见，显然林雷也是一个超级强者。跟着超级强者，她们才有机会为父母报仇。

林雷看了姐妹俩一眼，对上她们期待的目光，点了点头："那好吧。"

丽贝卡和丽娜红肿的眼中立即露出惊喜之色。

"走，我们回去！"林雷直接吩咐道。

一行人当即朝山谷走去，他们这个小团队中又多了这姐妹二人，四人的共同点——对于光明圣廷，他们的心里都充满了怨恨。

第 197 章

探察

　　奥布莱恩帝国七大行省之一的西北行省幅员辽阔，居民有数千万之多，省城巴兹尔是西北行省中最繁华的城池，单单省城巴兹尔内部便居住着上百万人。

　　省城巴兹尔中有许多古老的贵族。佩里伯爵在省城巴兹尔中虽然不算是最耀眼的贵族，但是在那些古老家族中有着不小的影响力，加上他是个老好人，从来不争夺权势，所以几乎所有贵族都和他关系很好。

　　"伯爵大人，您回来啦！"伯爵府邸门口的护卫恭敬地行礼。

　　佩里伯爵如今两百多岁了，头发银白，不过那八字胡还是和年轻时一样黑。

　　他微微点头，亲切地笑道："嗯？你去理头发了？头发理得不错，是在老洛克那里理的吧？"

　　护卫听到夸赞，笑开了花，连忙说道："是的，伯爵大人。洛克先生的手艺真的很不错。"

　　佩里伯爵笑笑，便进入了府邸。

　　"佩里伯爵真是个好人！"护卫心中赞叹。

　　佩里伯爵是个好人，这几乎是省城巴兹尔中所有人的共识。他讨厌杀戮，不喜欢污言秽语，举手投足间，完全体现了一个贵族绅士该有的美德。

　　进入后厅，佩里伯爵的脸色就阴沉了下来。

"到底怎么回事？怎么会接二连三发生这么多事情？"佩里伯爵很是烦恼。

前几天他得到消息，兰普森红衣大主廷以及其他苦修者、特级执事在赤尔郡城失踪了。而后，他又得到消息，押解着那两个女孩的人马被灭了，那两个女孩也消失了。

自佩里伯爵当上光明圣廷在奥布莱恩帝国西北行省的负责人后，已经很长时间没有遇到如此棘手的事情了。

"希望兰普森大人他们别出什么事情。"佩里伯爵心中祈祷。

那两个女孩被救走就算了，没什么大不了的。可兰普森等人都是九级强者，而且他们押解的是九级亡灵大魔导师。这可是他担任西北行省负责人后遇到的最重要的一件事。

"伯爵大人，"一名有着鹰钩鼻，身材高瘦的鬈发男子走了进来，恭敬地躬身道，"关于那几位大人的事情已经查过了。"

佩里伯爵立即看向他："快说！"

"据其他城池的人马提供的信息，那几位大人没有再现身过。而且，我们发动赤尔郡城的人马探察，也没人看见那几位大人离开过赤尔郡城。"鬈发男子恭敬地回答。

佩里伯爵瞪大了眼睛。

"什么？"他这几天一直悬着的心震颤起来，"兰普森等人不可能一直停留在赤尔郡城。而根据他们在赤尔郡城住处的血迹来看，他们很可能遭到了攻击，有可能是深夜跃过城墙离开赤尔郡城的。如果是这样的话，他们应该会在其他城池中出现才对。"

此时，佩里伯爵真的担心了。

他心里有一种不好的预感。

"难不成兰普森大人他们遇到了强敌，被杀了？"

佩里伯爵不敢相信，毕竟兰普森等人的实力很强。要击毙这六人，除非对方也有几个九级强者，或者是圣域级强者。

佩里伯爵忽然看向鬈发男子，冷然吩咐道："你速去老波里那儿，让他带着他的三只青风雕去我的书房。"

"是，伯爵大人。"鬈发男子知道事情的严重性，当即奉令离去。

佩里伯爵则大步朝自己书房走去。

当天他写了三封内容都是关于兰普森等人的信，分别让三只青风雕送往光明圣廷如今的圣岛。

自从圣城芬莱城被灭，光明圣廷就在离玉兰大陆不远的一座岛屿上新建了总部，对外宣称为圣岛。

赤尔郡城外的山谷中。

这里有四座木屋，一座是林雷跟贝贝的，一座是赛斯勒的，一座是丽贝卡和丽娜的，还有一座是黑鲁的。

清晨，山谷中幽静得很。

两个美丽的白衣女孩边谈笑边洗衣服。这些衣服是她们和林雷、赛斯勒的。在山谷的时候，洗衣、烧饭等都是她们做的。

"姐姐，你说，赛斯勒爷爷整天在那屋子里修炼，累不累啊？"丽贝卡低声对丽娜说道。

赛斯勒的那座木屋完全被黑色的亡灵气息给笼罩了，那浓厚的亡灵气息使得丽贝卡和丽娜根本不敢靠近。

丽娜眉头一拧，白皙的鼻子皱了起来，斟酌道："可能强者就是要这样勤奋地修炼吧，不过，我还是觉得看雷大哥修炼比较舒服。"

说完，她便朝远处的碧水湖中央看去，丽贝卡也看了过去。

碧水湖中央，林雷脚踏水面而不沉。

"汩汩——"

他脚底的水面凹陷了几厘米，因为他的脚底时而会涌出斗气，使得整个湖面都荡漾了起来。

他的右手持着黑钰重剑，时而挥劈，时而直刺。每一次挥动都会引起周围空间震荡，黑钰重剑挥劈的时候有种要劈碎空间的感觉。

"这大地奥义使用起来总是时而灵，时而不灵。"林雷眉头紧锁。

当初击毙兰普森的时候，虽然林雷只是一剑劈在兰普森的身上，但是兰普森的身体表面没有一点儿伤痕，体内却受了重伤。

在林雷看来，使用黑钰重剑的第三层是势，第四层便是这大地奥义。

通过黑钰重剑这种重武器，林雷可以将对大地法则的部分领悟发挥出来。这种攻击，实质上是在瞬间将攻击力通过振动传递到敌人的体内。

振动传递，达到极限，完全可以做到无视防御。

而大地脉动乃是自天地形成起就一直存在的，其中的奥秘实在是太深奥了。这大地奥义最基本的原理——攻击力完全转化成类似于大地脉动的振动波，振动波攻击到敌人的身上，会在敌人体内引起共振。这种共振的威力很大，毕竟是林雷的攻击力转化而来的。

身体内部的五脏六腑可没有体表的防御厉害。

这种共振可以轻易地将敌人体内的五脏六腑震成重伤。

"可是，将攻击力转化成共振太难了。"

林雷明白，平常的斗气、力量与振动波完全是两种攻击。

他靠着对大地法则的部分领悟可以让平常的攻击转化成这种振动波的攻击。按照他的理论，转化而成的振动波的攻击次数越多，就说明转化的效率越高。

"我有时可以在瞬间转化出十几次振动波的攻击，可有时一次也转化不出来。"林雷有些头疼。

他明白，在黑钰重剑方面的修炼达到了这种层次，就算是进入大地法则的门槛了。

可是，他到现在还没有完全掌握。

"不能贪图冒进，现在不求转化而成的振动波的攻击次数多，只求做到每次都能够转化成功。"林雷单手持着黑钰重剑，表情严肃。

陡然——

黑钰重剑仿佛撕裂空间一般，直接劈在湖面上。

诡异的是，湖面竟然没有凹陷半分，可是碧水湖中发出了诡异的"汩汩"声，而后，整个湖面仿佛被巨人掀动一般，竟然猛地澎湃起来，掀起了足足有一米高的水浪。

"这次又成功了。"

林雷并没有太高兴。对于这第四层大地奥义，他只是偶尔成功，并没有完全掌握其规律。

"雷大哥，吃饭了！"丽娜站在不远处的湖岸，笑着喊道。

"赛斯勒爷爷，吃饭了，别修炼了！"赛斯勒木屋外面的丽贝卡也大声喊了起来。

林雷手一翻，黑钰重剑便抛飞而起，直接落到其背上的剑鞘中。以他对势的领悟，黑钰重剑的重量对他一点儿影响都没有。

草地上放着一个长方形的餐桌。

林雷、赛斯勒和丽贝卡、丽娜都围坐在餐桌旁边。

"雷，你在修炼什么？我看到你那诡异的修炼方法了，我还没见过哪个战士这么修炼的。"赛斯勒好奇地问道。

赛斯勒见识广博，可是他对于战士的修炼知之甚少。

其实，九级巅峰强者为了进入圣域级，需要在境界方面刻苦修炼。而圣域级强者想要进入神级，需要领悟天地法则，最终得到神格。

"这是境界的修炼，就好像魔法师对元素的领悟一样。"林雷随口说道。

赛斯勒一下子明白了。

他可是九级亡灵大魔导师，有时候也需让灵魂契合亡灵界的死亡气息，去领悟那虚无缥缈的死亡法则。

"赛斯勒，我们击毙了兰普森等人，光明圣廷的人岂会忍下这口气？"林雷心中还记挂着此事。

赛斯勒却笑了起来："放心吧！奥布莱恩帝国和光明圣廷距离那么遥远，即使使用飞禽类魔兽将消息传递过去，也需要十天乃至半个月，而光明圣廷派高手过来，估计也要一段日子。"

"圣域级强者如果飞过来，那速度可是很快的。"林雷严肃地说道。

他们击毙了光明圣廷的这么多强者，光明圣廷派出圣域级强者来对付他们也是很有可能的。

"哈哈，别担心，他们不敢派出圣域级强者。你也不想想，他们为什么不派出圣域级强者来抓我，而是让九级强者来抓我。"赛斯勒得意地大笑。

林雷对这一点也很是疑惑。

如果光明圣廷派出圣域级强者来抓赛斯勒，绝对很轻松。

"雷，你要知道，奥布莱恩帝国有武神坐镇，武神早就发过话了，不允许其他国家的圣域级强者到这里来撒野。如果来游玩还好，一旦动手被发现，那后果可就严重了。"赛斯勒冷笑道，"就算给光明圣廷的人十个胆子，他们也不敢违逆武神。"

武神的威严神圣不可侵犯。

"不一定。"林雷摇头，"你不是说了吗？一旦动手被发现，后果很严重，可如果没有被发现呢？要知道，赤尔郡城中可没有什么高手，而武神远在帝都，如果赤尔郡城中冒出一个圣域级强者，武神可不一定会发现。"

赛斯勒一怔。

"光明圣廷的人不会这么疯狂吧？"赛斯勒有些不确定了。

"难说，毕竟这次我们一次性击毙了光明圣廷的六个九级强者，还有你被抓捕时也击毙了几个九级强者。光明圣廷的人不会轻易忍下这口气的。"林雷严肃地说道。

赛斯勒想了想，却笑了："没事，赤尔郡城中没有圣域级强者，可是省城巴兹尔中有一个圣域级强者麦克肯希。如果光明圣廷真的派出圣域级强者来对付我们，绝对会被麦克肯希发现。麦克肯希绝对不会容忍光明圣廷的人在他的地盘撒野，到时候，一旦两个圣域级强者对战，武神肯定会发现。"

"对！"林雷也笑了起来。

如果引得光明圣廷和奥布莱恩帝国斗起来，到时奥布莱恩帝国绝对可以让光明圣廷的人吃不了兜着走。

"雷，我被兰普森他们押解到西北行省的时候，是光明圣廷在西北行省的负责人去接待的兰普森等人。我记得那个老头儿叫佩里，听他们的谈话，佩里是省城巴兹尔的。"赛斯勒阴冷一笑，"反正我们要去省城巴兹尔，不如顺便解决那个佩里，说不定还能查到光明圣廷的不少秘密。"

"西北行省的负责人？"林雷眼睛一亮，"好，明天我们就出发。"

第198章
五年之约

赤尔郡城的城主基恩年仅十四岁，虽说有他的姐姐詹尼辅佐他，但是实际上她懂的东西甚少，大多数时候还是得靠老仆人兰伯特帮忙。

兰伯特衣着笔挺，头发梳理得油光发亮，他漫步在城堡内，贵族气息十足。

"小姐真是的，总是牵挂着雷大人。"兰伯特心中暗叹。

詹尼想要去见林雷，可是林雷说过自己修炼的时候不想被打扰，所以詹尼只能在城堡内等着，可林雷已经很久没来城堡了。

看到詹尼日渐消瘦的模样，兰伯特很是心疼。

"兰伯特！"一道熟悉的声音传来。

兰伯特闻声看了过去，只见身穿淡蓝色战士劲装的林雷走了过来。詹尼和基恩早就吩咐过城堡的守卫，见到林雷，不必通报，直接放行。

"雷大人！"兰伯特心中大喜。

"雷大人，你先在客厅中坐一坐，我立即去叫少爷和小姐。"

客厅中。

林雷静静地坐在椅子上。这一次前往省城巴兹尔，他和赛斯勒，还有丽娜、丽贝卡姐妹俩，估计会一直待在巴兹尔，毕竟他要警惕光明圣廷会派圣域级强者过来。不过，省城巴兹尔中有麦克肯希，光明圣廷的人不敢太嚣张。

"雷大哥！"一道惊喜的声音从门口传来。

林雷转头看去，只见穿着淡红色连衣裙的詹尼脸红通通的，胸口不停地起伏，她急促地喘息着。

得知林雷回来的消息后，詹尼就以最快的速度跑过来了。

"跑那么快干吗？喘成这样，快坐下，歇口气。"林雷笑道。

"嗯！"詹尼听话地坐到一旁。

不一会儿，基恩和兰伯特也走了进来。

基恩笑着埋怨道："姐姐，你跑得太快了，我都跟不上了。"

詹尼有些害羞，娇嗔地瞪了基恩一眼。

"雷大哥，你好久没回来了，这一次可要多住几天。"基恩对林雷说道。

林雷摇摇头："这一次，我是来和你们告别的，我准备离开赤尔郡城了。"

"什么?!"基恩和兰伯特一怔。

他们都转头看向旁边的詹尼，原本脸红通通的詹尼一下子愣住了。

"雷大哥，你要去哪里？"詹尼第一个问道。

"我准备去省城巴兹尔。"林雷回道。

巴兹尔和赤尔郡城离得比较远，普通人坐马车也需要两三天的时间。

"雷大哥，我跟你一起去。"詹尼鼓足勇气说道。

林雷心中暗叹。

詹尼的心思他如何看不出来，可是对于詹尼，他的心里只有怜爱，是兄长宠爱妹妹的那种感觉。

"不行！詹尼，我是去那里办事的，说不定什么时候就会遇到危险，你不能跟着我。"林雷拒绝。

詹尼摇摇头，坚决地说道："我不怕。"

林雷知道，如果不把话说绝，詹尼很可能不会放弃。

他长叹一声，说道："詹尼，我的心思都在修炼上，没有其他，我是没办法照顾你的。"

林雷说得委婉，可是詹尼如何不明白？

詹尼脸色有些苍白。

她在乡下小镇生活了八年，过着平静却穷苦的生活。而这一次来到赤尔郡城，正是林雷一路守护他们，才使得弟弟最终坐上了城主之位。

"雷大哥，我不想再隐忍我对你的感情了。我知道你不喜欢我，我的要求不高，只要你让我跟着你就行。雷大哥，我可以给你当侍女，只要跟着你，我就很开心了。"詹尼诚恳地说道。

基恩和兰伯特都沉默了。

林雷心中很愁苦。

詹尼的确是一个善良的女孩，可是……

"詹尼，你不用跟着我去外面冒险的。你现在是贵族，赤尔郡城中追求你的优秀青年肯定很多。"林雷说道。

詹尼咬着嘴唇，坚决地摇头，她的眼眶湿润了。

"雷大哥，"基恩出声了，"你就答应我姐姐吧！你不在的这段日子，姐姐每天茶不思饭不想，都消瘦了。"

詹尼期待地看着林雷。

"詹尼，"林雷最终还是心软了，"五年，我给你五年时间，你也给我五年时间。五年之后，我会来见你，如果那时候你还坚持，我会答应让你跟着我，但是只是跟着我。"

时间是最好的解药。

五年后，詹尼成长了，心性和思想都会改变。

林雷认为，詹尼很可能是因为从小没有得到父亲的照顾，这才如此依恋守护了她一段时日的自己。等再过五年，她成熟了，想法很可能会改变，到时候，就不会再想跟着自己了。

"好。"詹尼的眼中又有了希望。

"詹尼，"林雷看着她，"走之前，我要告诉你，其实我真正的名字不叫雷，而是林雷·巴鲁克。"

"林雷·巴鲁克？"詹尼喃喃地说道。

"林雷?! 雷大人，你就是那位天才石雕大师？"兰伯特惊呼起来。

兰伯特去过神圣同盟，听说过林雷的大名，毕竟林雷在神圣同盟的名气非常大。

"我希望你们不要将我的行踪泄露出去，再见了。"

林雷努力挤出一丝笑容，而后转身大步离开了。

詹尼看着林雷的背影，眼泪滑落下来，拳头紧紧地攥着，指甲掐入掌心。

赤尔郡城城外的大道上。

丽贝卡、丽娜姐妹二人坐在黑纹云豹的背上，贝贝则舒服地躺在丽娜的怀里，而穿着战士劲装的林雷和穿着魔法师长袍的赛斯勒快速地步行着。

这一行人疾速朝省城巴兹尔赶去。

在郊外，隔得老远，林雷等人就看到了那座庞大的城池，很快就抵达了省城巴兹尔。

"不急着去找那个佩里，我们先找个地方住下。"林雷直接说道。

赛斯勒点点头。

省城巴兹尔中，名叫佩里的人肯定不少，要找到他们想找的佩里是要花费一些时间的。他们当即便在一家酒店定下了一座独立的宅院，住了下来。

在林雷等人抵达省城巴兹尔的两天后，佩里伯爵派出的青风雕已经抵达光明圣廷的圣岛。

圣岛孤悬于玉兰大陆之外，长宽都有数十里，其实这里过去是光明圣廷的一个秘密基地，而如今直接被定为大本营了。

这里有一座九层的光明神殿，没有当初芬莱城的光明神殿高大，可是这座光明神殿也是光明圣廷花了大力气才建造而成的。

第九层。

海廷斯坐在窗前，眺望海岛外面无边无际的蔚蓝色海洋。

最近他的心情很不错，他派出的一支九级强者小队抓住了亡灵大魔导师赛斯勒。而且，前两天，他还得到了一个更好的消息，他的人马在北域十八公国发现了五个八级强者。

一般人修炼到六级，身体就达到极限了。

一些天才，单单身体可能就修炼到七级了。

可是，这一次光明圣廷在北域十八公国的人马却发现了五兄弟，那五兄弟都极为强壮，他们没有斗气，可是单单身体就修炼到了八级。

"八级的肉身，绝对可以让六翼天使发挥出力量了。"海廷斯不禁激动起来，"五个八级肉身，天使附体后，完全可以变成五个圣域级巅峰的强者。"

初入圣域级、达到普通圣域级、达到圣域级巅峰，这是三个完全不同的层次。

光明圣廷中达到圣域级巅峰的高手加起来，总共只有五个。而若是将那五个八级强者一并押送过来，就可以令光明圣廷的圣域级巅峰的高手增加一倍。

"到时候，黑暗圣廷凭什么跟我们斗？"海廷斯的脸上满是笑容。

"陛下！"

"进来！"海廷斯的表情恢复了平静。

一位白衣圣司走了进来，恭敬地奉上密信，说道："陛下，这是我们在奥布莱恩帝国西北行省的负责人传来的密信。"

"哦？"海廷斯眉毛一挑。

在其他地区的负责人，除了每年的例行禀报外，平常几乎不会传密信过来。一旦传密信过来，那肯定是有大事禀报。

"难道？"

海廷斯忽然想起，前段时间，兰普森等人押解亡灵大魔导赛斯勒进入了西北行省。

他当即接过密信，直接打开了。

看了一会儿，他的脸色沉了下来："你去叫施特勒大人过来。"

"施特勒大人？"白衣圣司一惊。

在光明圣廷，苦修者的领袖是落叶，而裁判所中的特级执事的领袖则是施特勒。

施特勒只是特级执事，可是他的实力和裁判所的裁判长乌森诺相当，都是圣域级巅峰强者。在和平时期，光明圣廷很少派圣域级巅峰强者出马。

"快去！"海廷斯呵斥一声。

白衣圣司醒悟过来，慌忙应道："是，陛下。"

看着白衣圣司离开，海廷斯的眉头皱了起来："兰普森等人原来大半个月前就到了西北行省，可是，在边界的人还没有传来他们到达神圣同盟的信息，看来，他们是遭到了毒手。"

若是十一个九级强者全部丧命，这个打击不可谓不大。不过，海廷斯还沉得住气。

毕竟光明圣廷最倚仗的力量是圣域级强者，只要圣域级强者还在，光明圣廷就没有问题。

"兰普森他们六个人押解着赛斯勒。以他们的实力，一两个九级强者绝对对付不了他们。"海廷斯眉头微皱，"难道击毙他们的是西北行省的圣域级强者麦克肯希？"

海廷斯只能想到麦克肯希。

在他看来，十一个九级强者都比不上一个赛斯勒。珍贵的不是赛斯勒这个人，而是其亡灵魔法的修炼之法。亡灵魔法作为和大预言术同等级的魔法，那可是非常厉害的。

诅咒类魔法、毒气、瘟疫负面魔法，还有亡灵召唤、亡灵奴役等，都是非常厉害的。

光明圣廷不排斥亡灵魔法师，只要亡灵魔法师愿意为光明圣廷服务，光明圣廷完全可以给亡灵魔法师特级执事的职位。要知道，裁判所这个黑暗的机构内部的高手也是五花八门。

海廷斯并不知道击毙兰普森等人的是林雷，如果知道的话，恐怕他更会气得跳脚吧。

"陛下！"一道冰冷的声音响起。

"施特勒，进来吧！"海廷斯亲切地说道。

施特勒身高只有一米七，在玉兰大陆中个子算是比较矮的。他有一头银白色短发，目光冷厉，看模样，宛如一个中年人。

"陛下，有什么事情吗？"施特勒直接问道。

海廷斯也非常直接："据情报，兰普森等人极有可能殒身了，凶手很可能是奥布莱恩帝国的一个圣域级强者。"

施特勒沉默了。

"我现在派你前往奥布莱恩帝国的北海行省，到了那里后，你和另外一支押解小队会合。无论发生什么事，你必须将那五兄弟给我带回圣岛。"

"如果遇到奥布莱恩帝国的圣域级强者，怎么办？"施特勒问道。

"直接将其击毙，而后以最快速度带着那五兄弟飞回来。"海廷斯冷冷地说道。

将那五个八级肉身用来当天使降临的身体，那么光明圣廷完全可以打造出五个圣域级巅峰强者，为了这个，就算得罪奥布莱恩帝国也是值得的。毕竟就算是得罪奥布莱恩帝国，最多舍弃一些神圣同盟的利益罢了。

"好，我今天傍晚就出发。"施特勒说道。

第199章

夜潜

林雷销声匿迹三年多了，海廷斯怎么都不会将这件事情和林雷联系在一起，更何况，即使他想到林雷，也不认为林雷有能力击毙那六个九级强者。

不过……

海廷斯不知道的是，林雷成长了，以超出他想象的速度成长了。

省城巴兹尔的一个幽静酒馆中。

林雷独自坐在那里，而贝贝守在旁边。

"过来！"林雷对侍者唤道。

"先生，有什么事情吗？"侍者的态度恭敬得很。

林雷随手取出三个金币，说道："问你一件事情，如果你回答得好，这三个金币就归你了。"

这侍者一个月的薪酬才四个金币，自然心动了。

"先生尽管问，这省城中的事情我知道得可多了。"侍者自信地回道。

酒馆这种地方成天接待三教九流的人，侍者在旁边听得多了，知道的事情自然很多。

"我想问问，省城巴兹尔中有没有一个叫佩里的老头儿？他的头发银白，应该有点儿地位和权力。"林雷压低声音在侍者耳边说道。

侍者听了，立即笑了，低声回道："您说的是佩里伯爵吧！"

"佩里伯爵？"林雷眼睛一亮。

"嗯。在省城巴兹尔中，有点儿名气的贵族，又叫佩里的，只有佩里伯爵一人。而且，佩里伯爵的确是一个老头儿，头发都白了，绝对错不了。"

"哦。"林雷满意地点点头，"那你知道佩里伯爵的府邸在哪里吗？"

侍者点点头，说道："当然知道！佩里伯爵就住在华亭街，从右边数的第三座府邸。"

"你带我去一趟，我再给你三个金币。"林雷说道。

他担心自己一人去会走错路，还是让侍者带自己去一趟比较好。

看到林雷又取出了三个金币，侍者立即兴奋起来："好的，先生。请等一下，我跟老板说一声。"

即使一天不做事，不过扣掉一天的薪酬，但他若是跟林雷跑一趟，就能得到三个金币，快抵得上他一个月的薪酬了。

华亭街。

林雷遥看远处那座古老的府邸，看到院墙上面斑驳的痕迹，明显有数百年的历史了，爬山虎更是密布墙壁。

"佩里伯爵是个老好人？"林雷冷笑一声。

侍者口中的老好人可是光明圣廷在西北行省暗地里的负责人。奥布莱恩帝国很排斥其他势力的人。一旦佩里伯爵是光明圣廷的人的这个秘密被发现，绝对是抄家灭族的大罪。

记住了这个地址，林雷当即掉头就走。

可是，他没有发现，远处有一个男子惊异地看了他一眼。

"他、他竟然出现在这里?！"男子很是惊讶。

"嗯，三年了，没想到最终竟然被我发现了，看来我可以得到那五千金币的赏赐了。"想到这里，男子心中美滋滋的。

走在路上的林雷根本没有注意那些没有什么实力的普通人，也自然不会在意一个仅仅是三级战士的普通男子。

酒店后面的独立宅院中。

赛斯勒坐在大树下，看到林雷推门进来，笑着问道："怎么样，查到那个佩里的信息了吗？"

"查到了，佩里还是一个伯爵，地位的确不低。"林雷回道。

能够当一个行省的负责人，自然有一定的能力，就算不是有权力的贵族，也是富豪。

"哈哈，那就好，今天夜里我们就去'拜访'一下他。"赛斯勒的眼中泛起一丝绿光。

林雷点点头。

"丽贝卡，丽娜。"林雷抬头看向从客厅中走出来的双胞胎姐妹，"你们今晚就待在这里，哪里都不要去。"

"知道了。"丽贝卡和丽娜都点点头。

赛斯勒笑着看向这对双胞胎姐妹，吩咐道："你们按照我教的好好地进行冥想，等过几天，我会为你们进行亡灵传承。"

经过这段时间的接触，赛斯勒断定这对双胞胎姐妹非常适合修炼亡灵魔法。

其实，修炼地、火、水、风、雷电、光明、黑暗这七系魔法，对于精神力的要求比较高，而修炼最高等的大预言术、生命魔法、亡灵魔法，对于灵魂的要求更高。

三种魔法中，亡灵魔法师应该算是对灵魂最有研究的，对灵魂的纯洁程度要求也很高，反而对元素亲和力的要求不怎么高。

"亡灵传承？"丽贝卡、丽娜姐妹二人都激动起来。

她们一直想要为父母报仇，可是，她们没有什么实力。一旦修炼亡灵魔法，她们便能拥有足够的力量，可以去找光明圣廷报仇。

当天深夜。

"黑鲁，你留在这里保护丽娜、丽贝卡她们。"林雷吩咐道。

对付一个小小的佩里，是一件非常轻松的事情，林雷和赛斯勒去就足够了，再加上贝贝，绝对万无一失。

"你们千万要小心！"丽娜和丽贝卡嘱咐道。

赛斯勒怪笑两声，说道："省城巴兹尔中除了麦克肯希，还没人能让我和林雷放在眼里。"

"走吧！"林雷淡然说道。

一身黑衣的林雷和赛斯勒很快就悄然离开了宅院，全身都是漆黑毛发的贝贝则神不知鬼不觉地跟着林雷和赛斯勒。

黑暗中，林雷、赛斯勒、贝贝行走在小巷中。

"前面就是华亭街。"

林雷的记性非常好，地形如此复杂的城池，他走一遍就完全记住了路线。

林雷、赛斯勒、贝贝直接通过房屋后的小巷来到了佩里伯爵的府邸外。

看着眼前这座古老的建筑，林雷和赛斯勒对视一眼。

"赛斯勒，你可要看准了。"林雷可从来没见过佩里伯爵。

"放心。"赛斯勒咧嘴一笑。

林雷带着赛斯勒直接跃过院墙。他们对于一些府邸的构造都比较熟悉，府邸的最前面一般是客厅等地方，而第二排建筑才是主人睡觉的地方。

赛斯勒在第二排建筑的前面停下来了，同时默念咒语。

仅仅一会儿——

灰色烟雾朝建筑弥漫过去，不一会儿，就覆盖了第二排建筑，而后继续弥漫开来，最终将整座府邸都覆盖了。

看到这一幕，林雷疑惑起来。

他闻到这种烟雾，脑袋眩晕，但是瞬间就清醒了。

"你干什么？"林雷低声问道。

"只是让一些功力低的人昏迷而已。达到七级，就可以用斗气抵消了，那个佩里可是一个八级战士。"赛斯勒还是很清楚佩里伯爵的实力的。

"谁？"

只听到数道怒喝声，而后就有一个老者和三个中年人从房间里跑了出来。

为首的老者怒视林雷、赛斯勒二人，因为处于灰色烟雾中，加上正值夜晚，他们看不清林雷和赛斯勒的容貌。

"伯爵大人。"

院子中又响起三道声音，两个中年人和一个青年跑了过来。

佩里伯爵府中的七级强者一共有五个，八级强者一共有两个。

"你们是谁？"佩里伯爵呵斥道。

"呵呵，佩里啊，你忘记我了？"赛斯勒朝前方走了一步，同时他的身后出现两个全身满是金色绒毛的强壮僵尸。

灰色烟雾变淡了，佩里伯爵也看清楚赛斯勒了。

"是你?!"佩里伯爵的眼睛瞪得滚圆。

赛斯勒的实力他很清楚，就是五六个九级强者联手也对付不了赛斯勒。

看到赛斯勒出现，佩里伯爵心里明白，兰普森等人恐怕是凶多吉少了。

"你是？"佩里伯爵看到林雷，忽然愣住了。

林雷的画像早就被光明圣廷传给每一个地区的负责人了。和三年前相比，林雷的头发长了一点儿，容貌变化却并不大。

"你是林雷?!"佩里伯爵大惊。

林雷笑着点点头："佩里伯爵果然好眼力！在这个美丽的夜晚，我跟赛斯勒有不少事情要和你谈谈。赛斯勒，动手吧！"

"动手！"赛斯勒当即喝道。

那两个金毛僵尸一下子化为金色闪电，直接冲向另外六个人。

只听到几道惨叫声，其中三人瞬间就被击毙了，剩下的三人脸色大变。

"锵！"那青年一刀砍在其中一个金毛僵尸的身上，却被震得手都裂开了。

金毛僵尸最引以为豪的就是防御力。

"嗷！"一声低吼，那金毛僵尸反手一巴掌拍向青年。

青年当即倒地，没了气息。

"噗！"那中年人踢向旁边的假山，一块块巨石当即砸向另一个金毛僵尸。

那一块块巨石比投石机的速度还要快，狠狠地砸向金毛僵尸，金毛僵尸却没有抵挡。每块巨石都有万斤，砸在金毛僵尸的身上却一点儿影响都没有。

"哧！"一道黑影闪过，中年人便倒地了。

"你这个大块头的速度太慢了。"贝贝对金毛僵尸低吼一声，而后跳到林雷的肩上。

金毛僵尸的速度应该比得上正常九级强者的速度，可是跟贝贝比，还是差得太远了，毕竟贝贝和黑鲁都是擅长速度的九级魔兽。

那六人转眼就被两个金毛僵尸和贝贝给击毙了。

金毛僵尸可是九级亡灵，那六人根本毫无抵抗之力。

佩里伯爵一直保持沉默。

当初选择成为光明圣廷在这个地区的负责人，佩里伯爵就知道会有这一天。只是，他预料的是自己被奥布莱恩帝国的人击毙，没想到会被林雷的魔兽和赛斯勒的金毛僵尸击毙。

"林雷，是你击毙了兰普森他们，救了赛斯勒？"佩里伯爵问道。

临死前，佩里伯爵很好奇此事。

"是的。"林雷干脆地回答。

佩里伯爵点点头，笑道："不愧是龙血战士家族的子弟，三年多过去，实力提升得如此之快。你们别想问出什么，我不会说的。"

此刻，佩里伯爵的脸上竟然有着圣洁的光。

"哼！"赛斯勒冷笑一声，"抓住他！"

两个金毛僵尸分别从两边疾速冲向佩里伯爵，不容他反抗，直接抓住了他。

"林雷，你帮我在这里看一会儿，我要对他进行灵魂搜索。"赛斯勒对林雷嘱咐道。

林雷一惊。

灵魂搜索？他从来没听说过有谁可以搜索灵魂的。就算是光明圣廷的人，也没有这等能力。然而，亡灵魔法师作为和灵魂接触最多的魔法师，在灵魂方面的研究可比其他魔法师厉害得多。

"灵魂搜索？"听到这话，佩里伯爵也大惊，"不可能！"

他也没听说过有灵魂搜索这一招。

"哈哈，你现在知道也来不及了。"

赛斯勒几步就走到了佩里伯爵的面前，那枯瘦得如同鸡爪的五指抓向佩里伯爵的脑袋，同时赛斯勒的双眸瞬间变成碧绿色。

"啊——"佩里伯爵的身体剧烈地颤抖着，同时发出痛苦的呻吟声。

第 200 章

决定

佩里伯爵虽然已经两百多岁了，但是作为一名八级战士，他的身体还很强壮。可赛斯勒那五指抓向他的脑袋后，他的脸色变得煞白，同时身体抽搐，宛如一个病入膏肓的老人。

林雷仔细地看着这一幕。

"灵魂搜索！"他第一次看到这种奇术。

亡灵魔法作为最厉害的三种魔法之一，的确让人惊颤不已。

大概过了两分钟，赛斯勒碧绿的眼眸恢复了正常。

他瞥了一眼面如死灰的佩里伯爵，阴笑两声，收回右手。

他旁边的两个金毛僵尸当即放开了佩里伯爵，而灵魂破灭的佩里伯爵已经没有了一丝气息，整个人宛如烂泥瘫倒在地上，一动不动了。

"怎么样？"赛斯勒得意地看向林雷。

赛斯勒这种级别的高手，一般人的崇拜已经不能满足他的虚荣心了。而和林雷接触以来，他还没有让林雷对自己佩服过。现在他露这么一手，很期待看到林雷惊叹的目光。得到林雷如此高手的惊叹，才会让他的虚荣心得到满足。

"了不起！"林雷感叹道。

灵魂是非常玄奥的，作为人最本质的存在，人类对于灵魂却知之甚少。要从灵魂中搜索一个人的记忆，至少林雷无法想象这是怎么做到的。

"哈哈！"赛斯勒得意地笑了，而后他旁边的两个金毛僵尸消失了，回到它们的家乡亡灵界了。

"走吧！"林雷催促道。

转瞬，佩里伯爵的府邸便恢复了平静。

绝大多数人都昏迷了，而那几个强者的尸体躺在地面上。

酒店的独立宅院中。

客厅的大门紧闭，丽贝卡和丽娜点燃了蜡烛，林雷则跟赛斯勒谈论了起来。

"你在佩里伯爵的记忆中发现了什么？"林雷问道。

赛斯勒面带笑容，看着林雷："雷，我过去对你了解得太少了。没想到，你竟然如此了得。"

"雷大哥怎么了？"旁边的丽贝卡瞪大眼睛，好奇地问道。

赛斯勒笑了，白眉一挑，说道："丽贝卡、丽娜，你们的雷大哥在神圣同盟的名气很大呢！在石雕界，他竟然是可以媲美普鲁克斯的宗师级人物。他十九岁时雕刻出了一件石雕，你们知道那件石雕价值多少吗？"赛斯勒笑着问道。

"石雕？"丽贝卡和丽娜对视一眼。

在她们看来，石雕是非常难以雕刻的，要雕刻到逼真的地步都很难，更别说雕刻出什么神韵了。

"那石雕价值多少金币啊？"丽贝卡和丽娜好奇地问道。

"一千两百万金币！"赛斯勒报出了这个数字。

其实，这一切信息都是赛斯勒从佩里伯爵脑中的记忆中得知的。佩里伯爵收到了光明圣廷对林雷的追杀令，追杀令上关于林雷的信息自然描述得非常清楚。

"一千两百万金币，就一件石雕？"丽贝卡和丽娜的嘴巴都张得大大的。

"不单单石雕，你们雷大哥的魔法天赋当年可是历史第二，如今他恐怕是整个玉兰大陆有史以来的第一人了。至于战士天赋，一向很高，这你们都是知道的。"赛斯勒打心底佩服林雷。

林雷是天才！无论是谁，都不会怀疑这一点，因为林雷的表现说明了一切。

丽贝卡和丽娜立即看向林雷，她们的眼中都有着难掩的惊讶和崇拜。

"好了，赛斯勒。"林雷摇头一笑，"别说过去的事情了，你将从佩里伯爵记忆中得到的信息告诉我。"

赛斯勒当即收敛笑容。

"我从佩里伯爵的记忆中得知，光明圣廷不敢得罪武神，所以在奥布莱恩帝国的势力较小，其安插在奥布莱恩帝国的人几乎都潜伏起来了，高手极少。"

林雷微微点头。

"从佩里伯爵的记忆中，我还得知了光明圣廷在整个西北行省潜伏力量的各个负责人，我们完全可以将这股势力毁灭。"赛斯勒笑道。

建立势力很难，破坏势力却很容易。要在一个地方潜伏一批人马，还要不引起别人的怀疑，这是非常难的。可是要破坏很容易，直接将其逼急就可以了。

"光明圣廷在其他行省的势力呢？"林雷追问。

在他看来，毁掉一个行省的势力网络并不够，毁掉光明圣廷在奥布莱恩帝国的所有据点才大快人心。

"如果查到七大行省的所有总负责人，将一些重要的负责人击毙，到时可以使得对方群龙无首。而且，光明圣廷的势力都是单线联系，一旦负责人丧命，恐怕整个势力网络会完全瘫痪。"

对光明圣廷的打击越狠，林雷心中才越痛快。

赛斯勒摇摇头，说道："就像各个郡城的负责人只跟佩里伯爵联系一样，佩里伯爵只跟光明圣廷在奥布莱恩帝国的总负责人联系，或者直接联系光明圣廷总部的人。"

"光明圣廷在奥布莱恩帝国的总负责人？"林雷眼睛一亮。

原来光明圣廷在奥布莱恩帝国还有地位更高的负责人。如果抓住那个总负责人，也对其使用灵魂搜索，那么得到的信息会更多。

"可惜，佩里伯爵也不知道那人的身份。"赛斯勒又说道，"佩里伯爵只知道传信到某个特定的地点。"

林雷点点头。

赛斯勒忽然笑了："不过，我从佩里伯爵的记忆中得到一个有趣的信息。"

"快说！"林雷期待地看着赛斯勒。

"光明圣廷在奥布莱恩帝国的总负责人给佩里伯爵下了命令，大概再过一个月，会有一支押解小队进入西北行省。总负责人让佩里伯爵安排人一路小心接待，做好保密工作。"赛斯勒撇嘴一笑，"那支押解小队好像很受重视，丝毫不亚于押解我的那支小队。"

"哦？"林雷眼睛一亮。

这么看来，那小队押解的人物肯定不一般。

"你知道他们进入西北行省第一站的地点吗？"林雷追问。

"是德科郡城！按照他们制订的路线，并不经过省城。"赛斯勒回道。

林雷点点头。这一点完全可以理解，省城巴兹尔中有圣域级强者麦克肯希，他们当然要避开省城。

"德科郡城距离这里有八百多里。"赛斯勒对于奥布莱恩帝国的地形还是很熟悉的。

"八百多里？全速赶过去的话，一天时间足够了。"

黑鲁如果以最快速度赶过去，半天时间都不要。只是，长途奔跑总不能一直保持极限速度。不过，即便是正常的奔跑速度，早上出发，傍晚之前就可到达。

"半个月后，我们出发前往德科郡城。"林雷说道。

赛斯勒点了点头。

时间流逝，林雷、赛斯勒、丽贝卡姐妹俩一直待在这家酒店的独立宅院中。赛斯勒为丽贝卡和丽娜进行了亡灵传承，而林雷也没有浪费时间，不断地修炼。

亡灵传承的过程林雷没有见到。

丽贝卡和丽娜跟着赛斯勒进入房间中，开始进行亡灵传承。仅仅片刻，赛斯勒便出了房间，并叮嘱林雷不要去打扰姐妹俩。

足足三天三夜，丽贝卡、丽娜姐妹二人才意气风发地走出房间。三天的时间，她们完全记住了亡灵传承的内容。按照赛斯勒所说，这对姐妹的天赋都非常不错。而林雷也没闲着，他在修炼使用黑钰重剑的第四层境界大地奥义。

荒凉的野外，一道身影疾速朝东方飞去。

瘦小却精壮的身躯，根根银色短发宛如银色的钢针，黑色长袍将他整个人包裹起来。他直视东方，目光冷厉，就这么在低空疾速地飞行着。

"五个八级强者的身体。"施特勒记得海廷斯的嘱托。

无论如何，这一次被押送的五兄弟都不能出什么意外。一旦天使降临到这五个八级强者的肉身，将会产生五个圣域级巅峰强者。

"很久没有和圣域级强者斗过了。"施特勒的嘴角有着一丝阴冷的笑意。

海廷斯已经授权给他，如果有圣域级强者阻碍，他完全可以将其击毙，一切后果由光明圣廷承担。

佩里伯爵被击毙后的第十天，早晨。

林雷盘膝坐在地上，一动不动。这段日子，他过得很平静，虽然佩里伯爵的死引起了城卫军侦查，但是并没有查到林雷他们。

林雷忽然站了起来，手持黑钰重剑，朝前方直刺过去。一道宛如剑刺破布匹的尖锐声音响起。前方离林雷大概五十米的墙壁震颤了一下，灰尘掉落。

"噗——"墙壁上有一小块区域直接化为齑粉，仿佛细砂一般掉落了下去，露出了一个拳头大小的洞。

没有斗气射出，只是凌空一刺，却令五十米外的墙壁上出现了这么一个洞。

"大地奥义之三重浪。"林雷喃喃地说道，"这大地奥义最基础的三重浪终于完全练成了。"

从进入赤尔郡城起，林雷就一直在琢磨这个。现在，他终于掌握了第四层大地奥义最基础的攻击三重浪。斗气、力量在攻击的时候，转化的振动波攻击次数越多，就代表转化效率越高。三重浪转化的效率是很低的，可是威力已经很大了，毕竟这是和斗气、力量攻击完全不同的一种攻击方法。

　　"林雷……"赛斯勒刚才就站在门口，看到了这一幕，"你这是使的什么攻击方法啊？"

　　赛斯勒很是惊讶。圣域级强者的攻击方式他见过，可是一般都是一剑劈出浑厚的斗气远攻别人。而像林雷这样的攻击方式，看不到斗气，看不到其他能量，但前方墙壁不声不响地出现了一个拳头大小的洞，这一幕实在是太诡异了。

　　"跟你说，你也不懂。"林雷淡笑着说道。

　　最基础的三重浪领悟了，可林雷明白，越往后难度越大，耗费的时间越多。

　　"咚！咚！咚！"忽然，宅院外面传来敲门声。

　　林雷直接走了过去，打开门。

　　侍者恭敬地说道："先生，这位先生要见你。"

　　站在侍者旁边的是一名和气的中年人。

　　中年人看了侍者一眼，侍者当即乖巧地退下了。

　　中年人看着林雷，微微一笑："林雷大人，你好！"

　　林雷的脸色不由得一变，知道自己身份的人可是很少的。

　　"林雷大人不必紧张，我家大人想要见你一面。"中年人笑眯眯地说道。

　　"你家大人是谁？"林雷眉头一皱。

　　"林雷大人看了这封信就知道了。"

　　中年人从怀中取出一封信，递到了林雷的面前。

第201章
四兄弟的路

赛斯勒从后面走了过来，他听到那个中年人竟然叫出了林雷的真名，就警惕了起来，可是当他走到林雷旁边的时候，却发现看着那封信的林雷脸上竟然露出了灿烂的笑容。

在赛斯勒看来，林雷虽然算不上阴沉，但也算是比较冷漠的，一心只想修炼。他从来没有见过林雷笑得如此开心。

"赛斯勒，"林雷笑着说道，"你待在这里，我出去见一个朋友。"

"好。"赛斯勒点了点头。

"贝贝。"林雷对远处趴在地上睡觉的贝贝喊道。

贝贝睁开惺忪的睡眼，疑惑地看着林雷。

"走，跟我出去一趟！黑鲁，你就待在这里吧！"

贝贝得意地对黑鲁昂起小脑袋，而后直接跃到了林雷的肩膀上，灵魂传音问道："老大，我们出去干什么啊？"

"等到了你就知道了。"林雷笑道。

"前面带路。"林雷对旁边的中年人说道。

十五分钟之后，林雷跟着中年人来到了一座豪宅中。隔得老远，他就看到了客厅中的高大身影。

"老三！"一道熟悉的声音响起。

"耶鲁老大。"林雷笑了起来。

"吱吱——"贝贝则兴奋地叫了起来。

在恩斯特魔法学院的时候，贝贝和耶鲁、雷诺、乔治他们玩得很好，自然熟悉得很。

耶鲁比三年前成熟了很多。此刻的耶鲁身高和林雷相当，都差不多两米高，只是耶鲁比林雷略瘦一些，整个人显得更高挑。

那贴身的黑色绅士礼服，加上那淡淡的香气，使得耶鲁拥有一种很吸引人的魅力。

"老三，这三年多，我很担心你。"耶鲁和林雷来了一个大大的拥抱。

林雷抱着这个好兄弟，也开心得很。

三年多了，他和三个好兄弟一面都没有见过。

"没想到，你长得和我差不多高了。三年多没见，变化真大啊！"耶鲁感叹道。

和三年多前相比，耶鲁的身高倒是没有太大变化，林雷的变化却不小。

林雷笑道："原本是你先长个子，现在你不长个子了，我自然赶上来了。"

贝贝在旁边吱吱直叫。

它也很高兴，它已经很久没有见到林雷和别人耍嘴皮子了。

"哈哈，贝贝！"耶鲁抱住贝贝，亲昵地摸了摸它的小脑袋，"我知道你要来，我可是为你准备了不少美食哦！"

耶鲁回头看了侍者一眼。

侍者当即领会了耶鲁眼神的含义。不一会儿，有十几个侍者陆陆续续推着餐车上来了。

"这是我从各地搜集的美食，贝贝，你快尝尝吧！"耶鲁说道。

贝贝的小鼻子嗅了嗅，眼睛放光，而后，它直接化为一道黑影，冲向那十几辆餐车。

看到这一幕，林雷和耶鲁都笑了起来。

"耶鲁老大，我们到里面谈。"林雷笑着说道。

两兄弟进入客厅，客厅的餐桌上早就摆好了各种美食和美酒，两兄弟边吃边聊了起来。

"对了，耶鲁，恩斯特魔法学院怎么样了？"林雷忽然问道。

"完蛋了！"耶鲁摇头叹息，"恩斯特魔法学院刚好靠近芬莱城，是魔兽重点攻击的地方。而恩斯特魔法学院中，就算是魔法老师，最强的也就八级而已，大多数学员的实力都弱得很。面对大群魔兽，他们怎么抵挡得住啊？"

林雷点了点头。

六个年级，最高年级中的学生不过是六级魔法师，而魔兽大多是五级、六级，七级和八级的也有不少。大量的魔兽杀来，的确是场灾难。

"从那时起，就已经没有恩斯特魔法学院了。"耶鲁感叹道，"我、雷诺、乔治三年前都离开了神圣同盟。我这三年主要在奥布莱恩帝国和玉兰帝国之间闯荡。至于雷诺，当然是回他的家族了，而乔治回到了玉兰帝国。听说乔治混得很不错，进入了玉兰帝国的官场。"

"进入官场？"林雷倒也不算很惊讶。

乔治是那种善于组织的人，加上他背后强大的华史家族，当官并不难。

"老四呢？"林雷又问道。

"老四？老四回到家族后，被他的父亲送到军队去了。"耶鲁哈哈笑道，"老三，你说老四参军这事怪不怪异？"

林雷也想笑。

雷诺是他们四兄弟中最活泼，也是最叛逆的，如今他却进入了军队。他们完全可以想象得出雷诺在军队中吃苦的样子。

"不过，去年我见过老四。乍一看，老四的确变得不一样了，比过去成熟了不少，也有军人的样子了，可跟我一喝酒，他又恢复原形了。"耶鲁笑道。

"耶鲁老大，你呢？我觉得你比过去更具有贵族气质了。"

的确，如今耶鲁站在那里，身上那种高贵的气质可以让人清楚地感觉到。

"没办法。"耶鲁苦笑道，"离开恩斯特魔法学院后，我除了修炼魔法外，就是主持家族的一些生意，自然要经常参加贵族宴会，长此以往，也就学会了一些东西。"

林雷点了点头。

他的三个好兄弟都走上了自己的道路，而他也很清楚自己要走的路——刻苦修炼，最终达到大圣司、武神、帝林等人的级别，站在整个玉兰大陆的巅峰！

巅峰强者拥有支配一切的权力。

一个神级强者，无论是什么，在他面前都是虚妄的。没有人敢招惹神级强者，神级强者是巅峰的存在。

这条道路上的任何阻碍都无法阻挡林雷前进的步伐。

"老三，三年前我到帝都的时候，见了你的弟弟。"耶鲁忽然说道。

"沃顿？"林雷眼睛一亮。

耶鲁点点头，笑道："我见到沃顿的时候，沃顿很担心你，他不知道你怎么了。我告诉他，你没事，只是独自一人在外面修炼。"

"沃顿他怎么样？"林雷问道。

"放心，他很好。"耶鲁笑着说道，"我没想到你的弟弟长得比你还壮，三年前，他就比我高了，现在应该更高了，那手臂，那肌肉，啧啧……"

林雷笑着点点头。

沃顿会长成那样，完全在他的意料之中，因为家族历史上每一代龙血战士都是极为强壮的，用的武器也是重量级的，比如第一代龙血战士用的是战刀屠戮，第二代龙血战士用的是一柄极重的长枪，第三代龙血战士用的则是重锤。

"老三，沃顿挺能忍的，过去一直隐藏自己的实力。不过，得知你的事情后，他就不再隐藏了，逐步地显现出实力，在前一段时间举办的七年级年级赛中，更是一鸣惊人，击败了一名八级强者。"耶鲁赞叹道。

林雷淡然一笑。

击败八级强者算什么？

如今沃顿达到了七级，可以龙化，一旦龙化，就踏入了九级。

"出名后，沃顿的情况怎么样？"林雷追问道。

"沃顿被封了伯爵，如今在奥布莱恩帝国可是一颗新星，等再过几年，说不定会被召入武神门下。"耶鲁感叹道，"他以后达到圣域境界的希望就很大了。"

"武神门？圣域境界？"林雷并不想自己的弟弟加入武神门。

堂堂龙血战士，达到圣域境界是毫无疑问的。

林雷和耶鲁聊了整整一上午。

对于沃顿，林雷算是完全放心了，他的三个好兄弟日子过得也算是不错。

吃完午饭。

"老三，这是我道森商会长老会的一块令牌，代表你长老的身份，你收下吧！"耶鲁取出了一块黝黑的令牌。

林雷有些错愕："长老？"

他在芬莱城的时候，就表现出了九级战士的实力，那时候的他才二十岁。加上他的魔法天赋惊人，又可以龙化成龙血战士，所以道森商会内部的长老会认为他成为圣域级强者是迟早的事情。

既然这样，让林雷成为道森商会的长老，绝对是最有价值的一种投资。

"你就收下吧，看在兄弟我的面子上。"耶鲁笑道。

林雷看了耶鲁一眼，他明白，一旦收下这块令牌，以后道森商会遇到难事自己就得帮忙了。

这块令牌既代表权力又代表责任。

"好，我收下。"林雷笑着收下了。

即使没有这块令牌，如果道森商会真的有什么难处，为了他的好兄弟耶鲁，他也不会袖手旁观的。

"谢了。"

两兄弟的感情那么好，许多事情不需要说得太明白。

"老三，我感觉你的气势与三年前相比收敛了很多。你现在的实力达到什么境界了？"耶鲁压低声音，好奇地问道。

林雷也不隐瞒，直接回道："圣域级之下，应该没有敌手。"

耶鲁惊讶地看着林雷。

"好了，我先回去了，过两天再来看你。"林雷笑着说道。

北海行省，一座普通小城内。

幽静的宅院中。

"施特勒大人，"一名强壮的战士在房门外低声说道，"该出发了。"

片刻后，"嘎吱"一声，房门便打开了。

施特勒那冷厉的目光扫了他一眼："出发吧！"

"是！"这名战士大气都不敢出。

施特勒走出了宅院，宅院中的其他人这才松了一口气。

圣域级巅峰强者即使只是目光一扫，都让人心悸。

"快！"那名战士立即催促道。

其他人押解着五个虎背熊腰的壮汉便朝外面走去。

这五个壮汉都有两米多高，全身的肌肉强壮得骇人。只是，他们都被暗金色的绳子给紧紧地捆着，就算力量再大，也挣脱不了束缚。

他们的嘴也被毛巾塞住了。

"呜呜，呜呜。"五兄弟愤怒地发出声音。

"找死啊！"负责押解的一名黑衣男子猛地一鞭子抽在其中一人身上，却只是在其身上留下一道白色印子，"这身体不是一般的结实啊！"

当施特勒一群人穿梭在北海行省的一座座城池之间的时候，林雷将丽贝卡、丽娜姐妹俩托付给道森商会在省城巴兹尔的人照顾，他、赛斯勒、贝贝、黑鲁直接出发前往德科郡城了。

"这一次，押解队伍中只有两个九级强者，难度不大。"途中，坐在黑鲁背上的赛斯勒笑道，"真不知道这支小队押解的是什么人。"

"赛斯勒，奥布莱恩帝国的总负责人应该知道佩里伯爵殒身的消息了吧？"林雷忽然问道。

"应该知道了。"赛斯勒回道，"不过，他应该想不到我会灵魂搜索。"

第202章

绝境

德科郡城是一座能够容纳三十余万人的中型城池，作为西北行省跟北海行省交界的一个郡城，这里每天的人流量非常大。

"到了。"

看着远处的庞大城池，林雷停下了脚步。

六个小时，八百余里的路程，一路走下来，林雷的呼吸却一点儿都不紊乱。其实，这还远远不到他的极限速度，对于黑鲁而言，当然更加轻松。

"到了，太阳还没落山呢！"赛斯勒回头看了看挂在西方天际的太阳，感叹了一声。

佩里伯爵的记忆中有一个具体的地址，原先他是打算亲自跑到德科郡城来迎接的。

当即，林雷等人租下了那个地址旁边的一座宅院。

随后，林雷、赛斯勒就静静地修炼，等着那支押解小队自投罗网。

十几天后，在北海行省曲折的道路上前进了两千多里后，施特勒和那支押解小队终于出了北海行省的范围。

"驾，驾。"一名骑士来到施特勒的旁边，恭敬地禀报，"大人，有消息说西北行省的总负责人佩里伯爵被杀了，我们还要按照之前计划的路线前进吗？"

骑在骏马上的施特勒沉默片刻后，淡然说道："佩里伯爵的忠诚是毋庸置疑的，他绝对不会背叛光明圣廷。我们继续按照原来计划的路线前进。"

"是！"那骑士恭敬应命。

这些骑士其实也不担心。一来，佩里伯爵的确是光明圣廷忠诚的一员，绝对不会背叛；二来，即使对方审问佩里伯爵，最多问出光明圣廷的一些秘密，绝对问不到这支押解小队计划的路线。

更何况，押解小队中有施特勒这个强者在，还怕什么？

傍晚时分，施特勒等人终于抵达了德科郡城，而光明圣廷安插在德科郡城内的人早在佩里伯爵死之前就得到命令，他们早就在等待这支押解小队。

"诸位大人，你们今晚在这里歇息即可，我们会准备好饭菜。"德科郡城的负责人恭敬地说道。

一名九级强者看向他，问道："最近，你们这里没出什么乱子吧？"

"没有。"负责人恭敬地回答。

"好了，你可以离开了，那些侍者准备好饭菜后也都离开吧，这里不需要他们。"九级强者吩咐道。

"是！"负责人恭敬地应道。

施特勒下了马后，直接走入宅院，找了一个屋子便住了进去，同时吩咐道："斯卡罗，晚饭时再叫我。"

说完，他便关闭了房门。

那名九级强者恭敬领命。

斯卡罗本来是这支押解小队的队长，不过既然施特勒过来了，自然一切都要听施特勒的。

斯卡罗对那些侍者都审视了一番，发现他们都是普通人，便放心了。

"将他们押出来！"斯卡罗喝道。

马车中的五兄弟一个个被押了出来，幸亏马车车厢内的空间足够大，否则以这五兄弟的块头，还坐不下呢。

"你们五个给我听好了，如果大喊大叫，第一次就断你们的手，第二次就割掉你们的舌头。"斯卡罗冷冷地道。

随即，他的属下便将塞在五兄弟嘴中的毛巾给拿了出来。

五兄弟怒视斯卡罗，不过他们也知道斯卡罗这人是说到做到的，他们自然不会愚蠢到自讨苦吃。

"斯卡罗，总有一天，我们五兄弟会杀了你。"五兄弟中的老大巴克愤愤地说道。

斯卡罗嗤笑一声。

别人不知道，他是知道的，这五兄弟最后会成为天使降临的身体，至于五兄弟的灵魂，则会破灭。

"如果有机会，我随时欢迎你们来找我报仇！"斯卡罗冷哼一声。

巴克五兄弟生活在北域十八公国，他们都是孤儿，从小被一个老头收养长大，他们称那个老头为爷爷。

爷爷有一家酒馆，足以养活五兄弟。五兄弟从小力气就很大，他们的爷爷过去是一个军队的战士，从小便培养他们。没承想，五兄弟的天赋高得惊人，十六岁时，肉身便达到了六级。如今五兄弟才刚过三十岁，肉身便达到了八级。

爷爷死后，他们便都加入了军队。在北域十八公国，他们可是英雄一般的人物，他们带领军队作战，所向披靡。公国之间大战，八级战士若是参战，已经算是顶级的了，更何况这五兄弟的身体都极为强壮，攻击力也强得可怕。

后来，他们被光明圣廷的人发现了。

光明圣廷立即调派最近的两个九级强者带领人马过去抓捕他们，自然遭到了他们的强烈反抗，然后光明圣廷的人直接将他们的家人全部杀了。

巴克五兄弟恨透了光明圣廷的人。

五兄弟中，原本有三个兄弟有妻儿，其他两兄弟则有自己喜欢的女子，可是光明圣廷的人将这一切都毁了。

"他们到了。"

每天都注意那个宅院动静的林雷发现一直空着的宅院终于有人了，听声音，人还不少。

赛斯勒笑着说道："我们等了十几天，终于等到了。林雷，你准备什么时候动手？"

在赛斯勒看来，他们有压倒性的优势，无论何时动手都可能成功。

"深夜吧！"林雷说道。

赛斯勒点了点头。

黑鲁趴在庭院中假寐，静静地等待深夜到来。

德科郡城渐渐变得安静，到了深夜，整个城池中几乎没有什么声音了。

盘膝静坐的林雷陡然睁开眼睛。

"出发！"林雷看了旁边的赛斯勒一眼，"你小心一点儿。"

"放心。"赛斯勒自信地笑道，"我现在就将亡灵召唤出来。"

不一会儿，两个金毛僵尸就出现在宅院中。又过了一会儿，一个披着黑袍的人形生物出现在庭院中。

"这是？"林雷疑惑地看着面前的人形生物。

"九级巅峰的老尸妖。"赛斯勒自得一笑。

林雷点了点头，己方有这么多高手，对方却只有两个九级强者，可以说这场战斗根本毫无挑战性。

"走吧！"

林雷直接跃出了院墙，贝贝、黑鲁紧随其后。

赛斯勒、两个金毛僵尸、老尸妖同样跟在后面。

片刻后，林雷和赛斯勒便来到了那个宅院外面。

"大家分头行事，看守那五兄弟的守卫由我来解决，而后大家袭向各个房间的人。"林雷压低声音说道，"行动！"

巴克五兄弟被困在同一个房间，房间外面有两名八级战士看守。

这两名八级战士随意地看着周围，不时还说上两句话。

"嗯？"他们忽然有所察觉，朝旁边看去，却只看到两道紫色的光。

两人当即倒地身亡。

"嗖——"贝贝、黑鲁、老尸妖、两个金毛僵尸立即扑向其他房间，林雷则火速冲进了五兄弟所在的房间。

巴克五兄弟惊讶地看着跑进房间的怪物，只见其全身覆盖着黑色的龙鳞，额头、背部的尖刺显得那么狰狞，特别是那暗金色的双瞳让人心寒。

"你、你是谁？"巴克再胆大，也有些畏惧。

回答巴克的却是紫色的剑光。

"唰——"那暗金色的绳子在林雷的紫血神剑之下，纷纷断裂开来。

领悟了势之后，林雷使用紫血神剑时发挥出的威力达到了新的层次。

势的运用是不分武器的，不仅拳头能引起天地之势，刀剑也可以。紫血神剑本身就极为锋利，再加上林雷给它灌输了斗气，用它劈开绳子简直轻而易举。

五兄弟见绳子断裂开来，立即明白眼前的人是来救他们的。

可是，他们还没来得及说谢谢，忽然——

"滚！"只听到一声怒喝。

"啊！"一道痛苦的叫声响起。

林雷脸色一变，立即跑到庭院中。

只见那披着黑袍的老尸妖躺在地上，痛苦地呻吟，而庭院中的地板已经寸寸碎裂开来，明显是老尸妖被轰出来砸在地板上造成的，地面上还有绿色的血。

"怎么回事？"林雷大吃一惊。

赛斯勒也大惊："不好，有高手。"

老尸妖可是九级巅峰强者，而且以身体强壮出名。那屋子中的强者一招就击飞并重伤了老尸妖，实在是太强了。

"贝贝、黑鲁，回来。"林雷立即灵魂传音。

贝贝和黑鲁化为两道黑影，出现在庭院中。这时候，巴克五兄弟也走出了房间，林雷却死死地盯着那间屋子。

"哼！"只听到一道冷哼声，一个瘦小的男子从房间里走了出来。

那如同钢针一般的银色短发使得男子看上去很是刚毅、冷漠，特别是那双眼睛，令人生畏。

施特勒冷漠地看了老尸妖一眼："亡灵生物？"

而后，他抬头看向林雷和赛斯勒，冷笑一声，又说道："我以为是谁呢，原来是亡灵魔法师赛斯勒，还有那个所谓的天才，龙血战士林雷啊！"

林雷是龙血战士，能够龙化，光明圣廷的高层都知道这一点。

"很好，都是我光明圣廷要抓捕的人，今天我便一并抓了。"施特勒嘴角微微翘起，露出了冷酷的笑容。

"哧哧——"林雷的龙尾摆动着，抽裂了地面。

忽然，一道土黄色光芒覆盖了地面。

庭院中的人都脑袋一晕，赛斯勒则不由得半跪下来。紧接着，赛斯勒、老尸妖、两个金毛僵尸、贝贝、黑鲁的身上都笼罩了一层土黄色光芒，不再受到重力的影响。

地系魔法——重力术。

"果然跟资料上写的一样，你不但是龙血战士，还是魔法天才。"施特勒淡笑道，"你这重力术应该是八倍的。没想到啊，这才几年，你就从七级魔法师达到八级魔导师境界了。可惜，你这么一个天才，今天就要死了。"

施特勒一步步朝林雷走去。

"上！"赛斯勒大喝一声。

两个金毛僵尸大吼一声，大步冲向施特勒。

与此同时，赛斯勒和林雷默契地朝外面逃去。

一道剑光闪过。

两个金毛僵尸被击中，倒在了庭院中。

"你们休想逃！"

眨眼的工夫，施特勒飞到了林雷前方的半空中，凌空而立，手持染了金毛僵尸血液的长剑。

"果然是圣域级强者。"赛斯勒苦笑一声。

其实刚才看到九级巅峰的老尸妖那么轻易被重伤了，赛斯勒和林雷就都感到不妙了，估计那人是圣域级强者。

现在看来，果然如此。圣域级强者的飞行速度太快了，他们根本逃不掉。

林雷和赛斯勒对视一眼，都明白此刻的处境很危险。

"原本以为今天这次行动很轻松，却没想到竟然遇到了一个圣域级强者。"林雷心中不甘，他死死地盯着施特勒，"我们只能拼死一搏了。"

（本册完）

《盘龙 典藏版 5》即将上市，敬请期待！